普天之下・盡是好書

普天 出版家族 Popular Press Family

凌雲 文創 A-Plus Creative Company

《厚黑之王司馬懿》全新修訂 典藏版

天才權謀家司馬懿的人生大謀略！

司馬懿吃三國

The Great Chinese Strategist

卷六

爾虞我詐

三國名人無數，諸葛亮號稱智謀界第一把交椅，
運籌帷幄、唬人坑人樣樣都行，但司馬懿就是讓他搞不定；
曹操挾天子以令諸侯，行事狠辣多疑，是臉厚心黑的代表人物，
但他卻屢次被司馬懿耍得團團轉。
司馬懿有不下於諸葛亮的智商謀劃，有不弱於曹操的厚黑雄心，
既會裝病裝窩囊，又會裝弱裝傻，暗中默默開拓司馬家勢力，
最後篡奪三國成果！

且看新銳作家李浩白如何以全新角度出發，
深刻敘述厚黑之王司馬懿的人生大謀略！

李浩白 著

◆出版序◆

天才權謀家司馬懿的人生大謀略！

司馬懿在漢末、三國風雲際會之時飛速成長茁壯，期間經歷曹操的疑忌、曹睿的打壓、諸葛亮的瘋狂進攻、曹氏宗室的殘酷傾軋……承受一場場政治、軍事，乃至整個人生的全面性考驗。

三國名人無數，諸葛亮號稱智謀界第一把交椅，運籌帷幄、唬人坑人樣樣都行，但司馬懿就是讓他搞不定；曹操挾天子以令諸侯，行事狠辣多疑，是臉厚心黑的代表人物，卻屢次被司馬懿耍得團團轉。

司馬懿有不下於諸葛亮的智商謀劃，有不弱於曹操的厚黑雄心，既會裝病裝窩囊，又會裝弱裝傻，暗中默默開拓司馬家勢力，最後篡奪三國成果！

司馬懿歷經曹魏四代，面對曹操與曹丕的疑忌、曹睿的打壓、諸葛亮的瘋狂進攻、曹氏宗室的殘酷傾軋，所處的環境兇險無比，艱難重重，爲什麼他能夠完勝而出，笑到最後？他除了具有衆人公認的堅忍和韜晦之外，到底還憑藉些什麼呢？他又如何從滿腹理想的熱血青年，蛻變爲老奸巨猾的權謀家？

且看新銳作家李浩白如何以全新角度，深刻敘述厚黑之王司馬懿的人生大謀略！

●隱沒在三國群雄背後的全才型儒梟

在風雲激盪的三國，想要揚名並不太難，腦袋、才識、武功……只要擁有基本一樣長才便行，但若想在這場亂世獲得最後勝利，上述所有特質卻缺一不可！

屈指細算三國名流，曹操挾漢天子以令諸侯，掀動三國亂蕩後卻死得最早，過沒三年劉備也死了，三大巨頭登時少了兩個，剩下來的孫權勇威無人能敵，卻沒在曹劉二人死後順利得到天下，三家鬧騰了數十年，最終得利的卻偏偏是司馬家，這當中究竟出了什麼問題？

答案很簡單，因爲有天才權謀大師司馬懿暗中運籌帷幄。

他以「忍戒」爲前提，憑著不下於諸葛亮的智謀，不弱於曹操的雄心大志，不低於孫權的積極勇威，一一收拾各方精銳，步步蠶食鯨吞，開拓屬於司馬家的勢力！

司馬家起步晚，卻能後發先至，通吃三國，過程中但凡每前進一步，都顯得異常艱困，無處不凝聚司馬懿的心血權謀——他裝病、裝窩囊，又裝弱、裝傻，甚至還假裝中風，在曹操、曹丕的猜疑眼光下隱掩雄心壯志，將惹人注目的可能性降到最低，就是為了一朝迸發！

這份面對亂世時選擇不爭的大局觀，才是司馬懿乃至整個司馬家最終達成「天下歸晉」的核心關鍵。

•厚黑之王司馬懿謀奪天下的百年大計

三國良將如雲、謀臣似雨，最終浪花淘盡英雄，如果說孫曹劉是當仁不讓的英雄，那麼司馬家和司馬懿則是把他們三人的基業一拍而淨的「浪花」。

關於司馬家的崛起史，即使在三國迷眼中，都不是那麼引人注目。做淘盡英雄的浪花，說起來似乎輕而易舉，其中卻凝聚著司馬家數代人的心血，如履薄冰、如臨深淵，若稍有不慎，整個家族便會粉身碎骨、萬劫不復，說是步步驚心亦不為過。

這是一個歷史悠久卻又似乎不太引人注目的家族，最遠可追溯到秦末十八路諸王之一，入漢後轉型為儒學世家，到了東漢末年，已經變成頗有影響的豪門望族，在中央和地方擁有相當廣泛的人脈，當初曹操初出茅廬的洛陽北部尉一職，便是司馬懿的父親司馬防推薦的結果。

隨著曹操崛起，司馬家依靠與曹魏的關係發展迅速，儘管司馬懿在漢末、三國風雲際會之時崛起，但他所處環境兇險無比，艱難重重，承受著一場場政治、軍事，乃至整個人生的全面性考驗。

忍字頭上一把刀，從小接受父親教導的司馬懿，有著清晰的頭腦，做事不張揚，胸懷大略，在隱忍中謀劃未來，逐漸在曹魏官場上嶄露頭角的同時，更不斷從最危險的敵人身上取經，才終能在沉默中爆發，一擊必殺。

入仕丞相府的司馬懿，如何在險象環生的許都朝局中潛伏遊走？曹丕的存在，究竟對司馬氏的百年大計有何重要意義？爲實現司馬家奪天下的百年大計，司馬懿又如何暗中使絆，讓曹操赤壁大敗？

五丈原上，諸葛亮大擺火攻之計，司馬懿和諸葛亮的最後一戰間有何激情交會？最後，司馬懿稱病告老還鄉，躲在暗處冷看曹爽派系胡作非爲，是否眞能不露破綻，以堂堂正正的大義之名將其剷除？

所有謎底，都將在本書中一一揭開。

•高居亞馬遜熱銷商品、當當網五星圖書榜單

歷史小說不容易寫，一部好的歷史小說更不好寫。

它的題材來源於歷史，卻又擁有小說本質，作爲歷史愛好者，首先看重歷史部分，

作為文學愛好者，閱讀時看重的卻是事件的鋪陳、氣氛的渲染、文字的精準，對於以此為業的歷史作家來說，在寫作過程實在很難做到方圓有度、兩邊叫好。

然而，來自重慶的青年作家李浩白卻做到了，《司馬懿吃三國》便是他手下創出的一朵歷史小說界的奇葩。

三國向來是人人熟悉的熱鬧亂世，紛亂動盪多，各地隱密傳聞更多，作者李浩白本著野史和正史間的基礎背景，挑出傳說和青史兩者間的差異並賦予合理解釋，足足耗去十年功夫，增刪五、六次之多，光是修刪字數便高達數十萬，可見著書之嚴謹精神。

《司馬懿吃三國》一書是作者多年來研究三國、西晉的心血結晶，更是近年國學復興大潮中湧現出的難得佳作，甫推出便直衝上各大暢銷排行榜，高居亞馬遜熱銷商品、當當五星圖書榜單，在歷史小說界颳起旋風，更在眾多三國史書中脫穎而出，攜著熱騰騰的銷售佳績殺出一條前所未見的成功大道。

書裡有著與眾不同的視角、從沒想過的三國隱疑剖析，作者更是鋪排情節的好手，作品中套疊相關的人物事，幕幕寫得張弛有度、妙趣橫生，文字甚至有著音樂般的暢快節奏，作者巧妙地運用「白話」、「仿古」、「文言」等歷史感極其濃烈的表述方式，形成一種獨特的專屬語言風格，創造出雅俗共賞的璀璨金光。

◆作者序◆

眞實的司馬懿：儒梟・隱雄・全才

若細數青史其他名人特質，每一個人比起司馬懿來，都缺了那麼一點，令人不得不承認，司馬懿堪稱是空前絕後的奇蹟，在中國歷史上，也只有這位亂世梟雄能從儒生轉為開國之君。

•李浩白

在人才輩出、群星薈萃的三國，比起個性鮮明的曹操、高風亮節的荀彧、八面玲瓏的賈詡、志雄氣遠的諸葛亮、英姿倜儻的周瑜等諸位英雄，司馬懿這人無疑是個神秘又似乎有些乏味的異數。

司馬懿像一匹孤狼一樣游移漢末，又如一座奇峰一樣平地崛起於曹魏黃初、太和、青龍、景初等年間，最後更在曹魏正始、嘉平年間，濃墨重彩地爲自己描落「一鳴驚人」的大手筆陣仗，所有人到最後才會發現，這位神秘異數才是三國最後的大贏家。

一直以來，司馬懿都被人們斥爲野心陰謀學的代表，「老奸巨猾」、「老謀深算」

等字，更是他從古至今都難以擺脫的千古標籤。

然而，僅僅憑著「野心家」、「陰謀家」這兩個稱號，就能為司馬懿蓋棺論定了嗎？趙高、董卓、李林甫等貪權嗜利、禍國殃民之輩，又豈能和司馬懿相提並論？至少司馬懿在世時，可是實實在在的「伊尹」、「周公」之流，他的清廉剛正、才能出眾，更是朝野公認！

曹植曾經稱讚司馬懿：「魁傑雄特，秉心平直。威嚴足憚，風行草靡。在朝廷則匡贊時俗，百僚侍儀；臨事則戎昭果毅，折沖厭難。」即使是他的政敵丁謐、畢軌等人也不得不承認，這位可敬對手確實「有大志而甚得民心」。

如果司馬懿開創的晉朝沒在後來變得那般沒落慘澹，如果八王之亂、五胡亂華等悲劇沒有發生，司馬懿在中國歷史上享有的稱譽絕不會比隋文帝楊堅差，他替司馬家的無能後代擔了太多罵名。

若單純就司馬懿本人一生言行作為來看，幾乎沒有可遭人指摘之處，在漫長的七十年人生中，他沒像曹爽一般浮華奢侈、敗國亂政，也沒像曹丕那樣勞師動眾、急功近利，更不像曹操一樣弒后逼君、獵取九錫。雖然曹操自稱「若天命在吾，吾為周文王矣」，其實，他這「周文王」還萬不及司馬懿如此圓融到位。

在我看來，司馬懿算是古代從政之士的完美典範，逐步演繹儒家經典中那一整套「正心、誠意、修身、齊家、治國、平天下」的理想成功模式，無人能及！

《晉書》裡稱其「少有奇節，聰明多大略」是修身之果，而調教出司馬師、司馬昭這兩個「子承父業，繼往開來」的麟兒，則為齊家之功；在政事上，他興軍屯而積糧、拔俊傑而備用、建綱紀而立威、取鄧艾於農瑣、引州泰於行伍，委文武各善其事，誰敢說他治國不佳？軍事上，他掃平內敵、壯大國力，為後代子孫奠定「肅清萬里，總齊八荒」的堅實基石，絕無人可說他未曾平過天下！

具體而言，司馬懿的身上有三重特色十分鮮明：儒梟、隱雄、全才。

司馬懿是貨眞價實的儒梟，而且絕不是王莽那樣「為儒而儒」的偏執狂。《晉書》上稱他：「伏膺儒教」、「常慨然有憂天下心」，這總讓我聯想起另一位憂國憂民、以天下為己任的儒學政治家范仲淹，但范仲淹的功業哪裡堪與司馬懿相比？他力抗元昊無功，推行「慶曆新政」未果，徒有濟世之心而乏理亂之才，不如司馬懿遠甚！

司馬懿開創的晉朝初年也曾出現過有「天下無窮人」的「太康之治」——雖然它來得短暫，但也是司馬懿「愛民而安，好士而榮」的施政綱領在他後代手中的貫徹和落實。

另外，司馬懿的隻字片語更不時透出濃濃的儒家氣息，「賊以密網束下，故下棄之。宜弘以大納，則自然安樂」。他一生最為推崇的人，不是武功蓋世的曹操，而是一代儒宗荀彧；他的姻親家翁是曹魏時期的著名鴻儒王肅；追隨他翦除曹爽的政壇盟友如高柔、王觀、孫禮等人更是一票忠臣雅士……可以看出深刻的儒家印記。

即使在殄滅曹爽一黨時，他也是以儒道爲尺規拿捏分寸：夏侯令女割鼻明志、魯芝護主盡忠甘願受法，儘管立場敵對，仍受到司馬懿的寬待，前者事蹟還被寫進《晉書．烈女傳》當中，後者官途更一直做到晉朝的陰平侯，比起袁紹惱羞成怒而濫殺臧洪、陳容等義士的荒悖行爲，完全無法相提並論。

但同時，司馬懿剛重凌厲的梟雄本色亦不可輕掩，儒梟就是儒梟，再怎麼儒化，他的人格底蘊還是梟雄之質，行事該狠則狠、該猛則猛——他對遼東公孫氏殘存勢力的連根拔除，對曹爽和王凌等政敵的趕盡殺絕，全無任何溫情，純然一派肅殺之氣。

司馬懿也是深不可測的隱雄，什麼是隱雄？就是指將韜光養晦、沉潛篤實之功做到登峰造極的梟雄。

他的雄心壯志，絕不弱於曹操、劉備、孫權等亂世梟雄；他的眞才實學，也絕不次於郭嘉、諸葛亮、周瑜等俊傑奇士，但他爲了在合適的時機「一飛沖天」，便自發且主動地完全將其隱藏，收入「鞘」中，伺機而動。

在隱忍潛伏的同時，他還善於未雨綢繆、見招拆招，運用「四兩撥千斤」的巧妙手法及時消除各方面的威脅與危機。

當曹操對他深懷猜忌之時，他察言觀色、審時度勢，連忙抓住機會奉上一段「漢運垂終，殿下（指曹操）十分天下而有其九，以服事之。孫權之稱臣，天人之意也。虞、夏、殷、周不以謙讓者，畏天知命也」的勸進之言，立刻說到曹操的心坎裡，一躍而任丞相府的心腹要職！

當魏明帝曹睿臨終前對他疑慮重重之時，他雖身在遼東卻以「人臣無私施，推美歸於上」的方法向皇帝表達忠心，進而保住岌岌可危的輔政大臣之位。

司馬懿真的是一位「踏平坎坷終成大道」的隱雄，爲了徹底實現自己「肅清萬里，總齊八荒」的大志，數十年如一日地蟄伏隱忍著，暗中磨礪鋒芒，強化實力，無論是居廟堂之高還是處邊疆之遠，始終穩居若泰山地頂住來自對手、命運的衆多挫折。

這一切都源於心理素質的無比堅韌與無比強大，無論任何喜怒哀樂、悲憂驚懼，在他胸中都被調控得深沉如海、波瀾不生。

他無畏無恐，當刺客的利劍就抵在自己的喉結上，他卻依然扮成風痺之狀而「堅臥不動」，那一年他才二十九歲！

他無怒無嗔，當諸葛亮送來「巾幗之辱」而激得帳下諸將個個火冒三丈之時，他卻依然笑稱這是在誇讚自己用兵「靜如處子」！

他無喜無縱，無論取得了什麼樣的成就和勝利，都不會讓他稍稍痲醉，他總是繼續埋下頭來冷靜沉著、苦心孤詣地掌握大局、規劃未來……

這樣一位千古罕見的隱雄，韜晦隱忍之功堪稱出神入化，七情六欲收放自如，理智和意志便是他最有力的武器。

最後談到「全才」，雖無奪目炫光，可司馬懿確確實實是位集張良帷幄之智、蕭何匡濟之賢、韓信用兵之能於一身的全才型人物。

在經國遠略方面，建安二十年之秋，他進獻了趁劉備與孫權交爭江陵之際乘隙吞蜀的妙計，可惜曹操沒有採用，失去統一天下的良機。建安二十四年之冬，穩坐許都、聯吳制蜀、翻雲覆雨的方略是他給曹操建議的，結果「武聖」關羽被幹掉了，諸葛亮的「隆中對」被徹底破壞了。

在內政實績方面，軍屯興國、通漕淮南、開墾隴西等宏圖是在他手底完成的，這些後來成爲了魏國眞正強大的關鍵。

在軍事作戰方面，西擒孟達、東拒諸葛、北平公孫、內夷曹爽、外襲王淩，神略獨斷，征伐四克，更是他的赫赫戰功。他的軍事才能之高超，令吳國國主孫權也不得不爲之畏服：「司馬懿善用兵、變化若神，所向無前！」

的確，像他這樣一個合梟將、賢相，策士三才爲一體的全能型高手實在是古今罕見。而且，他最高明的一點是——身負大本大源、大器大材，隨時準備著接受命運的考驗與挑戰！在什麼時候、什麼環境之下，需要突出自己哪一方面的能力以脫穎而出，他一向對此算計和把握得十分精確！也正因如此，他才能在漢末三國這樣一個競爭激烈的大時代裡悄然無聲而又不可遏制地勃然崛起、後來居上！

儒梟、隱雄、全才，是司馬懿整個人格形象的三面側影。

若細數青史其他名人特質，朱元璋是「梟而不儒」，剛猛有餘而文治不足；王莽是「儒而不梟」，有心復古卻無力治今；張良是「隱而不雄」，清虛自持且避權棄世；曹操是「雄而不隱」，鋒芒畢露而樹敵衆多；諸葛亮則「全而不才」，面面俱到又樣樣不精；曾國藩「才而不全」，爲將常敗、爲相又迂鈍。

每一個人比起司馬懿來，都缺了那麼一點，也令人不得不承認，司馬懿堪稱是空前絕後的奇蹟，因此中國歷史上，也只有這位亂世梟雄能從儒生轉爲開國之君。

無論是無能子孫的拖累，或是後人的刻意抹黑，從司馬懿本身所散發出來的奇光異彩，永遠無法被歷史的塵垢完全掩蔽，只要越走近他，就會深深感悟一項顛撲不破的眞理：只要有合適的機緣環境、自我激勵，一個人內在的潛力便能如火山般無窮噴發，至高、至遠、至強！

翻開這本小說，相信你不僅可以更精準地瞭解司馬懿這個人，也更能清楚瞭解三國歷史這一段恢弘而絢麗的斑斕畫卷。

【出版序】天才權謀家司馬懿的人生大謀略！

【作者序】真實的司馬懿：儒梟．隱雄．全才　•李浩白

第6章　收復新城／023

密室門口亮起一排炬火，把室內室外照得一片通明。兩列虎賁武士抬著一架朱漆坐輦在外肅然而立，上面坐著一位年近五旬的方面長者，鬍鬚墨黑閃亮，顧盼之際凜凜生威。

第7章　角力／033

諸葛亮聽了連連點頭，眼神精光一盛。馬謖說得對，如今繼續在漢中郡僵持已經毫無意義，新城郡已失，司馬懿隨時能揮師從魏興郡殺出，威脅大漢東翼……

雄奪曹家半壁

第1章　破格擢賞／043

司馬懿保持伏地之姿，這華歆果然居心叵測，一方面在明處阻擋本都督獲取軍政實權，另一方面又在暗處推波助瀾，刻意造成司馬家「父子掌兵，權傾軍界」的負面形象。

第2章 「空殼」擋箭牌／053
華歆本就是曹操、曹丕專門用來監視司馬懿的老狗，倘若司馬家一反常態地與其結為姻親，肯定會引起曹魏皇室的疑忌，還是就把這老頭擱原地，讓他成為司馬家的擋箭牌吧！

第3章 征吳新策／063
司馬懿這套征吳方略熠熠生輝，饒是曹休對他大有成見，聽了亦無話可說，只是心底仍暗暗不爽：司馬懿才執掌兵權不過一年多時間，憑什麼擺出一副老成的派頭，還壓得人無可辯駁？

第4章 冒進的曹休／073
原來曹休一直暗中和自己爭功較勁，也想學自己先前平定孟達之亂時的先斬後奏之舉……那好，我怎麼能不「成人之美」，讓你出頭搶下這樁「功勞」呢？

抗蜀捨我其誰

第1章 擇將出征／083
此語一出，曹叡便恍然大悟，放眼朝中，誰最值得自己和朝臣信任？當然是司馬懿，他既是忠正聞名、深得眾望的三朝元老，又是先帝遺詔欽定的顧命托孤大臣。

第2章 懷疑與信任／095

陳群臉上的鎮靜終於被打破，滿是驚駭不安之情，搖頭道：「華太尉此言差矣，司馬大將軍輔政三朝，忠心為國，累有大功，豈是太尉口中那心懷不軌的鷹揚不馴之輩？」

第3章 奉旨密訪／105

孫資一進屋內，便見到牆壁上懸掛著的魏蜀軍事地形圖，不禁一怔，暗暗嘆服司馬懿的謀國熱忱，更對這位老學友添了幾分欽佩，難怪他常能在朝堂針對魏蜀之戰提出真知灼見！

第4章 魏宮鬥爭／115

魏宮內的殘酷鬥爭已然浮出水面。孫資今日這麼直截了當地問出這些敏感問題，肯定是想試探司馬懿在這場宮廷鬥爭中的立場。更進一步想，是他背後的曹叡想逼司馬氏表態。

第5章 震懾張郃／123

司馬懿這一番話講得坦蕩實在，雖然張郃一時間摸不清話中有幾分真心，又有幾分假意，也不得不為對方擺出的清澈明爽作風感動。

不戰而屈人之兵

第1章 以兵養兵／139

司馬懿率五萬勁旅從長安城出發後，並沒有直接馳援祁山守軍，而是先行駐紮上邽原，和駐守此地的征蜀將軍戴陵會合，再思出兵祁山一事。

第2章 口吃天才鄧艾／151

聽到鄧艾結結巴巴地說出這番話，幾位「巡屯使」聽得都忍不住掩口笑起，尤其是那位藍衫老者，笑容裡更是大有深意，還不時地輕輕點頭。

第3章 催戰壓力／161

魏軍諸將個個好戰成性，一心想著拼搏廝殺，近兩個月來更是不斷吵鬧要出戰，聽得司馬懿的耳朵都起了老繭，一直以極大的耐心與毅力控制局面，才沒有倉皇應戰。

第4章 太后一黨覆滅／175

郭太后一黨的覆滅，與其在軍隊勢力中根基脆弱密不可分，再加上朝廷各位元老大臣站在曹叡一邊聯手打擊，和之前分庭抗禮的鬥爭氣象有些落差。

第5章 通達時務／191

也正因兩位恩師的際遇，司馬懿得到一個執著的結論：唯有成大器、掌大權、擔大任，才是實現自己濟世安民大志的必經之路，否則一切理念都將是空談妄言。

第6章 鍾家父子／205
司馬寅的腳步聲漸去漸遠，鍾繇靜靜凝視燭焰，沒有回身，只是繼續站在原地，久久地沉默著。鍾毓表情有些惶惑，開口問道：「父親，您……您是不是和司馬大將軍走得太近了些？」

第7章 謠言四起／215
曹叡抬頭四顧，卻是無限茫然，眼前這一場人生危機，他該找誰幫助自己化解？曹氏宗親嗎？他們個個生怕自己被捲入這場謠言漩渦當中，早已避之唯恐不及，誰敢湊上來添亂？

蜀魏之爭

第1章 蜀國的大後方／227
李嚴越想越是光火，但此刻又怎麼可能讓外人輕易覷破？只能壓抑靜立，讓自己胸中怨憤慢慢消退，同時暗暗生疑，黃皓今日偷偷跑來不說，還意圖在兩大顧命輔政大臣之間挑弄是非，意欲何為？

第2章 魏國的鬥爭後防／237
話猶未了，陳群腦中忽地靈光一閃，想到另一種可能性：徐、揚二州無故鬧騰，司馬懿又隨即出馬擺平，這莫非是司馬懿自編自演的一齣鬧劇，想藉此向老夫示威不成？

第3章 諸葛亮偷襲上邽原／249
這消息如平地一聲雷般，震得司馬懿身形一晃。看來，諸葛亮不出自己所料，終究還是使出這招調虎離山之計，出手偷襲素有「關中第一糧倉」美譽的上邽原。

第4章 暗劫糧草／259
一枝利箭倏地射穿胸前的護心銅鏡，愕然中，張恆伸手掩住胸口中箭之，鮮血從他的指縫間汩汩流出，勉力抬頭往前一看，隘口處那群「蜀兵」站在炬火掩映之下，正彎弓搭箭瞄準自己這邊！

第5章 將計就計／269
諸葛亮沉吟片刻，伸手接過那封信札，慢慢拆開，認真仔細觀閱，看著看著，臉色陰晴不定，變得十分複雜，口中還喃喃自語起來……

第6章 借刀殺人／277
木門道一戰，消滅蜀軍一萬二千餘人，然而魏軍付出的代價也相當沉重：關中副帥、征西車騎將軍張郃在此次激戰中被蜀寇弩箭射中，壯烈殉國。

第7章 疑忌再起／287
華歆一聽心頭狂震，神情如遭雷擊，驀地一口瘀血噴出，手中紫竹杖脫手落地，發出啪的一聲清響，緊接著身體軟軟倒下。陳群撲了上來，伸手捧著華歆蒼白如紙的面龐，大失儀態地哭喊起來……

帝室沉浮

第1章 周宣解夢／303

聞言，曹叡目光立似冰刀般冷冷剜在周宣臉上，牙齒咬得咯咯響，卻尚未失控。這些話若從別人口中說出，他早已毫不猶豫地令人拖出去斬了！

第2章 孫權稱帝／315

孫權用眼角餘光偷偷瞥了一下張昭，見身為百官師長的他仍一副無動於衷的漠然表情，眉頭不禁暗暗一蹙，莫非張子布要當阻遏自己稱帝改號的「荀彧」嗎？

第3章 諸葛亮的打算／325

生性耿直的費詩顧不得許多，今天就陪著前來京郊行營彙報軍政庶務的蔣琬、楊儀、姜維等人，想在諸葛亮面前論個清楚明白。

第4章 大戰在即／337

諸葛亮一聽，神情先是微微一怔，少頃後不禁拍案怒斥道：「當今陛下春秋鼎盛，怎會有不測之事？」正想繼續罵時，心頭突然一抽，驀地閉口，彷彿隱隱明白什麼。

第5章 軍市亂／345

曹丙聽白衫青年才一上來便劈頭給自己一陣教訓，臉上立時有些掛不住，但因梁機在旁看著，倒也不敢恣意發作，只得哼哼嘰嘰地不滿問道：「你……你又是誰？」

第6章 紫龍玦再回／355

黃皓一邊連聲稱謝，一邊心底想著，還是陛下體恤咱們這些奴才，要是一下被逐出宮，還不是要活活餓死？在宮廷中待了這麼多年，誰都早沒什麼「耕織之長」，這個諸葛亮怎麼這麼心狠哪？

吳蜀聯盟

第1章 前線告急／371

司馬懿臉色一緊，帥府裡伏有諸葛亮的內奸？他先前也曾想過，斜谷道北關城堅牆厚，卻在這麼短的時間內情勢告急，若說沒有內奸洩漏城中軍情，肯定沒人相信。

第2章 龍虎爭鋒／385

諸葛亮氣定神閒地搖著羽扇，露出一抹深深笑意。自己這次以迅雷不及掩耳之勢奪下斜谷道北關，十三萬大漢王師挺進關中腹地，自己的宿敵司馬懿，這一次只怕也得手足無措地被逼現身吧？

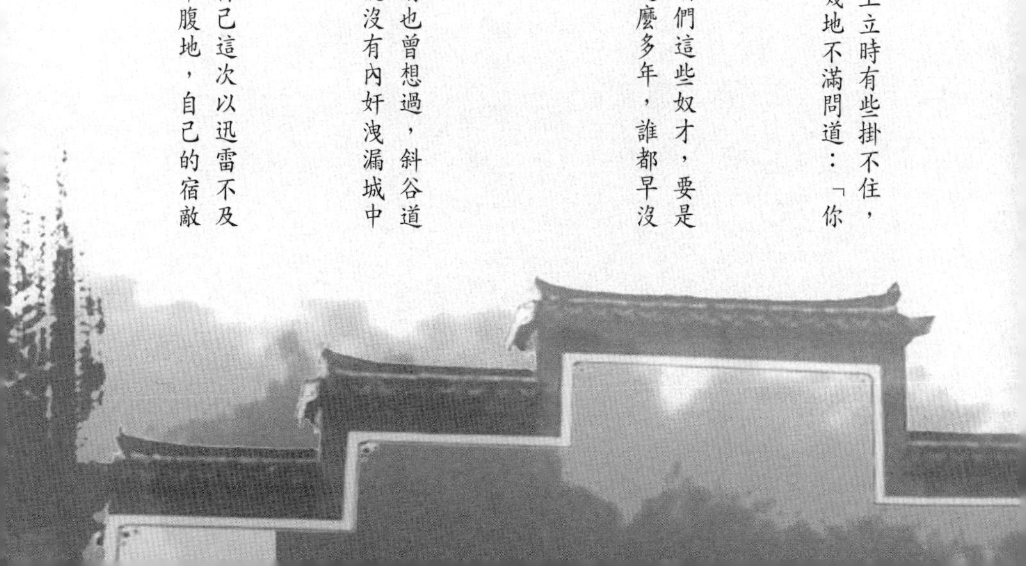

第6章

收復新城

密室門口亮起一排炬火，把室內室外照得一片通明。兩列虎賁武士抬著一架朱漆坐輦在外肅然而立，上面坐著一位年近五旬的方面長者，鬍鬚墨黑閃亮，顧盼之際凜凜生威。

新城東城門樓這邊的戰況確實吃緊，青石地磚上到處插滿斷箭殘矢，灑滿木屑碎石，牆壁及士兵身上都沾著斑斑血跡，看起來氣氛堅毅，又帶著幾分悲涼。

李輔帶領一隊親兵抬著數十擔牛肉米酒走上指揮台，遠遠瞧見滿面血汙的鄧賢正在那裡嘶聲啞氣地指揮著左右士卒奮勇敵戰。

鄧賢瞥見李輔走至城牆樓道，連忙向手下吩咐了幾句，然後小跑步迎上前，同時將頭頂那被敵軍亂箭射得裂痕橫生的豹頭銅盔摘下，直朝李輔堆起一臉笑意，「李主簿，眞是辛苦您了，還給咱們送了這麼多酒肉來。」

「鄧郡尉和諸位將士在前方浴血奮戰，我等送來這些區區犒勞之物，也是該當的。」李輔一邊回話，一邊觀察城樓上的情形，發現每處牆角皆躺著一個個姿勢歪七扭八的傷兵，呻吟聲此起彼落，顯然並不好受。

鄧賢伸手抹去臉上熱汗，拿起木瓢舀起滿滿一瓢米酒，二話不說地「咕嚕咕嚕」喝下，接著又回頭向身後士卒們喊道：「大夥兒記住，要一批一批地輪班進餐，別急別亂，人人都有份！」

李輔拉著他到一方石礅掩體背面站定，關切地問道：「這城樓上的戰況還行吧？大夥兒的士氣看起來還不錯！」

鄧賢飛快地一點頭，口裡用力嚥了口唾液，滿臉焦急地說道：「還行，只是鄧某有件頂頂要緊的急事得託李主簿回去向我舅父稟告，他和孟興不能再抽走我這邊守東城的精兵勁卒了。」說著，用手指向城樓角落甬道上躺著、趴著的一堆堆傷兵，又道：「難道舅父就只讓我用這四、五千名老弱殘兵來抵得城外數萬敵軍的猛攻？」

聞言，李輔也悶悶回道：「其實，李某剛才瞧著也覺奇怪，先前孟太守不是在您這裡留下一萬多精兵駐守東城嗎？怎麼今日人數看起來這般稀少？」

鄧賢氣哼哼地說道：「哪裡還有一萬多名兵？這六、七天裡，孟興一直跑來，陸陸續續從我這東門抽調了近六千名士兵。誰知還沒完，昨天他又讓親兵帶信過來，說什麼城中『奸細四伏』，須以重兵清剿，又想抽走八百，氣得老子當場對那帶信的親兵一陣大罵。李主簿，你說，我這東城門樓究竟還要不要守？再說了，他們抽走精銳兵力進內城到底想幹什麼？」

內城？李輔一聽，頓時大驚失色，暗暗忖道，怪不得自己從太守府出來時曾瞧見不少士兵在內城的大街小巷中密密麻麻擠著，從這些跡象來看，孟達分明準備放棄外城，退守內城以求自保……

等等，那他還派自己來東城門樓上協助鄧賢守什麼？難道是故意想騙著自己和鄧賢在前線傻乎乎地當替死鬼？

想起平日裡孟達對自己的種種表現和態度，又念及孟達這人的薄情寡義，李輔只覺渾身如墜萬丈冰窖，寒徹心扉，暗暗咬牙，拼命把自己眼角幾欲冒出的痛心之淚硬生生逼回眼眶。

深思片刻後，李輔臉色回復平靜，向鄧賢輕輕一招手，附耳過去低聲說道：「鄧郡尉，事到如今，李某也該和你談談一些掏心的話了……」

「魏軍殺進來了！魏軍殺進來了！」

外頭慌亂的呼喊聲忽然響起，令原本躺在地下密室榻床上的孟達驀地驚醒，急忙躍身而起，一把抓過掛在床頭的劍，弓身縮到角角，將自己掩藏在書架背後，兩眼緊盯密室門口。

砰砰砰一陣震耳的拍門聲響後，外面傳來了孟興的喊聲：「父親大人！快開門！魏軍殺進城了！」

孟達一扭機關，室門開處，孟興領著七八個士卒闖了進來，劈頭就叫：「父親大人！快！快！快！孩兒掩護您殺出重圍！」

孟達從角落裡閃身而出，一臉詫異地問道：「魏軍怎麼會攻進城來？這不可能啊！」

孟興滿面淚痕，跺著腳叫道：「是李輔和鄧賢那兩個傢伙！他們竟偷偷打開東牆城門放魏軍進來了。」

孟達一聽，立即急得大叫道：「那還不趕快關閉內城大門？」

孟興滿臉無奈地望著父親，嘆道：「內城大門那裡的守卒是李輔、鄧賢的老部下，他倆在前面一喊，便直接棄械投降，全無反抗。」

聞言，孟達氣得暴跳如雷，「李輔、鄧賢這兩個傢伙，一個是本座的親外甥，一個是本座的心腹主簿，居然忘恩負義地背叛本座！我早就瞧出李輔近來有些不對勁，當初真該在太守府裡就一刀了結他！鄧賢那廝也是蠢笨如豬，兩個都早就該宰了！說起來，我還是心太軟了些……」說到最後，更是兩眼凶光畢露，「殺！咱父子倆一定要殺出去，砍了那些傢伙的腦袋餵狗！」

這時，一個沉勁有力的聲音突地響起，「孟達，其實你也不用惱恨，十七年前，你背叛劉璋轉投劉備，七年前，又背叛劉備歸附我大魏旗下，結果三個月前，你背叛成性，竟又投向諸葛亮、陸遜那裡。正所謂『叛人者，人亦叛之；害人者，人亦害之』，每次你到洛陽太學裡時，都會給博士們擺弄你那滔滔口才顯示你博才多智，這些你應該不會陌生吧？」

隨著聲音，密室門口亮起一排炬火，把室內室外照得一片通明。

兩列虎賁武士抬著一架朱漆坐輦在外肅然而立，上面坐著一位年近五旬的方面長者，鬚髯墨黑閃亮，隨風輕輕飄拂，顧盼之際凜凜生威，舉手投足間彷彿有股說不出的清冽肅殺之氣湧出，正朝孟達等人捲襲而去。

此人正是魏國派出的鎮南大都督司馬懿。

見狀，孟達兩眼瞪得怒凸，幾欲噴出火來，「司馬懿，你這老賊竟敢如此奸詐，偷偷收買李輔、鄧賢那兩個小兒來暗算我！」

司馬懿微微一笑，並不接話，只是緩緩側身向坐輦後面悠然問道：「這些話，你們都聽到了？」

孟達瞳孔一張，微愕地看司馬懿身後那片黑影中走出兩道人影，正是李輔和鄧賢兩人。他們表情複雜，之中帶些悲涼，目光裡更是滿滿的鄙夷。——

同一時間，司馬懿慢悠悠地說著，語氣明顯帶著刺，「孟達，剛才你這兩個手下還苦苦哀求本都督饒你父子二人的性命，想不到，我們在門外聽到的卻是你口口聲聲說要砍下他們腦袋餵狗！」

孟達渾身早已似石頭人一樣僵硬不已，接著猛地噹啷一聲，手中利劍突然脫手落在地上。

「父親……」孟興看著身邊變得像活死人一樣的父親，差點痛哭失聲。

司馬懿目光從孟達的頭頂上越過，在密室四下裡津津有味地打量一圈，緩聲道：「呵呵，你倒是將這座巢穴築得很是牢實，連牆壁都是用整塊的大青石砌成。嘖嘖，眞是可惜了，早知道朝廷當年眞該留你在洛陽當大匠，如此一來，或許你今日的滅門之禍便可免了，你說是嗎？孟將軍。」

孟達眼神失焦，直喃喃道：「是你們逼……逼我的，都是你們……」

見此，司馬懿聲音突然一沉，變得冷硬如刃，「沒有人逼你！是你自己嗜利忘義、貪字當頭，才會一步一步走上這條絕路！你一生恃才弄術、無人不叛、無事不詐，哪個部下不在背地裡防你？來人啊！砍了他父子倆的人頭送到洛陽，高掛示衆，以爲不忠不誠者之誡！」

這次，李輔、鄧賢二人都緊緊咬住了嘴唇，不吐一字，再沒勸司馬懿收回成命。

待虎賁武士們將臉色死灰的孟達父子押走後，司馬懿斂去肅容，微笑回望李輔，「李君，本都督素聞你智略多端，先前更爲孟達出了不少好主意……」

「小人乃敗軍之謀掾，又何敢言智耶？」李輔俯首而答，心底有些忐忑。

司馬懿搖搖頭，雙眉不自覺露出一絲輕蔑，「話不能這麼說，攤上孟達這麼一個患得患失、東搖西蕩又無定見的人，便是張良、陳平等大賢再世，也難輔其建業。像這般無骨無節、無恩無義的小人，自取夷滅是遲早的事，早在六年前，本都督便已洞悉他今日下場。」

最後，他面容一正，侃然而道：「如今新城郡已然重回我大魏版圖，本都督在此宣誓，一切必將與民更始，既往不咎，興利除弊，再造昇平！鄧賢，你仍留位郡尉之職，李輔，你則升爲郡丞之官，這一次，本都督定會爲你們選個值得輔助的新任太守，望各位一同爲我大魏守好西南門戶！」

大局既定，魏軍便照著先前的方正隊形，井然有序地撤出新城。

司馬懿將馬停在東城門外的山崗上，望著重歸寧靜的郡城，緩緩道：「固若金湯的新城郡，向來號稱『飛鳥難入，猿猴難攀』，結果本都督大軍一到，旬月間便舉城直下，師兒，你知道這究竟是何原因嗎？」

司馬師立即恭敬回道：「父帥用兵如神，方能攻無不克、戰無不勝，那區區新城自然破得不費吹灰之力。」

聞言，司馬懿回頭深深盯緊自家大兒子，凜聲道：「你錯了，爲父並沒像你講的這麼厲害，這座新城郡，是自己敞開大門放我大魏軍進去的，並不是爲父以力破之。若非孟達父子二人自私自利，絲毫不念城中士民疾苦，我大魏又如何能撿到這樁便宜？師兒，人心一失，縱使有萬里金城亦無法守住，這點你一定要千萬牢記在心，知道嗎？」

「是的，父親大人。」司馬師心悅誠服地答道。

司馬懿靜默片刻，又將目光投向西方天際，若有所失地輕嘆道：「新城一失，想必諸葛亮也無法東下漢水，意圖襲擊荊襄了，我大魏江山總算無懈可擊。」

司馬師一聽，先是望了望左右，緊接著上前低問道：「父親大人，孩兒心中實有疑問，您先前爲何只讓牛金將軍帶著一萬兵馬前往魏興郡支援申儀太守呢？依孩兒愚見，何不乘此大好良機，直接揮師西去，舉荊襄之衆與諸葛亮在漢中郡一決高下？也好教天下英雄一睹您的驚世奇略！」

司馬懿微側著頭，冷冷瞥了司馬師一眼，目光又倏地拉回天空，輕哼道：「需要爲自己打下這麼多勝利嗎？要知道，太多的勝利就代表太多負擔。魏興郡以西是曹眞大將軍的管轄，既然他身爲關西方面的封疆大吏，就當由他自己承擔起抵抗諸葛亮的重責大任，那種畫蛇添足的蠢事，爲父絕不會做。」

第7章

角力

諸葛亮聽了連連點頭，眼神精光一盛。馬謖說得對，如今繼續在漢中郡僵持已經毫無意義，新城郡已失，司馬懿隨時能揮師從魏興郡殺出，威脅大漢東翼……

「什麼？新城郡失陷？」

另一邊，諸葛亮在漢中營寨中軍大帳內接獲消息，一時愣得手中羽扇失手墜地，不由得皺眉深深嘆道：「司馬懿用兵當眞是機變如神，居然才花了短短十幾天工夫便將新城攻下！」

他不得不驚訝。雖知孟達才幹並不足以一舉擊退魏軍，但以新城之城池糧草來看，至少能拖上三、四個月，到時雙方僵持兵疲，自己便能在擊退斜谷道的曹眞後全力馳援新城，進而衝破魏國西南要害。

萬萬沒有料到，屯糧一百六十萬石，防衛固若金湯的新城郡，居然在司馬懿手下撐不過一個月，才短短十六日便轟然崩塌！

諸葛亮顧不上再爲失去的新城憤慨，略一沉吟，便吩咐馬謖道：「你速速派人通知王平、姚靜、鄭陀等人，命他們馬上停止攻打魏興郡，收兵撤回漢中。倘若本相沒料錯，司馬懿蕩平新城郡後，下一步肯定會發兵從魏興郡而出，直襲我漢中郡！到時，王平他們帶去的二萬人馬豈不是飛蛾撲火？」

聞言，馬謖臉色一暗，垂頭沉聲道：「丞相大人有所不知，謖方才接到王平將軍來報，說在魏興郡外遭到魏賊猖獗反撲，以姚靜、鄭陀二將爲首的七千將士皆已陣亡，現在只剩他帶著殘兵敗卒撤回漢中郡。」

諸葛亮微一皺眉，仍冷靜問道：「可有魏賊在後追趕？」

馬謖搖搖頭，「王平在訊報裡沒提此事，想見敵軍應該並未尾襲。」

諸葛亮這才稍稍放下心，接著恨聲道：「孟達這蠢材，不聽本相的殷殷忠告，貪戀自己地盤而坐守新城，終被司馬懿圍而殲之，實乃咎由自取。只可惜我大漢『西出關中，東出荊襄』的方略因此殘破，痛失東南進軍要道，再無法東下漢水直取荊州，日後只剩從隴西、關中兩處逕取中原一途，實在令本相綁手綁腳，奇計難施啊……」

他嗟嘆了好一會兒，忽又想起了什麼，向馬謖問道：「李嚴那邊呢？陳到可有消息送來？李嚴是否願意帶領江州勁卒北上？」

馬謖一聽，愣是悶不吭聲好一會，最後才乾聲道：「陳到送來情報，說自從上次蔣琬大人前去勸說後，李令君已暫時放棄從神農山接應孟達的事，但同時也一直稱病不起，閉門拒客……看來，只有朝廷當眞加封他為巴州牧，並授予開府建牙之權後，他才會『病癒』率兵北上。」

諸葛亮靜靜聽著，一時沉默不語，心思卻是飛快轉著，在永安宮裝病不起的李嚴很快就會知道新城失陷、孟達喪命的消息，接下來他的「病情」肯定又會加重……

孟達被除，東州派勢力受到重挫，李嚴再也沒有實力挑戰自己的權威，對自己來說是好事，但放任對方不陰不陽地在一邊遊移觀望也不行！看來自己此番北伐結束之後就該回蜀徹底了結此事，這種不顧大局的人若是留在江州之域的封疆大吏任上，不曉得之後還會生出多少是非來？

諸葛亮斂起思緒，目光望向北邊，輕聲喃道：「馬謖，依君之見，咱們眼下的北伐方略該如何施行呢？」

馬謖素來長於謀劃，一聽諸葛亮此話，立刻抱拳謹立，滔滔不絕道：「丞相大人，依謖之見，當前戰局於我漢軍隱有不利，此刻唯有棄子取勢，反制敵軍。在北，您可委派趙雲老將軍率一支勁旅前去箕谷附近截擊曹真；在東，您可留下鄧芝防守漢中郡，阻擊自魏興郡一路來犯之敵。另外，丞相大人您自己則可親率謖與魏延將軍等向西直出祁山，包抄僞魏的涼州一境，取得天水、南安、安定三郡，之後，再以泰山壓頂之勢順渭水東驅陳倉，一舉奪之。只要陳倉入手，關中之事則不復憂矣。」

諸葛亮聽了連連點頭，眼神精光一盛。

馬謖說得對，如今繼續在漢中郡僵持已經毫無意義，新城郡已失，司馬懿隨時能揮師從魏興郡殺出，威脅大漢東翼，倘若他眞與衝出斜谷道的曹眞相互呼應，自己必將落入被包抄的尷尬困境。

爲今之計，只能如馬謖所言，緊急跳離漢中郡，向西繞過祁山，在隴、涼一帶開疆拓土，然後再沿渭水直取陳倉，進逼長安！

一思及此，他向馬謖炯然正視了半晌，方才深深言道：「馬參軍不愧是我蜀軍智囊，北伐大軍便依君之計而行。」

此刻，東方剛剛露出一線魚肚白，離早朝殿會開始的時間還有大半個時辰，但司馬懿的乘輦已徐徐駛近玄武門外，在側道停下。

在僕人扶侍下，他慢慢步下乘輦，一眼看見正在玄武門內緩步的執金吾將軍臧霸。在魏國軍界中，臧霸稱得上是位奇人，全身上下無一不是傳奇。

東漢建安初年起，他便集結三千青徐黃巾軍揭竿起家，建安六年投歸曹操後，一路由濟南太守、青州刺史做到右將軍。不像曹仁、夏侯淵等具有宗室背景的武將，及賈逵、滿寵、裴潛等那樣世族出身的儒將，他的地位，全是一刀一槍的赫赫軍功堆出來的。

就連吳國國主孫權，當年都曾在部下面前稱讚臧霸在戰法戰術上見解不凡，是絲毫不次於張遼、徐晃等魏國驍將的要員。

後來，黃初年間魏文帝曹丕率師親征江東，所有人都以爲臧霸會在那場東征中再立新功，位階更上一層。然而令衆人大感意外的是，臧霸卻突然被一紙詔書遷爲負責宮廷警戒的執金吾，不僅無緣踏足淮南戰場，從此更漸漸淡出魏國軍界。

當時，司馬懿還爲臧霸暗暗抱屈了好長一段時間。他當然知道問題在哪，臧霸的作戰能力過強，魏文帝曹丕和當時的征東大將軍曹休都對臧霸有些猜忌，甚至不惜冒著東征失敗的風險將他逐出軍界權力核心。

這同時也印證司馬懿一直以來對曹魏皇室的根本看法：在兵權歸屬問題上，曹魏皇室絕對不允許任何外姓人士染指，他們只需要將領為自己效勞，一旦失去利用價值，兵權肯定會被全盤奪盡。

現下，先前那個威風八面的右將軍兼徐州牧臧霸就像一個聊以度日的看門人一般在宮廷內慢步，只一身甲冑顯示殘存的武將身分。以前那個從孤寒境遇中特立拔起的臧大將軍，最終竟落得如此下場，實在令人唏噓！

這一幕情景，令司馬懿看了不禁暗暗鼻酸，不露聲色地走上前去。

直至司馬懿站到面前，臧霸才恍如大夢初醒般回神，望著他先是一愣，接著便熱情地把手向玄武門裡指去，「司馬大都督怎麼來得如此早？您若嫌等在外面太冷，不如就先到裡邊的天街玉階候召吧。」

司馬懿輕輕一擺手，臉上現出再明顯不過的敬意，「懿是特意來拜會臧大將軍您的，若您有方便的時間，還望不吝指教……平吳滅寇的方略。」

聞言，臧霸立時觸電般全身猛震，深深地看了司馬懿一眼，半天才說出一句話，「……你是老夫調任此職後，身居要職卻特意探望老夫的第一人。」說完，表情慢慢歸於平靜，主動和司馬懿緩步前行。

這時，濃重的夜幕已逝，西邊天際的晨星成了最後點點晶亮，金焰般燦爛的朝霞正漫天鋪展，襯著晨星的銀亮，渲染著溫暖的美麗。

臧霸慢慢和司馬懿並肩走著，態度和語氣都像對待某位一見如故的至交好友般親切自然，緩緩說道：「您有什麼問題就儘管問吧，老夫等了這麼多年，今天總算等到您了。老夫先前還納悶呢，莫非我大魏朝不想蕩定江東、統一四海了嗎？說實話，老夫也不希望自己這輩子苦心琢磨出的平吳滅寇之策，就這麼寂寂無聞地跟著老夫一起埋葬到棺材裡去啊！」

雄奪曹家半壁

曹休死後的第三天，

司馬懿就兼任征東大將軍之職，

並「假黃鉞」統轄荊、豫、徐、揚四州軍政機務。

這也意味著，

司馬懿已徹底掌控了曹魏半壁江山的軍政大權。

第1章

破格擢賞

司馬懿保持伏地之姿，這華歆果然居心叵測，一方面在明處阻擋本都督獲取軍政實權，另一方面又在暗處推波助瀾，刻意造成司馬家「父子掌兵，權傾軍界」的負面形象。

「司馬愛卿，你不久前才在拒吳之役中取得黑林峪大捷，過後不到旬月，又掃平叛賊孟達，戰功赫赫，實在辛苦了。」

曹叡高高坐在御座上，清秀俊逸的臉龐滿是笑意，眉目間竟與當年死去的甄太后有幾分相似。這份熟悉令原本隱懷不安的司馬懿放下心來，按計而施。

他臉色沉肅，伏在柏木地板之上，叩首奏道：「啓奏陛下，老臣當初乍聞孟達作亂，爲求『見機而作，不俟終日』，故先斬後奏，舉止實有違禮法，特此免冠請罪，求陛下懲處。」

曹叡聞言，不禁怔了一下。

當初，他一聽到司馬懿未得自己旨令下發，便拔營提兵西討孟達，心底難免有些疙瘩，以爲他不尊敬自己，但後來西線又傳來消息，說僞漢的諸葛亮正駐兵漢中欲與孟達聯手進犯，倒令他心中憂慮一下壓倒猜忌，一心只擔憂魏軍無法擋下此災。

在那長長的十六日裡，他每天夜裡都向天祈禱，而今司馬懿不負所望，勝利歸師，自己怎能加以責罰？況且，諸葛亮尚在隴西一帶鬧騰，自己更應示以寬宏，以免寒了前線將士之心。

一想到這，曹叡滿面含笑，「司馬愛卿平身，你憂公忘私、捨身救國、冒險出兵、艱苦作戰，一舉蕩平孟達叛賊，肅清荊襄內患，此乃公忠體國之義舉，何罪之有？照朕意思，愛卿非但無罪，反而是大功一件，朕要升你為驃騎大將軍，位與『三公』同列，另外，朕還要加封你為假……」

司馬懿聽到後面這個「假」字，心頭不禁暗暗一跳，莫非陛下要賜自己「假黃鉞」的特權？

說起假黃鉞，是由君王授予大臣一柄黃金鉞斧作為憑據，賦予「如朕親臨」的至高權威，倘若司馬懿得到這項權力，便可在荊襄之域橫行無阻，殺伐決斷盡操於手。

不料，就在這個當下，太尉華歆驀地發出一聲重咳，打斷曹叡的話，冷冷道：「啓奏陛下，司馬懿身為輔政大臣，膽敢調兵先斬後奏，已觸犯朝綱，若非當時情勢危急刻不容緩，早該下令重責一番！如今雖明白此乃為捨身為國之舉，但陛下亦不宜大加彰揚。依老臣之見，便以擒滅姚靜、鄭陀等七千蜀賊為立功依據，升司馬懿為驃騎大將軍已足，不知陛下以為如何？」

「這……這……」曹叡沒料到華歆會突然跳出來橫擋，不禁有些猶豫沉吟。

司馬懿見曹叡滿額冷汗，一副左右為難的模樣，只得在心底暗暗一嘆，主動做了讓步，「陛下，華太尉之言公正無誤，老臣並無二話。」

聞言，曹叡頓時神色一鬆，大喜道：「司馬愛卿實在是胸懷大局、公忠體國的一代賢臣，那麼，朕便下詔升你為驃騎大將軍兼鎮南大都督，總領荊、豫二州軍政機務。」

「老臣恭謝陛下隆恩。」司馬懿俯身伏地答道。

華歆似乎沒料到司馬懿竟會自斂退讓，不禁在一旁深深盯著，心念急轉下，又出列拱手奏道：「司馬大都督寵辱不驚、忠謹謙順的風範，委實令老臣欽佩不已。不過。據老臣所知，司馬大都督的長子司馬師隨父出征時恪盡職守，在此番蕩平孟達之役中亦立下不小功勞，朝廷豈可遺漏？在此，老臣懇請陛下封賞司馬師為南陽太守，官居正四品，食祿二千石。」

司馬懿依舊保持伏地之姿，靜靜細聽華歆的話，同時暗地思忖，這華歆果然居心叵測，一方面在明處阻擋本都督獲取軍政實權，另一方面又在暗處推波助瀾，刻意造成司馬家「父子掌兵，權傾軍界」的負面形象，進而招來曹魏皇室的猜忌，自己千萬得小心應付才是。

這時，坐在他側席的大司馬曹休已不禁微微變了臉色。

一念及此，司馬懿懇切地回答道：「啓奏陛下，老臣之子司馬師在此番平叛之役中不過是稍有薄勞，何功何能敢當南陽太守之職？陛下和華太尉若要濫賞於他，老臣寧願當場辭去自身的驃騎大將軍，絕不從命。」

話說得鏗鏘有力、擲地有聲，連華歆這麼刁鑽的人也一下挑不出什麼刺。

另外，曹叡聽了則大力誇道：「司馬愛卿如此謙遜自持，朕甚嘉之，這樣吧，司馬師的戰功之賞，朕便暫時記下，待日後有機會一併加總。」

司馬懿急忙叩首謝過，沉吟了片刻之後，主動開口道：「啓奏陛下，今日老臣在這朝堂之上，卻想冒昧請您對一位在此役中戰功卓著的寒門偏將破格擢賞，以彰陛下的知人之明。」

曹叡好奇道：「哦？愛卿準備懇求朕破格賞的是何人？」

司馬懿朗聲奏道：「老臣幕府中的倉曹掾州泰，他在東征新城一戰中多有智略，勳勞不小，堪當新城郡太守之職！」

此語一出，朝堂上頓時泛起隱隱轟動。州泰？此人是誰？怎麼之前都沒聽說過？而且司馬大都督居然一開始就想舉薦他爲官秩眞二千石、位居正三品的新城大郡之太守。

華歆板起臉孔，連珠炮似地向司馬懿問著，「州泰此人家世門戶出身如何？經術義理上的造詣又是如何？現下是否有任何仕宦資歷？司馬大都督你毫無介紹，便於此刻懇求陛下破格擢賞，是否行爲太過冒昧？」

司馬懿侃侃而言，「州泰乃戰亂中的孤寒棄兒出身，自學《論語》、《荀子》、《孫子》有成，一個月前老臣才將他的官秩提升爲比一千石的倉曹掾，但他在此番在征討孟達之役中所獻之計，確有奇功，我荊襄三軍上下共見。所以，老臣秉公而察、據實而薦，推舉此人爲新城郡太守，若日後有絲毫差池，老臣甘受失察之責。」

司馬懿這麼一講，更顯出自己大公無私、爲國舉賢的高風亮節，令華歆不好再駁斥，只得悻悻閉上嘴巴，不再言語。

坐在他一側的鎮東大都督兼大司馬曹休卻陰陽怪氣地開口道：「啓奏陛下，老臣從犬子曹肇口中得知，州泰雖是棄兒出身，去年卻已尋到祖母，只是祖母不幸於上個月底去世。按朝廷禮法來看，他恐怕應該爲祖母離世守孝三年才是，看來，這新城郡太守一職還是不能給他。」

司馬懿知道曹休這番藉口，全是爲了擠掉州泰，好把自己兒子曹肇抬上新城郡太守一職，立刻臉色冷凝道：「陛下，亂世之際，干戈日起，千軍易得而良將難求，吾輩豈可拘於禮制常法而忽略社稷急需？老臣在此懇請陛下破格降詔，令州泰素服履職，出任新城太守，如此一來，荊襄士民亦爲陛下用賢之明而歡欣踴躍、竭誠盡忠。」

曹叡先是看了看曹休，又瞧向司馬懿，思考了好一陣子，終於大袖一拂，毅然道：「中書省即刻擬詔，令州泰克己從公，出任新城太守，把守大魏西南門戶。」

夕陽尚未落山，大霧已經掩蓋住整座帝都，濕霧愈來愈濃，此時正是司馬府用晚膳的時刻。

如今司馬懿雖然位極人臣，但樸素、節儉在朝野上下仍十分出名。司馬府的餐桌上只有三樣菜：一碟牛肉、一碗豌豆羹，以及一碗青菜湯，這是司馬懿許久以來便養成的飲食習慣。

即使是吃晚飯，司馬懿也沒有休息，一邊舉筷用餐，一邊聽著張春華彙報府門內外各項事情，以及來自朝廷各處的重要情報。

張春華道：「夫君這一次平叛有功、晉升為驃騎大將軍後，朝廷百官幾乎都私底下給您送來了賀禮。」

司馬懿問道：「幾乎都送了？那還有誰沒送？」

張春華道：「除了華歆那個老怪物，其他大臣都送了，連曹眞、曹休兩家都送了。」

司馬懿淡淡道：「嗯……這些禮物，有些當得了眞，有些卻當不得眞，妳自己要有分寸，別先入為主地認為別人送禮示好，就是眞的會提出要求。不過，凡是送禮的人，都得好好記下名字，無論尊卑貴賤，日後咱們都要找準機會回謝。」

張春華恭然道：「妾身明白，不過，有些同僚送來的禮物很特別，一時還眞不知讓如何回謝。」

聞言，司馬懿不禁停下往嘴裡送飯的筷子，抬頭望著張春華，饒富興致地問道：「哦？是怎麼個特別法啊？快說來讓我聽聽吧。」

張春華略一思吟，便道：「比如前太尉賈詡的嗣子北海郡太守賈穆，就送了一件禮物，卻聲稱是他父親當年臨終前特別交代自己，一定得在司馬大都督持節掌兵並立下第一次功績後再送。」

司馬懿愈發好奇，立刻擱下雙筷，催道：「把那件禮物拿來給爲夫看一看。」

張春華淺淺一笑，從身後推過一方長形錦匣，打開一看，裡面赫然是一卷帛圖畫軸。

司馬懿拿起畫軸抖開，發現內容氣勢不凡：高聳山頂上，有頭威猛雄壯、活靈活現的吊睛白毛大虎正昂然提爪擺尾地攀爬著，長嘯遙望之處，一輪紅日正冉冉升起。

司馬懿深深地凝視著這幅帛圖，「好一幅『塚虎登山望日長嘯圖』，賈太尉眞是深知吾心，這幅畫可說是爲夫此番凱旋後收到的最佳禮物。」說罷，他慢慢卷好帛圖，放回錦匣。

又過了好一會，他才幽幽嘆道：「賈穆在北海郡太守任上差不多幹了兩三年，春華啊，妳記著，今年年底一定要把他抬到青州別駕的位置上去，也算盡到我司馬家對他賈氏一族的拳拳報答之心。」

張春華一聽，忍不住佩服道：「夫君不忘舊恩，實乃有情有義的大丈夫。」

司馬懿又從桌几上端起飯碗來，「朝中近來有何消息嗎？」

張春華略思一會，回道：「妾身從陳司空府中的荀夫人那裡打聽到，陳矯將要接替您辭讓而出的尚書僕射一職，三弟則轉任到陳矯空出來的度支尚書之職上。奇怪的是，三弟騰出來的吏部尙書一職，卻是由廣平郡太守盧毓接任，著實令人有些意外。」

司馬懿沉吟了會，「是前朝名公盧植的小兒子盧毓？他在黃初年間曾因據理直言頂撞先帝被貶出朝堂長達四、五年。當今陛下眞乃一代明君，居然不念舊過將其調回，實在難能可貴啊！」同時卻暗暗分析，這曹叡果然有些手腕，甫登基便不露痕跡地調動一波人事，將吏部實權抓在手中，控制百官任免進退之權，施行新君的「正位」大謀。

張春華何等冰雪聰明，一下便聽出司馬懿話中隱憂，溫言寬解道：「夫君無須過慮，盧毓與三弟的關係向來不錯，三弟更曾在先帝在世時向朝廷建議舉盧毓爲吏部侍郎一事。這樣看來，盧毓升任吏部尙書後，對我司馬家先前布置的人事格局不會帶來太多衝擊和影響。」

司馬懿聽了，仍是微微皺眉，「對我司馬家先前布下的人事格局衝擊當然不大，問題是，我司馬家日後若想再插手吏事進退任免，肯定變得困難。看來得細細思量一番，巧妙化解此道難題才是……妳繼續講吧。」

第2章

「空殼」擋箭牌

華歆本就是曹操、曹丕專門用來監視司馬懿的老狗，倘若司馬家一反常態地與其結為姻親，肯定會引起曹魏皇室的疑忌，還是就把這老頭擱原地，讓他成為司馬家的擋箭牌吧！

張春華見狀，又繼續報告，「還有寅管家從孫資那裡得來的消息：太祖武皇帝時的軍謀掾及汝南太守滿寵即將升任爲揚州牧。另外，郭太后的弟弟郭表終於拿到皇宮大內中壘將軍的職位，曹真的長子曹爽也被陛下提拔，擔任武衛將軍，前征西大將軍夏侯淵的嗣子夏侯霸將出任羽林總監一職，駙馬都尉秦朗則出任衛尉之職……」

司馬懿認眞聽著，一邊夾起牛肉入嘴慢慢嚼著，一邊沉思。

張春華見丈夫沒再出聲，心思飛轉，想到之前朝堂上華歆百般刁難一事，口氣當即變得有些憤然，「對了，華歆這老匹夫一直阻撓打壓夫君，未免欺人太甚。依妾身之見，不如直接吩咐寅管家一聲，讓他找幾個得力死士，不留痕跡地除去華歆，免得妨礙我司馬家的千秋偉業！」

聞言，司馬懿稍稍一滯，將箸輕擱桌上，平視張春華，緩聲道：「夫人和寅管家如此關心爲夫，爲夫心底甚爲感激，但道家之言曾有明訓：『爲人行事之大弊，在於只知進而不知退、只知堵而不知疏、只知彼而不知此。』爲夫認爲，華歆此人萬萬殺不得，反而得讓他留在明面，當成爲夫一個能對付的政敵。這樣一來，會讓曹魏皇室以爲群臣互制的局面未被破壞，進而沾沾自喜，並對爲夫放鬆警戒和提防。倘若你們刺殺他，無論有無留下證據，最後嫌疑都會指向我，屆時，反而令爲夫置於非常不利的境地。」

張春華一聽，立時反應過來，雙掌大力一拍，「夫君說得對！是妾身太過擔心夫君，不想卻差點釀成大錯。」

司馬懿聽得感動，抬眼看到她鬢角微微露出的幾根銀絲，一瞬間百感交集，聲音有些哽咽，「春華，妳實在不用擔心。想當年，連太祖武皇帝如此精明刁鑽的人，都沒能把為夫怎麼樣，區區一個華歆又怎會弄出什麼名堂？」

張春華坐著，低頭用手慢慢順著裙帶，反倒沒發現司馬懿的一時激動，只提出另一個計策，「夫君，朝廷裡有人要害你，叫妾身怎麼放心得下？華歆既然不能除掉，何妨拉攏他到我司馬家這一邊？妾身聽聞，董昭大夫的夫人和華歆府中的高夫人自幼交好，不如請她出面做媒，將華歆的愛女華寧說給昭兒為妻？」

司馬懿否決道：「這似乎也不妥，華歆本就是曹操、曹丕專門用來監視為夫的一條老狗，倘若為夫一反常態地與其結為姻親，肯定會引起曹魏皇室的疑忌，還是就把這老頭擱原地，讓他成為我司馬家的擋箭牌吧！想來，那群曹氏宗親肯定非常樂意看到華歆和為夫『狗咬狗』互相拆台呢！既然有看戲的觀眾，那為夫便配合華歆，把這齣好戲紮紮實實地搬上舞台！」

聞言，張春華語氣幽然嘆道：「夫君這驃騎大將軍、鎮南大都督當得也真是步步艱辛，華歆這老傢伙打殺皆不得，真是難為。」

司馬懿凝望窗外愈來愈濃的暮色，默默無語。當年曹操身任丞相，權傾朝野，卻一時按捺不住，無法克己制怒，一刀斬下高唱反調的太中大夫孔融，結果卻提早曝露他的篡漢野心，招來無窮後患，自己今日又怎能重蹈覆轍？

用完飯後，司馬懿沉默不語，靜靜看著妻子收拾碗筷的背影，見妻子整理完後垂手坐回自己身邊，才緩緩開口道：「對了，春華，妳剛才提到了昭兒的事，他不是上個月前才從胡昭師兄那裡畢業回家嗎？他對自己的未來可有什麼打算？」

張春華一聽，登時臉上多了幾分不喜，「夫君不提還好，一提昭兒，妾身便有些不樂。說起來這也得怪夫君，非要讓他去陸渾山靈龍谷進學，不料胡師兄的清虛隱逸之風竟弄得他有些不務正業，天天跑到城東碧竹林下和阮籍、夏侯玄等一幫後生小子談論老莊，樂此不疲，甚至廢寢忘食！」

「老莊之學？」司馬懿一聽，雙眉也微微蹙起，「老莊之學重虛不重實，並且重屈而不重伸、重退而不重進，怎比得過儒家孔孟義理之道精實？昭兒若是浸潤日久，肯定會變得銳氣漸消。清談之舉更是徒費口舌，毫無實效，何足取法？妳記得向司馬芝說上一聲，讓他把昭兒派去京郊郡縣當個典農校尉，好在民生庶務上多多歷練，千萬不能讓這小子變成似孔融、王粲那般只懂批評的浮華無用之輩。」

「妾身曉得，就是夫君不說，妾身也會這麼安排的。」張春華點頭應允。

司馬懿雙手撫膝，沉思片刻又道：「關於昭兒的婚娶之事，爲夫倒有一個想法。聽聞王肅大人的長女王元姬知書達理、聰慧過人，又出於儒學世家，想必堪作我司馬家的媳婦。妳去請鍾太傅夫人過府說媒，請王肅大人將王元姬嫁給昭兒。若是咱們能順利結爲姻親，我司馬家便能得到王氏一族的鼎力相助了。王朗現在位居司徒，從名義上來講可以掌握吏治大權，我司馬家可藉此暗植勢力，不致中斷……」

他想了一想，又道：「當然，那接任吏部的盧毓咱們也得好好籠絡才是。對了，妳方才不是說過，滿寵要升任揚州牧了？此人德才兼備，現在即將成爲一方大吏，我司馬家應當盡早拉攏過來，好再添一層助力。滿家女兒滿芳似乎已到及笄之年，我們幹兒不也快十七了？妳明兒就讓董大夫府中的何夫人去給他倆也說一下媒，趁著爲夫還在京都，趕緊把這兩件事都辦好了。」

張春華一聽，反倒略現遲疑之色，「夫君，咱們近期內如此大動作地與各方世族攀交或聯姻，會不會讓曹魏皇室心生戒心？華歆那老頭又會不會在陛下面前發難？」

司馬懿端起一杯清茶，輕輕抿了一口，悠然笑道：「這倒不用多慮，爲夫向妳保證，我司馬家現在任何動靜，在當今陛下心中都不會引起太大波瀾的。因爲，洛陽城中，還有另一個豪門大族幫咱們轉移陛下的視線呢！」

「哦？哪個豪門大族？」張春華不無疑惑地問道。

「就是太原郭太后一族！妳想，國舅郭表才剛升為中壘將軍，陛下便立即提拔曹爽、夏侯霸二人上位，一個是武衛將軍，另一個則為羽林總監，連武帝的義子秦朗也升為衛尉，目的還不是『牽制』二字？」

張春華驚呼道：「原來陛下一直以來都在提防永安宮郭太后一族啊！」

司馬懿瞧著妻子恍然大悟的表情，點頭笑道：「妳可別忘了，當今陛下和永安郭太后之間始終卡著不共戴天的殺母之仇，只要這個心結仍在，兩邊的猜忌爭鬥就會愈演愈烈，給我司馬家『鷸蚌相爭，漁翁得利』的大好良機。」

張春華一臉敬佩地說道：「夫君總是這麼聰明，能在最快的時間裡操縱矛盾，為我司馬家所用。」

司馬懿聞言，卻只是淡淡一笑，仰頭望向屋頂，喃喃道：「春華，妳不知道，其實當日陛下登基時，為夫立刻發現他的目光親切，與當初甄太后的眼神何其相似。而且陛下對為夫厚寵重用、傾心信任，遠遠超過其祖父、父親二人，我可以感受到，他是打從心眼裡以『亞父』之禮尊敬為夫的……」

說到這裡，他頓了一下，又猶豫地說下去，「春華，為夫心裡甚至想稍稍修改我司馬家先前『異軍突起，扭轉乾坤』的天下大略，換成與曹家『平分天下，共治四海』。妳不要以為這是我一時感情用事，倘若陛下能一直這麼英明睿智，為夫縱使再極力操縱矛盾、翻雲覆雨，也是無隙可乘。」

張春華雙眸裡一陣晶光流轉，直盯著司馬懿幽幽嘆了一口氣，「妾身一直說夫君從骨子裡是重情重義的偉丈夫，方才聽了這話更覺得不假，曹家才有人稍稍對您好了一些，就能把您感動成這般模樣……唉！虧您還是在宦場中沉浮起伏這麼多年的老手，怎麼就是看不穿呢？我們的勢力可以一代一代往下傳承，可真心這種事，卻未必能代代相傳，歷史不衰的啊！」

「您先前也去玄武門見過臧霸將軍了，想當年，太祖武皇帝對他何等寵信？甚至允許他能在青州境內擁兵自重、收賦自足，連大小掾吏都有直接派任的權力。可您瞧，如今臧霸卻是兩手空空、家道凋零，他的兒子個個都是難得的人才，結果現在都快四十歲，卻只能當個文抄郎一類的小官，怕是再也混不上去了……」張春說到最後，言辭愈顯鋒利，「妾身想問的是，當今陛下可曾寵遇您一如當初太祖武皇帝寵信臧將軍一般？您先前連任命州泰當郡守都還得向他請旨，而我們師兒、昭兒等人目前還有偌大未來，萬一弄得和臧將軍那些兒子一樣，屆時我們司馬家又該怎麼辦呢？」

「別再說了！」司馬懿驀地一股無名火起，右手猛然一震，杯裡的茶水差點全灑了出來。

張春華臉上微青，怯色一閃而隱，卻仍倔強地說：「夫君，且聽妾身把話講完吧，古語云：『皇天無親，唯德是輔。』依妾身之見，我司馬家『異軍突起，扭轉乾坤』的千秋偉略成敗與否，自當順應天命及人心。若他曹家能永續王業，我司馬家自然只能從旁悉心輔弼，可他曹家若不能永保王業，我司馬家取而代之，又有何不對？」

司馬懿素知張春華聰穎非常、智計過人的，卻沒料到她在是非關頭亦是如此剖斷分明，聽完她的話，不禁暗暗讚嘆，我司馬懿能得妻如此，可謂上天待吾不薄也！

他慢慢放下手中茶杯，臉色漸顯和色，卻不再多說什麼。

見狀，張春華便知丈夫的心情已趨於平靜，便轉開話題，「妾身差點忘了說，東阿王曹植前不久寫了一篇《輔臣論》，目前正在朝野上下流傳呢，不曉得夫君是否已經看過？」

司馬懿點點頭，「爲夫也已經看過，這篇《輔臣論》裡對諸位輔政重臣不吝浮誇，溢美之詞處處可見。爲夫記得，他稱讚曹休是『文武並亮，權智時發。奢不過制，儉不損禮。入毗皇家，帝之股肱』；陳群是『容中下士，則衆心不攜；進吐善謀，則衆議不格。疏朗通達，至德純粹』；曹真是『智慮深奧，淵然難測。執節平敵，中表條暢。恭以奉上，愛以接下。納言左右，爲帝喉舌』……」

張春華接著說道：「可他給夫君您的稱讚卻是文中篇幅最長的，『魁傑雄特，秉心平直。威嚴足憚，風行草靡。在朝廷則匡贊時俗，百僚侍儀；一臨事則戎昭果毅，折衝厭難』。」

司馬懿慨然道：「是啊，妳能想像嗎？這種阿諛奉承的溢美之詞，竟是當日建安年間才氣橫溢、清高絕世的曹植曹子建親筆所寫？時勢當眞能改變一切，連曹植這般風骨峻挺的名士大賢居然也不得不向權勢折腰，用一些溢美之詞討好曹休、曹眞、陳群和爲夫，以換取我們在當今陛下面前爲他的美言。」

張春華順著司馬懿的話，故作驚訝道：「哦？莫非曹植也是靜極思動，想乘著先帝逝世、新帝即位的革故鼎新之際冒出頭來東山再起？當今陛下寬宏仁厚，說不定會一轉念而重用曹植……你想，他連當年頂撞過先帝的盧毓都提拔起來了。」

司馬懿聞言，表情忽然又如銅像般冷硬，「這事還眞是說不準，妳記得吩咐咱們安插在東阿縣那邊的人把曹植盯緊一點。倘若曹植當眞東山再起，我司馬家連想與曹家『平分天下，共治四海』也會產生爲變數。」

第3章

征吳新策

司馬懿這套征吳方略熠熠生輝，饒是曹休對他大有成見，聽了亦無話可說，只是心底仍暗暗不爽：司馬懿才執掌兵權不過一年多時間，憑什麼擺出一副老成的派頭，還壓得人無可辯駁？

大雨後的洛陽京城，空氣清新，這場夏雨來得利索，把連續數日炙人肌膚的高溫一掃而空，使人覺得爽快。

皇宮凌霄閣裡，曹叡拿起一札竹簡奏摺，臉上顯現出難得的輕鬆，「昨夜大將軍曹眞送來捷報，說他麾下的車騎將軍張郃突發奇兵圍攻街亭，打敗賊將馬謖，斷去諸葛亮北進雍涼的咽喉要道，硬是逼得諸葛亮拔師退回漢中。」講到這裡，更如釋重負地長長吐出口氣，「看來，我大魏邊疆終於可以安靜一段時間。」

凌霄閣內兩側長席上，右側坐著曹休、司馬懿、陳群，左側則是新任尚書僕射陳矯、豫州牧賈逵、揚州牧滿寵、中書令孫資、中書監劉放等人坐著。

一聽曹叡這麼說，眾人便齊齊伏席同聲三呼道：「吾皇威播四海、天下靖寧，恭賀吾皇萬歲萬歲萬萬歲！」

曹叡待眾臣三呼完畢後，才雙袖一擺，肅然道：「諸位愛卿，大魏邊境雖安，但我等卻切勿忘記古人『居安思危』銘訓。今日朕特召卿等前來，就是想集思廣益、謀定而動，針對平吳征蜀之大業找出一套成熟完善的應對方略，再不可似先前那般東危則援東，西急則救西，疲於奔命卻又落於被動。曹大司馬、陳大司空、司馬大都督、陳僕射、賈逵刺史、滿寵將軍、孫愛卿、劉愛卿，請各抒己見暢所欲言，朕必洗耳恭聽。」

聞言，司馬懿暗暗稱奇。

這曹叡於東宮潛居時絲毫不露鋒芒，如今大權在手，卻驀地一躍而起，大展身手，就憑今天這「化被動爲主動」的想法，便顯露一代明君的潛徵，哪裡像先帝曹丕在世時，只知盯著東吳孫權，反反覆覆地拉鋸較量？

佩服之餘，司馬懿並不先急著發言，只是靜靜坐在原位，等其他大臣們開口。另一邊，同爲輔政大臣的陳群也存著「萬言萬當，不如一默」的箴鑑，貌似沉思而內懷觀望。

見狀，曹叡若有所思地將目光掃向左側長席，在諸臣臉上緩緩掠過。

賈逵憋不住，率先出席朗聲說道：「啓奏陛下，我等豈有他見？總之呢，您喊一聲『打』，老臣便衝在前面死命地打，您喊一聲『守』，老臣便駐在城中認眞守，包管讓那吳賊鎩羽而歸就是。」

聽了這話，曹叡不禁莞爾，也不多說什麼，接著將目光緩緩轉向右側長席。

這幾日來，曹休見司馬懿掃平孟達、曹眞逼退諸葛亮，均立有戰功，唯獨自己負責的東線平靜無事，心頭正癢得慌，此刻見曹叡望向自己，立刻暗暗提氣，雙眉直豎，也想開口發發豪氣。

不料，中書令孫資卻已先行一步出列，上奏道：「啓奏陛下，微臣久在中書省供職，經查閱古今史籍，見到前朝建安年間袁紹逆賊企圖舉兵南來作亂，謀士田豐曾經進諫：

『以衆凌寡、以強志弱，亦自有道。上上之策在於執重而臨，以久持之。明公據山河之固，擁四州之衆，外結英雄，內修農戰，然後簡其精銳，分爲奇兵，乘虛迭出以擾河南，救右側擊其左，救左則擊其右，使敵軍疲於奔命而士庶不得安枕，則我未勞而彼已困矣。不及三年，可坐而克之也！今釋廟勝長久之策，而決成敗於奄忽一戰之際，若不如志，悔之無及也。』這段話正誤暫且不論，但依微臣看，我大魏當今局勢，未嘗不可作爲借鑑……」

司馬懿默默聽著，雙眸不禁一亮。這孫資眞是聰明，竟能找出這等舊例，巧妙印證自己見解，還說什麼這段話「正誤暫且不論」。事實上，當年官渡之戰後，曹操一聽田豐呈給袁紹的諫言時，便曾以手加額，發出「幸得蒼天不使袁紹納此言也，否則吾豈能長驅而取河北平」的慨嘆，足見這段話肯定正確。

曹叡問道：「借鑑？這段話可以拿來作什麼樣的借鑑？又於我大魏何益呢？」

孫資似乎早有準備，當即重又端正姿態，娓娓道出己見，「臣於這段話中略有啓發，如有謬誤還請陛下指正。昔之善戰者，先爲不可勝，以待敵之可勝。不可勝在己，可勝在敵。如今，我大魏囊括天下勢力十分之八，而吳蜀各據一隅，強弱立見，故而大魏制勝之道在於固守險要、屯師邊疆，如此便可以逸待勞，尋機直擊，時戰時守。待到數年後，大魏勢已穩若泰山，吳蜀之寇仍舊疲於奔命，屆時必定有隙可乘，再以大軍長驅直入，自是戰績所向披靡，大業可成。」

司馬懿聽了孫資這話，暗暗稱許不已。

先前中書省居於內廷，僅職掌一些草擬詔稿、用璽發文等皇家打雜功能，而孫資今日參與御前朝議並且盛大發言，從這一刻起，便代表中書省的勢力即將崛起，可與外廷的尙書台、御史台等權力機構分庭抗禮。

看來，曹叡是想用中書省來制衡尙書台，好藉以樹立天子權威啊！

想清楚當中深意後，司馬懿更不可能對孫資這番方略指手畫腳或提出異議。

然而，另一邊的曹休被孫資橫插一腳搶走發話權，加上孫資竟以一介四品僚吏身分在他這個大司馬面前長篇大論，行爲有些張揚，一時怒氣頓生，勃然變色道：「孫君此計未免消極有餘而進取不足！如君之言，我大魏得等到何年何月方能完成征吳滅蜀大業？你們這些坐在中書省的人，平日只知搖搖筆桿、動下嘴皮，可曾經歷過前方將士親冒矢石、浴血奮戰的沙場艱辛？咱們恨不得一鼓作氣，將吳、蜀二寇全數消滅，這樣大家才能早點像孫君你一樣返回家鄉享『清福』啊！」

孫資一聽，臉皮頓時漲得通紅，牙齒咬得咯咯作響。

這曹休分明是拿著自己這些話刻意挑剌，難道我就不希望儘快拿下吳、蜀二虜？可是眼前的現實條件允許嗎？正因如此，孫某才刻意提出一條「以逸待勞，伺機而動，穩中求勝」之策，你卻跳起來，莫名其妙朝孫某撒氣？這不是有意陰損人嗎？

司馬懿見雙方氣氛僵凝，立刻出聲打圓場，緩和氣氛，「孫君所言乃穩中求進之策，爲的是保得萬無一失，些許微瑕之言，曹大司馬又何必計較？畢竟咱們同處廟堂，爲的都是大魏……對了，曹大司馬，您久鎭東疆，必有一番征吳心得，懿等在此恭聽。」

見司馬懿出來圓場，陳群、陳矯等紛紛也加入勸說之中。滿寵亦在旁呵呵笑道：「曹大司馬對吳、蜀二虜『滅此朝食』的決心和信心如此明顯，滿某佩服得緊，相信曹大司馬必有高見在胸，是嗎？」

聞言，曹休皆毫不理會，而是往司馬懿臉上惡狠狠地刺去一眼，冷冷道：「據休經驗來看，克敵首要在於臨事應變、隨機並發，焉可預設耶？不過，司馬大都督一向智在人先，才是眞正的『自有高見在胸』，休才想敬請教誨。」

照常理說，被曹休這麼軟中帶硬地刺了一針，換成別人，例如董昭、陳群等老滑頭，說不定便是望風轉移話題，避免和對方起衝突。

然而，司馬懿卻不顧曹休兩道冰冷銳利的目光，仍從從容容地開口道：「承蒙大司馬謙讓，老臣倒還眞有點愚見，望請陛下和諸君指正。」

聞言，曹叡精神一振，「司馬愛卿有何制敵之策，快說吧。」

司馬懿說道：「啓奏陛下，依老臣愚見，眼下若非攻吳、蜀二虜不可，便必以吳虜爲先。兵訣有云，『凡攻敵者，必先扼其喉而搗其心，則事必成。』吳虜向來自恃舟師之利，甚是難制。夏口、東關、皖城三地，即吳虜運兵出入之咽喉，而武昌、柴桑二地，則是吳虜之心，必得從此下手。若我大魏先以陸軍步騎直驅東關、皖城，吸引孫權從武昌派兵東下馳援，接著大魏再以水師勁旅順漢水襲向夏口，同時火速渡江，可謂神兵自天而降，破吳必矣。」

此話一出，在場滿座震動。

這「東西交擊，水陸並進」之策，與魏國以往的對吳戰略大不相同，出現三處新穎亮點：一是魏吳交兵二十餘年，魏國主攻方向多半選在長江下游的淮南，而司馬懿卻建議將主攻方向改在長江中游的夏口，可以收到出其不意之奇效。二是以往魏國攻吳一直都使用大兵壓境方式，以十數萬大軍強攻淮南，似司馬懿所言之「聲東擊西，虛實互用」方法，根本想都沒想過要用。三是以往魏國主攻兵種，一直爲陸軍，而司馬懿採用陸軍佯攻、水軍實攻之術，能令敵方鬆懈防備。

這三大嶄新亮點，讓司馬懿這套征吳方略顯得熠熠生輝，饒是曹休對他大有成見，聽了亦無話可說，只是心底仍暗暗不爽。司馬懿才執掌兵權不過一年多時間，憑什麼擺出一副老成的派頭，還壓得人無可辯駁？再者，這套征吳方略分明是向衆人暗示，平吳滅寇的希望應該寄託在司馬懿主政掌兵的漢南一帶，而非他曹休多年坐鎮的淮南，又將我這個征東大將軍往哪擱？難不成這司馬懿是想把鎮南大都督、征東大將軍兩個要職「一肩挑起」？

另一邊，曹叡聽了司馬懿的計策，卻是嘆服不已，見其身形如鐘巍然不動、口若懸河縱論天下，舉手投足間流露出的一派凝肅恢宏，實在不得不令人心折。

他想起先父曹丕那副因浮慕習氣而變得鬆弛散漫的模樣，心底不禁深深嘆了一口長氣，忖思道，司馬懿這般言談舉止，才是貨真正正爲我大魏撐天立地的棟樑之材！

一思至此，曹叡便展顏問道：「司馬愛卿所言極爲高明，不知諸卿是否還有其他補漏？」

聞得曹叡這話，曹休微微張口，猶豫是否該發話。其實，此番進京面聖之前，他曾收到吳國鄱陽太守周魴送來的一封求降信。

周魴在信中聲稱，這兩、三個月來自己辛辛苦苦爲孫權蕩定山越彭綺聚衆興兵之亂，然而孫權非但不給他加官晉爵以示褒獎，反而還當衆貶斥。

受此侮辱後，周魴認爲孫權斷事不公、有失英明，因著一股不平之氣，立刻截髮爲誓，意欲舉郡轉投曹魏。

曹休讓人暗中探查，周魴所言事實並不假，只是動機及誠意方面難以斷定眞僞，因此沒直接拿到明面上與衆臣商討，只暗暗覺得若將這周魴求降之事當衆說出，對司馬懿這條「東西交擊，水陸並進」之謀是個絕佳補強。

然而，他轉念一想，司馬懿如今肅清荊楚、剿滅孟達，剛才又欲染指淮南軍務，已是來勢洶洶，鋒頭之健，幾乎將要蓋過曹眞和自己，若此時再幫他錦上添花，豈非作繭自縛？不如還是先將周魴求降之事暗揣懷裡，說不定之後自己還能派上用場！

一番思量後，曹休便緊緊閉上嘴巴，不再多講任何一句。

曹叡見閣中衆卿均無異議，便正容道：「既然卿等俱無異議，那麼朕特此下詔，命司馬愛卿與曹大司馬爲總領負責之首，揚州牧滿寵、豫州牧賈逵、荊州牧裴潛等則爲其副，齊聚會師許昌陪都，待謀定備足後施行此計，力求平吳大業畢其功於一役。」

第4章

冒進的曹休

原來曹休一直暗中和自己爭功較勁，也想學自己先前平定孟達之亂時的先斬後奏之舉……那好，我怎麼能不「成人之美」，讓你出頭搶下這樁「功勞」呢？

許昌陪都行營書房。

「仲達，爲兄最擔心的，還是你這西面一路。」

說話的是滿寵，他雖是司馬懿的親家，年齡卻大了十多歲，一直以來總是以「爲兄」自稱，縱然討論公事時也不例外。

「即使爲兄和曹大司馬、賈牧君他們能順利將孫權的主力部隊引到東翼一帶，可你那從襄陽順漢水而下的水師戰鬥力是否眞能一路過關斬將，毫無滯阻？」

這時，燦爛陽光從敞開的窗戶射進，照得司馬懿臉頰揚起一圈金屬光澤。他的視線緊盯著那張在桌上展開的征吳軍事地形圖，冷靜理智地用銅尺在皖城、東關、夏口三地輕輕劃下一條弧線，沉吟道：「這次『東西交擊，水陸並進』的征吳大計，將集合我大魏荊、豫、徐、揚等四州兵馬。滿兄你那裡有五萬水師，曹大司馬麾下則有十二萬名步騎，賈君的豫州行營中也有四萬士兵，懿可以拿出來的兵馬有九萬精兵，人數極盛，自然勝算也大。按懿預想，滿兄的五萬水師得先調到襄陽這邊，別從揚州方向出發，如此一來反而會驚動吳賊。你這五萬水師和我的九萬精兵一旦聚合，定能形成強大力量，一舉奪下夏口，再乘勢渡過長江，直取僞吳首府武昌。」

「同樣的，在東翼一帶，曹休的十二萬步騎會與賈君的四萬人馬合而爲一，亦能以強勢兵力壓倒吳賊，雖不一定能將皖城、東關二處同時拿下，但奪下一處已是綽綽有餘。

對東吳而言，皖城、東關兩者只要失其一，柴桑行宮便會失去屏護，僞吳必會分軍來救，又因非十四五萬人馬不足以解救皖城、東關之危，這樣一來，大部分主力肯定會被引到東翼。據懿所知，東吳全國的總兵力約莫二十二萬，扣去赴援東線的十四五萬人馬，便只剩七、八萬人留在西翼，我們以十四萬之衆對之，對方豈不是一觸即潰？」

滿寵也是精通兵策之人，微微點頭，但轉瞬間眉頭卻又緊緊皺起，「仲達，你這般部署倒也無所偏失，只是還有一事得注意，咱們在西翼渡江作戰時，絕不能大意忽略陸遜駐在長沙郡的那批五牙樓船艦隊。這艦隊可厲害了，若不能一舉破之，我軍縱有十四五萬人之多，亦難順利取勝！」

司馬懿一聽，不住地點頭，說道：「因此，懿才希望以滿兄您手下這支精銳水師爲先鋒，數百艘艨艟鬥艦滿載火藥、煙硝、乾柴等易燃之物，在江面上實施火船衝陣之法。屆時只待西北風大作，便點火衝向那五牙樓船艦隊，想那陸遜縱使再精於水戰，也只能退避三舍。」

滿寵聽了，不禁高興得大力拍掌，「此計甚是高妙！如此一來，仲達此番征吳之役定可建下赫赫戰功，如此英武，只怕連當年的太祖武皇帝也難望項背啊！」

司馬懿聞言，當即臉色大變，急忙伸手要掩滿寵的口，「滿兄，你這話可不能胡亂出口，太祖武皇帝功勳蓋世，豈是我等區區微臣能相提並論的？這幾句話若是不小心傳出去，朝廷肯定會治咱們一個大不敬的。」

滿寵一撫鬍鬚，不以為意地朗聲笑道：「為兄只是實話實說……」正想繼續誇下去時，卻聽房門突然被人拍得「砰砰」作響。

「誰呀？」滿寵一愣，上前拉開房門。

不料，卻見賈逵滿頭大汗地撞進來，還未及喘上一口氣，便大喊道：「司……司馬君、滿老哥，你們還在行營書房裡議……議什麼事？人家曹大司馬已在許昌郊外數兵點將，要帶著十萬大軍起帳開拔！」

滿寵大驚失色，「什麼？曹司馬要開拔了？怎麼連個招呼也不打一聲？」

司馬懿臉色亦是微微一變，幸而他素來把持得住任何內心波動，立馬恢復鎮靜，順手推過一個坐墊，扶著賈逵慢慢坐下，溫言勸道：「賈大人莫急，你且慢慢說，那曹大司馬是準備將隊伍開到哪裡啊？」

賈逵先在坐墊上緩過氣來，又伸手揩去額上大汗，這才略略有些平靜，「事情是這樣的，今天一早，曹大司馬便派人將賈某喊去，說是收到了那鄱陽太守周魴的一封斷髮求降書，又說書中言辭懇切，便打算帶領十萬大軍開拔，前去接應周魴。」

司馬懿眸中閃了幾閃，正自沉吟之際，一旁的滿寵連連頓足道：「吳賊之言總是反覆不一，豈可深信？想當年，周瑜和黃蓋聯手耍上一齣苦肉計，連太祖武皇帝都被騙得團團轉！反觀周魴，此人向來忠於僞吳，豈會輕易求降？莫非是誘我大軍入圍之計？賈牧君，你應該力勸曹大司馬勿衝動妄行才是啊！」

賈逵臉色苦得幾乎要滴出水來，語帶委屈道：「唉，賈某早就勸過大司馬，可曹大司馬愣是不聽，甚至還口口聲聲說什麼『機不可失，本座要拜表即行，先斬後奏』，心意堅絕非同一般不說，還接著邀賈某率領人馬與他一道南下，共建奇功！賈某當然不肯，曹大司馬才只好作罷，又在送本座出門前一再叮囑，說周魴來降之事，僅可賈某一人知曉，絕不可向他人提起。然而，賈某回營後左思右想，愈發覺得大司馬此舉甚爲不妥，便趕緊過來向司馬君和滿老哥二位告知……我看不如這樣吧，咱們一起去勸曹大司馬如何？反對人數一多，他或許就不會再那麼固執了。」

滿寵急得直摸腦門，走近司馬懿身邊問道：「仲達，你看此事須當如何處置？」

默默靜聽一切的司馬懿臉色則是忽陰忽晴，不知在短短一瞬間變換多少次，顯見心思翻湧極劇。

剛才他聽見曹休對賈逵說的「機不可失，本座要拜表即行，先斬後奏」這句話時，心下立即雪亮澄澈，原來曹休一直暗中和自己爭功較勁，也想學自己先前平定孟達之亂時的先斬後奏之舉……那好，我怎麼能不「成人之美」，讓你出頭搶下這樁「功勞」呢？

一思及此，司馬懿唇角不禁浮起一抹冷笑，鎮定地回覆滿寵：「這個嘛，懿也不好說什麼。周魴斷髮立誓、投書求降之事，只怕在曹大司馬眼中，是他建功立業、嶄露頭角的大好時機，對此事寄望極深。倘若咱們硬是出言阻止，他一時間或許會迫於衆人諫言不去接應，可日後卻會將這次沒能建功立業的怨氣都記在咱們帳上。曹大司馬這個人你們又不是不曉得，到時咱們就只能天天聽他的怨言怨語了。」

聞言，賈逵臉色一冷，肅然道：「仲達，你怎麼能這樣說？難道說咱們就這樣任他輕躁冒進？」

司馬懿深深一嘆道：「懿並沒有說要對曹大司馬此番輕躁冒進之舉放任不管。在明面上，咱們三個人肯定不能公開勸阻，再說，去了也是白去，大司馬此刻立功心切，哪裡還聽得進咱們的逆耳之言？懿認爲，賈君不如跟著前去，也好見機行事，暗中提防對方的不軌之思。」

賈逵聽得兩眼一亮，思索道：「……讓我見機行事？」

司馬懿點頭，「賈君、滿兄，老實說吧，咱們讓曹大司馬先去碰碰壁也好，只要碰了這個釘子，也許他便能醒悟了。」

「看來只能這樣了。」賈逵說話做事向來風風火火，點頭便道：「好！賈某就照司馬君說的去辦。事不宜遲，賈某現在就去！曹大司馬預計在辰時起帳開拔，再慢一陣，就怕去晚了。」

瞧著賈逵快步奔離，書房內頓時又回復平靜，過了好半天，滿寵才又打破沉寂，擔心道：「仲達，曹司馬和賈大人的兵馬都沒了，那咱們先前定下的『東西交擊、水陸並進』的征吳大計現在還怎麼施行？」

司馬懿靜靜地看著他，一時也答不上話。滿寵的擔心其來有自，曹休、賈逵兩支人馬已猝然盲動，那先前在洛陽皇宮凌霄閣御前會議上定下的大計還搞得成嗎？都是曹休自己貪功心切、不遵部署擅自行動，才會把征吳方略全盤弄亂。

一想到這裡，司馬懿不由一陣勃然大怒，臉上卻不露聲色，只輕言向滿寵道：「算了！大司馬既然這麼做，咱們這套征吳大計也只能暫且擱下。滿兄，您這幾日跟懿廢寢忘食籌劃，想來身子也乏了，先回營好好休息吧。」

滿寵的嘴唇動了幾動，欲言又止，卻朝門外看了一看，最後沉沉長嘆一聲，黯然告辭而去。見滿寵走遠，沒過多久，原本沉靜如山的司馬懿臉色驟變，額間青筋勃然暴跳，如頭怒獅般一手抓過那張征吳軍事地形帛圖，嗤嗤幾聲，將圖撕了個粉碎，在紛紛揚揚的碎帛中，獰厲目光毫無掩飾，似欲擇人而噬。

「來人！」

房門輕輕滑開，梁機屏息凝氣地走進，聲音微顫道：「大都督，有何事吩咐？」

司馬懿語氣冷若冰霜，「你馬上帶著本都督的親筆信，以八百里加急快騎連夜趕回洛陽司馬府，將信直接交給寅管家。」

曹魏太和二年八月，曹休率領十萬步騎孤軍深入吳境，前去接應周魴來降，不料到了石亭，卻遭到埋伏，被陸遜、朱桓、全琮三路吳軍包抄狙襲，一敗塗地。

此役中，他帶出去的十萬魏軍折損過半，牛馬車輛輜重損失八千餘輛，軍資器械丟棄殆盡。幸得賈逵從後趕來拼死力戰，方才被救脫險。

曹休敗回洛陽後，羞憤得上書謝罪，自請懲處。

曹叡原本置而不問，打算息事寧人，怎料一首內容爲「一眞二懿三休，休在人前自誇；損師五萬可羞，不如抱頭自修」的六言詩竟在朝野傳得沸沸揚揚。

曹休深感顏面盡失，慚恨交攻下，竟疽發於背，不到一個月便活活氣死。

他死後的第三天，司馬懿就兼任了他空出來的征東大將軍之職，坐鎮宛城，並「假黃鉞」統轄荊、豫、徐、揚四州軍政機務。

對司馬懿而言，他最高興的是這一點：代表著「如朕君臨」至高權威的那柄黃鉞，他終於拿到手了！這也意味著，司馬懿已徹底掌控了曹魏半壁江山的軍政大權，從此他幾乎可以毫無掣肘地在東南兩條戰線上馳騁自如地實施他的征吳大計了！

抗蜀捨我其誰

正當文武群臣為司馬懿公然得罪郭太后捏了把冷汗時，
由司馬懿出任關中統帥的詔書又突然在朝堂上公佈，
宛如晴天霹靂般震得百官為之失色。
更誇張的事還在後頭，
皇上在朝堂上當眾授予司馬懿行使殺伐決斷大權的黃鉞。

第1章

擇將出征

此語一出，曹叡便恍然大悟，放眼朝中，誰最值得自己和朝臣信任？當然是司馬懿，他既是忠正聞名、深得眾望的三朝元老，又是先帝遺詔欽定的顧命託孤大臣。

說起來，這年頭眞是怪，天下大亂，兵災人禍已經鬧得民不聊生，沒想到老天爺也來湊熱鬧添亂。

曹魏太和五年正月初七，正値春寒料峭，卻有一顆碩大彗星從東邊夜空升起，劃出刺眼的亮弧，再落向西邊的天際，頓時震動魏國朝野。

隔天，朝廷便徵召全國各地占卜術士進京解說，所有術士都是同一個說法：天降彗星，昭示今年魏國必有刀兵之災，必有大將喪生，其兆主不祥。

對術士們的這兩樁「必有」的說法，魏國君臣半信半疑。如今魏、蜀、吳三國爭霸，哪一天沒有打仗？哪一天沒有成千上萬的將士死亡？要是他們說，天降異象是預言三國間不再打仗，這才算是天下第一奇事！

眞正引起魏國君臣注意的是「必喪大將」這句，依天象來看，似乎是名夠份量的大將會死，會是誰呢？

一時間，魏國滿朝官員心情悲喜各半，文官全暗暗鬆了口氣，武將則下意識地提高防備，更在心底默默暗示自己絕不會是那名「大將」！

身處魏國最高權力中樞的曹叡遠比其他人更嚴肅看待這件事，不希望所謂的彗星凶象得到應驗。

自這位年僅二十六歲的青年皇帝，自五年前登基即位以來，蜀相諸葛亮、吳主孫權都自恃爲一世之雄，視他「孺子可欺」，連年挑起戰爭，弄得他左支右絀，幾乎沒有喘息之機。幸好先帝逝世前給他指定的幾位顧命輔政大臣十分給力，多次幫他渡過難關。後來，他又聽取群臣建議，將禦蜀大業交付顧命輔政大臣兼宗室名將曹眞，又把防吳大業交給了另一位顧命輔政大臣司馬懿，放手讓他倆各自獨當一面，這才穩住局勢，擋退蜀寇及吳賊的猖狂進攻。

然而，剛過了幾天清靜日子，不曾想到諸葛亮又蠢蠢欲動、蓄謀來犯，這讓曹叡如何不憂，如何不急？術士們關於彗星凶象的預言，又如何不讓他心驚肉跳？

可惜的是，天意似乎總是與人心背道而馳，據前線得來的最新情報顯示，蜀國丞相諸葛亮自上次北伐失利後，一直厲兵秣馬、訓師練將，積極準備再度來犯，而且很有可能會選在今年發動戰爭，看來一場魏蜀大戰勢所難免。

時序從天生異象的正月來到春暖花開的三月，滿朝文臣雅士都盼著朝廷放假，出去郊遊踏青賞花弄月，沒想到這時，術士們的預言卻前後實現——諸葛亮揮師十萬，再出漢中，氣勢洶洶，大舉進犯關中；更糟的還在後頭，魏國關中戰區主帥、征西大都督、大司馬曹眞得病身亡。

至此，預言再無遺漏，所有人也恍然震悟，被彗星奪走生命的大將竟是威震西疆的曹眞！

從文帝起，八年來魏國發動的對蜀阻擊戰，多由曹眞統率指揮，他以一顧命大臣之尊，在魏國軍隊中建立穩如泰山的卓然地位，如今一顆將星頹然隕落，在魏營裡激起滔天震動。

至於吳、蜀這邊，能去強敵自是歡喜，消息靈通的諸葛亮在進軍途中得知此一情報，大喜過望，頓時信心百倍，加快進攻速度，直奔魏國關中戰區前線的祁山大營而去。

大敵當前，來勢洶洶，究竟何人方能接任關中大帥一職，便成了當下魏國君臣最爲關注的問題。

現在，朝廷上下流傳兩種方案：一是從原關中戰區各軍隊中直接提拔賢能之材升任元帥；二是從其他戰區的各大將領中選拔傑出之士調任元帥。

圍繞著大司馬曹眞空出來的這個關中大帥之位，一場忽明忽暗的人事鬥爭早已拉開了帷幕。競爭這職位的有力人選至少五到七名，其中，又以鎭守宛城主持防吳事務的驃騎大將軍司馬懿和原曹眞首席手下兼征西車騎將軍張郃實力最強，也最爲突出醒目。

張郃是曹眞在病逝前與另一名顧命大臣、司空陳群聯名舉薦的；司馬懿則是由位高權重的太傅鍾繇、司徒王朗、御史大夫董昭等元老重臣共同推薦的。

換句話說，兩人身後都站著一批顯赫有力的推薦支持人。

曹叡頭一次感到猶豫難斷的遲疑心情。論理，這個職位其實給張郃相對合適，他多年來一直在關中協助曹真對付蜀軍，是對蜀後備將帥中的佼佼者，對敵經驗也十分豐富。

然而，司馬懿卻也不容忽視，先前他便不斷向朝廷上奏，宣稱自己研究蜀寇多年，雖然身在宛城，卻一直心繫關中，留意蜀軍動態，也想鬥鬥同樣有「儒帥」之稱的蜀相諸葛亮。

這次，司馬懿的手段更加凌厲，一獲知蜀寇入侵、曹真病逝的消息，便在安排好防吳之事後直接飛馬進京面奏曹叡，以「常思奮不顧身以殉國家之急」的古語爲己志，強烈要求至關中與諸葛亮一決高下，還立下「不破蜀寇誓不還」的軍令狀，彷彿下一刻便要點兵開拔。

面對張郃與司馬懿這兩個同樣出類拔萃的大將，究竟該選誰出任關中大帥更合適？

其實，在曹叡心目中比較傾向張郃。

張郃付出的太多，得到的回報卻極少，和他同時代的那些老將張遼、徐晃等都已經封爲列侯、食邑千戶了，只有他仍是一個車騎將軍兼關內侯，頗有「馮唐易老，李廣難封」的悲涼意味。

然而，影響張郃這一生升遷的原因倒不是他沒有遇上慧眼獨具的「伯樂」，而是因爲他在亂世中不得不然的道德「瑕疵」。他是當年魏武帝曹操在官渡之戰時收納的從逆賊袁紹那邊過來的叛將，更關鍵的是，他選擇背叛的主要原因並非受袁紹逼逃，而是察覺袁紹敗象漸呈，主動棄主而去，是種主動的投機行爲。

在「以德治國」傳統理念支配下的用人環境裡，只要曾經主動選擇背叛，一輩子都將被視爲叛臣，始終得不到重用。

無論張郃在作戰中戰績多輝煌、功勳有多深，都無法改變魏國上下的成見，因此他一直以百戰百勝之能屈居下僚，仕途發展嚴重受限。

曹叡上位不久，雖然這一切在他看來對張郃並不公平，卻也不敢過分違背朝中元老大臣的意見一意孤行。如果他當眞破格提拔張郃爲關中主帥，那麼朝堂上各位元老大臣們的唾沫與冷臉立刻會變成他生命中的「不能承受之重」，只能逼不得已違心從衆。

曹叡長長嘆了一口氣，起身離開御書房，獨自走進花園散心。

這位年輕的大魏天子，暫時放下一切包袱，漫步在爛漫鮮花中，嗅著混合著泥土氣息的芬芳香氣，精神似乎漸漸清爽，忽一抬頭，卻見遠方某座雄偉宮殿的飛簷映入眼簾。

他的心頓時爲之一窒，臉色黑沉，額間青筋突突跳起——眞是晦氣，怎麼一眼就看到永安宮？

跟在曹叡身邊的宮娥們見狀，一個個如履薄冰，加倍小心，生怕自己一不小心說錯話、做錯了事。

曹叡雖是掌握臣民生殺大權的皇帝，也和普通人一樣有著自己看不開的煩惱與痛苦。他的親生母親甄太后，在他十七歲時因爲失寵而被賜死，而他自甄太后死後，也不被先帝所喜，常常獨自一人生活，靠讀書練字打發時光，直到先帝逝世前的某天，才突然被告知將繼承大統。

這期間的悲苦辛酸、曲折坎坷，既磨練出了曹叡堅忍深沉、嚴謹周密的個性，也使得他沉默陰鬱、多思少言，以致言談之際有些口吃。

曹叡此刻所眺望的這座永安宮裡，就居住著一手造成他和生母甄太后這場悲劇的主角，郭太后。

曹叡曾聽一些熟知魏宮往事的老宮人們談起，正因當年的郭貴嬪——也就是現在的郭太后誣陷，才使甄太后被先帝怒賜鴆酒。他心底深處就此結下疙瘩，自去年夏天起，便以政務繁忙爲由，不再每天到永安宮向郭太后問安，用實際行動向郭太后表示自己的反感及厭惡。

他遠遠望著永安宮，籠在袖中的雙掌慢慢捏緊了拳頭，雙眼射出受了傷的狼一般獰厲的目光，使人不敢直視。

衆宮娥一見，齊齊跪倒在地，大氣也不敢多出。

許久，才聽曹叡吁出了一口長氣，緩緩吩咐道：「你們平身吧！去把孫資、劉放召到御書房，朕有要事相商。」

一名宮娥應聲起身。

曹叡靜立有頃，這才轉過身子，將永安宮重重拋在背影當中，慢慢向花園外走去。

中書令孫資、中書監劉放就在皇宮的偏殿內處理政事，一聽曹叡召見，立刻起身趕往御書房。

二人身爲內廷樞要中書省掾吏，自曹叡龍潛東宮之際就暗暗給他傳送過不少保嗣固位的奇謀妙計，再加上他們自太祖魏武帝時起便參與赤壁之戰、合肥之戰、漢中之役、以魏代漢及文帝南征等一系列軍國大事，審時度勢、知人料事的功夫已然爐火純青。同時，與大多數謀士不同，他們敢於面對君主，不計後果地犯顏直諫，成爲歷經三朝的宮中重臣。

曹叡五年前即位初，甚得孫、劉二人暗助之力，方穩住朝局，樹立權威，因此對他倆寵信有加。每逢軍國大事，他便先遍訪群臣，再將文武百官一切建議意見帶回宮中，交由孫、劉二人分析，整合出上、中、下三類應對方案，再交由曹叡拍板定案。

這一套做法自魏武帝時起便已沿襲多年，曹叡運用起來相當滿意，見孫資、劉放二人進來，便直接將諸臣針對關中戰區主帥人選的推薦書放在青玉案上。

孫資、劉放二人見皇帝眉頭緊鎖，便知道這位青年天子正在焦慮，便在一旁肅然謹立，等待著曹叡發話。

過了片刻，曹叡仰起臉來，目光灼灼地正視二人，「愛卿，你們認為目前究竟應該選派何人出任關中主帥？」

孫資、劉放聽罷，卻是沉默不語，不敢造次妄言。雖說他二人是曹叡身邊的親近之臣，進言建策都比別人便利，也正因是天子近臣，才得更謹言慎行，甚少插嘴批評朝中外臣的是非曲直，以免招來猜忌。

當曹叡問及關中主帥人選一事，他倆不敢馬虎應對，一邊保持著沉默，一邊卻在頭腦中字斟句酌地打著腹稿。

曹叡也不催促，只是靜靜地看著他倆的臉。

終於，孫資、劉放二人彷彿感應般同時側臉對視，然後孫資輕咳一聲，肅然說道：「此事並不難斷，既然張郃將軍與司馬大人都是大將之材，可堪重任，那麼就請陛下乾綱獨斷，選擇自己和朝中群臣最為信任的人出任就行。這樣做，既可使陛下放心，又可讓群臣滿意，既使這位關中主帥將陛下的對蜀方略施行到位，又可免去朝中群臣的掣肘之憂。」

此語一出，曹叡便恍然大悟，放眼朝中，誰最值得自己和朝臣信任？當然是司馬懿，他既是忠正聞名、深得眾望的三朝元老，又是先帝遺詔欽定的顧命託孤大臣，如果連他都不值得信任，滿朝文武沒一個人能信。

曹叡靜靜思索，一邊緩緩點頭，接著慢慢靠向身後，目光忽地一閃，投在孫資臉上，說道：「可陳司空的意見是，司馬大將軍向來以駐守荊州爲主，未曾與蜀軍對戰，缺乏必要的對蜀作戰經驗，即刻投入關中的話，似有不妥。」

他口中的陳司空，正是先帝顧命輔政三大臣之一的陳群，主張由張郃主持關中戰事，態度鮮明舉朝皆知。

孫資聽了沉吟片刻，答道：「陳司空所言不可不慮。依微臣之見，陛下可暫時先派司馬大將軍主掌關中戰事，以張郃將軍爲輔。若時勢有變，司馬大將軍確實對蜀作戰不利，再將二人職務調換。」

曹叡憂道：「可若是中途臨陣換將，豈非兵家之大忌？」

孫資搖搖頭，緩聲分析道：「非也，當年秦國伐趙，見趙國以紙上談兵之趙括爲帥，便臨陣換上百戰百勝的白起統領秦軍，才能取得長平大捷，可見行軍用兵，隨機應變、順時而動才是至高準則。司馬大將軍隻身前往關中，在關中大軍素無根基，形不成強力派系，與張郃將軍臨陣調換，應當不會引發軍中太大動盪。」

「可。」曹叡思忖許久，方才點了點頭。接著，他又以詢問的眼光看向一直未發言的劉放。

劉放一正臉色，肅然回道：「孫大人所言極是，微臣亦是贊同。」

於是，關中主帥人選確立之事，就在這三言兩句之間在魏宮密室內塵埃落定。

見事已定，曹叡便略拂了拂袖，示意讓孫、劉二人退下，不料二人竟愣立房內，彷彿無視他的示意，期期艾艾，欲言又止。

曹叡「嗯」了一聲，目光頓時如劍鋒般冰冷，向他二人逼視，冷聲道：「卿等還有事要奏？」

孫資、劉放二人跪倒在地，齊聲奏道：「此事關係重大，臣等不敢滯壓，今日上午廷尉高柔高大人遞來彈劾表，狀告黃門侍郎郭進郭大人仗勢強搶數十名民女、賣官收賄十餘萬兩黃金，證據確鑿，還望陛下聖裁。」

郭進正是郭太后的幼弟，一向驕奢淫逸、臭名遠播，曹叡雖有耳聞，卻不曾料到他竟敢做出這等汙穢猖狂之舉，氣得伸手猛拍御案，臉色頓時如鐵板一般沉重。

第2章

懷疑與信任

陳群臉上的鎮靜終於被打破，滿是驚駭不安之情，搖頭道：「華太尉此言差矣，司馬大將軍輔政三朝，忠心為國，累有大功，豈是太尉口中那心懷不軌的鷹揚不馴之輩？」

由於大敵在前，當務之急是解決這場軍事危機，曹叡只得從單純的軍事戰爭需要角度出發，以快刀斬亂麻之勢選定司馬懿爲關中主帥，任命他接任大司馬曹真死後空出的職位。

然而，很多人在此之前就已清楚，曹眞的猝然病逝，對魏國而言，不僅僅損失一名大將這麼簡單，而是一場魏國內部政治的巨大洗牌。

當初先帝曹丕逝世時，以親筆遺詔指定中軍大將軍曹眞、撫軍大將軍兼御史中丞司馬懿與鎭軍大將軍兼司空陳群共爲曹叡的顧命大臣，也因此在朝中形成三邊制衡的權力格局。

三位顧命輔政大臣各司其職，也合作得十分有默契：曹眞以中軍大將軍之尊坐鎭雍、涼二州，統領關中戰區十餘萬雄師，專職負責蜀寇；司馬懿則以撫軍大將軍之位坐鎭荊、豫、揚、徐四州，統領水陸大軍對吳作戰；陳群虛領一個「鎭軍大將軍」的封號，手下無一兵一卒，主要留在洛陽，以司空錄尙書事一職總率朝政。

這輛「三頭馬車」各居其位，各展所能，令朝政不致空轉，然而曹眞一死，這如鐵三角般的政治格局失衡，將觸發一場難以避免的政治地震。

陳群便是最先察覺此一信號的敏銳朝臣之一。

這位才剛過五十五歲生日的魏室元老意識到，曹眞一死，魏國對蜀作戰的大任立刻虛懸高掛，綜觀朝局，現在只剩下自己和司馬懿有這份資歷擔當。

陳群有自知之明，知道自己空有資歷卻沒能力擔起對蜀重任，徒有「鎮軍大將軍」名號，卻從來不曾執掌過軍權。

這五年來，曹眞、司馬懿皆領兵征戰在外，只有自己一人居於朝政中樞雍容治事，卻也過得輕鬆自在，不似曹眞二人那般身犯矢石浴血疆場，誰知，平素看起來身強體健、意氣風發的大司馬曹眞，就這樣說死就死了……

陳群在心底無聲嘆息，又將思緒轉往目前軍政變化當中。

諸葛亮逼近關中的消息傳遍朝廷後不久，鎭守荊楚之地的司馬懿聞風而動，隨即上奏推薦建威將軍賈逵、征東將軍滿寵代替自己留守東線防備吳寇，接著乘八百里快騎火速趕回洛陽面聖，主動請纓，要求執掌關中軍權，與蜀對敵。

這般略嫌急切的舉動，在他人眼裡看來似乎沒什麼，再說司馬懿向來「深有韜略，機智善戰」，同時也「赤心爲國，奮不顧身」，亦受到朝野上下一致認同。然而，陳群卻不這麼看，覺得司馬懿分明是想以公義忠貞之名，求親自對蜀作戰，行統攬軍權的目的，等同直接向皇上「逼權」，簡直是太過張揚。

自司馬懿執掌兵權後，變得鋒頭極健，行事不似以往那般含蓄。

猶記得三年前新城太守孟達叛亂，司馬懿得到第一手情報後爲免貽誤戰機，竟不事先上奏告知朝廷，便大膽調動本部人馬雷霆出擊，旬月之間一舉掃平了孟達及其亂黨，立下了赫赫戰功。從頭到尾，都充分顯示司馬懿立身行事的剛明果斷與臨機制宜，實不在當年的太祖魏武帝之下。

熟知前朝往事的陳群將司馬懿的所作所爲與魏武帝那種我行我素、縱橫自如的做法認眞一比較，發覺這二者之間竟有著驚人的相似。如果司馬懿攫獲更大權力，肯定會更加張揚自負，豈是社稷之福？又怎是魏室之福？

想到這，陳群不禁心頭一沉，臉色也微微有些變了。

正在這時，陳府管家進了書房，畢恭畢敬地垂頭道：「司空大人，華太尉求見，稱有要事相商。」

他口中的華太尉，正是本朝三公之首，太尉華歆。

華歆雖貴爲太尉，卻不過是一位名義上擁有最高軍事指揮權的皇室高級顧問，今天應該是找陳群商議軍事策略方面的問題。

陳群微一沉吟，答道：「請。」同時站起身來，整了整衣冠，走到書房門口迎接。按禮貌來說，陳群應到客廳接見華歆，但爲了以示親近，又直覺華歆今日目的必是非同尋常，便將會客地方定在頗具隱密性的書房。

過得片刻，年過八旬、鬚髮皆白的華歆拄著皇上欽賜的紫竹杖，有些蹣跚地走到陳群面前，枯瘦的臉上掛著一絲微笑，深深說道：「打擾司空大人，不想您竟會在書房內室見老朽，足見司空大人視老朽如同家人，老朽多謝了。」

陳群連忙上前攙扶著華歆進了書房坐下，口中說道：「華太尉以八旬高齡親臨寒舍指教，陳群受寵若驚，豈敢失禮？太尉其實不必親勞大駕，只需喊個下人前來召喚一聲，陳群自當上門受教。」

說著，陳群又奉上一杯清茶，送到華歆手中。

華歆坐定之後，咳嗽數聲，調息片刻，方才開口嘆道：「事關重大，老朽又豈能坐等司空大人上門商議？」

陳群聽他說得這般鄭重，不禁臉色一正，肅然問道：「何事竟能勞煩太尉大駕親臨？望太尉明示。」

華歆慢慢呷了口茶，才緩緩說道：「老朽今日特為當前關中主帥人選一事而來。」

陳群哦了一聲，淡淡道：「原來是這件事，依本座看，司馬大將軍與張郃將軍二人之中本來便必有一人出任，他二人均是智勇雙全的大將，對付蜀寇不會有太大問題，華太尉不必擔憂。」

華歆聽罷臉色沉下，冷冷道：「老朽哪裡是擔憂朝中無人對付蜀寇？老朽擔憂的是，陛下可能會捨張郃將軍，取司馬懿為關中主帥。」

「哦？」陳群一愣，「莫非華太尉認爲陛下捨張郃將軍而取司馬懿不妥？」

華歆放下茶杯，慢慢抬起頭來，望向書房那高高的屋頂，沉吟許久，緩緩說道：「老朽當年以一介布衣寒儒之身，幸得太祖魏武帝賞遇，一躍而爲三公，受魏室三朝天子之深恩厚寵，自思實無以爲報，無一日不戰戰兢兢，爲國付出。如今老朽年邁不堪，身染沉痾，恐將不久於人世，卻有一事縈繞於心，念念不敢忘卻，希望覓得知音，爲我大魏基業之長治久安防微杜漸。」

陳群聽得一頭霧水，有些摸不著頭腦，愣愣問道：「到底華太尉有何要事相告？還請明示。」

這時，華歆眼神忽然變得很深，臉色也轉爲凝重，一字一頓地說道：「老朽所講的這件事，恐怕如今只有司空大人可以出手化解。其實，老朽本想面見聖上，卻又顧慮此事並無實憑，恐反致聖上輕忽以待。若不擇對象妄言之，又恐激起事變，殃及社稷……唉！老朽四顧淒然，覺朝野中知音者少，同心者更少，茫然若失，思及司空大人乃先帝顧命大臣，素以大忠大賢聞名，可以定大計、扶社稷、安魏室，因此決定將此事告知司空大人，還請司空大人多加提防，早一步擬定未雨綢繆之略。」

講到此處，他又是一頓，低聲道：「老朽希望，爲阻撓司馬懿獲得更多軍政兵權，絕不能令他出任關中主帥一職。」

饒是陳群對華歆來意已隱隱猜到幾分，但聽他竟掀得清楚明白，也不禁全身一震，道：「咳……太尉何出此言？」

華歆搖了搖頭，眼神仍是極深極黯，悠悠道：「司空大人心知肚明，又何必多問老朽？當今朝野之士，文韜武略兼具似司馬懿者有幾人？位高權重能及司馬懿者有幾人？收攬人心之迅之廣，及司馬懿一分者又有幾人？正所謂鷹揚之臣起於蕭牆之內，不得不慎，偏偏舉朝皆昏、文恬武嬉，根本無人警覺！」

此話一出，陳群臉上的鎮靜終於被打破，滿是驚駭不安之情，搖頭道：「華太尉此言差矣，司馬大將軍輔政三朝，忠心為國，累有大功，豈是太尉口中那心懷不軌的鷹揚不馴之輩？依陳群之見，此人乃德高望重的社稷之臣啊！」

突然間，華歆將茶杯往地上一摔，噹的一聲，只見杯碎餘塊。接著，他憤憤起身，怒道：「老朽此來剖心瀝血，以實相告，司空大人卻以戲言還之，令人心寒，告辭。」說罷，便要拄著紫竹杖往外走去。

見狀，陳群慌忙站起，伸手攔下華歆，肅然說道：「且慢，太尉請坐。本座剛才的確有些失禮，然而本座一直認為，以無形之疑妄議他人舉止，實在不大恰當，一個不小心，便會視周公為王莽、視霍光為董卓，鑄成謬誤，自不敢妄言附之。當然，本座也深知太尉今日之言必有隱情，還望您坦然相告。」

華歆聞言，慢慢坐回原位，臉色漸漸緩和，平復心情後道：「其實，不單單只有老朽一人懷疑司馬懿為鷹揚之臣，就連太祖魏武帝也曾對他生出疑忌之情。」

太祖魏武帝？

陳群一驚，「既然先帝也曾懷疑司馬懿胸懷鷹揚之思，那麼當年為何不徹底了結此事，還將他列為輔政大臣之一？本座實在難以相信。」

太祖魏武帝曹操一向外寬內忌，猜疑成性，想當年孔融、楊修稍露筆舌之長，便被一舉斬殺，更何況已視為韜藏禍奸、蓄謀不軌的鷹揚之臣司馬懿，自是斷斷不會留他於世。但偏偏武帝逝世前留下的遺詔，卻是將司馬懿與自己並列為文帝的顧命大臣，實在令人百思不解。

華歆長嘆道：「當年武帝對司馬懿一直深懷忌憚，只因他才學難得，朝中人脈又深，誅之無名，廢之又無因，才不得已隱忍，取他帷幄謀略之長，卻不賦予治兵理政之權。甚至在臨終前，更為此專程將老朽召至榻前，交付重任，命老朽監察司馬懿，同又也對時為太子的先帝殷殷告誡，『司馬懿鷹視狼顧，才智過人，居心叵測。對他不可不用，卻也不得不防，無論如何，千萬不得交付兵權，否則，久則必為社稷大患。』」

說到這裡，這位向來牙尖嘴利的老人竟默默紅了眼眶，哽聲道：「武帝當真英明睿智，早就料到司馬懿終非善類。後來，在老朽多次提醒下，先帝也一直僅讓司馬懿擔任文臣之職，從不交付兵權。唯當今陛下登位後，由於吳、蜀二寇東西進逼，形勢危急，才開始任用司馬懿鎮守荊州，令他手擁兵權。現在又逢大司馬曹真病逝，他更是按捺不住，竟爲奪權擅離職守，匆匆返京……司空大人，你難道就沒發現？」

陳群聽完華歆講述的全部內容，面沉如水，沉默半晌之後，方慢慢說道：「太尉今日之言，本座已經明白，但您這番話還請自守，不可輕言，至於其他，本座知道該怎麼辦了。」

華歆深深地注視著他，也不再多言，只是目光掠過一抹淡淡的笑。

第3章

奉旨密訪

孫資一進屋內，便見到牆壁上懸掛著的魏蜀軍事地形圖，不禁一怔，暗暗嘆服司馬懿的謀國熱忱，更對這位老學友添了幾分欽佩，難怪他常能在朝堂針對魏蜀之戰提出真知灼見！

這幾日，來驃騎大將軍司馬懿門前拜訪文臣武將很多，稱得上是車水馬龍，賓客如雲，然而，卻統統吃了個閉門羹，才剛下車，還沒拍門便被司馬府的僕人擋了回去，說司馬大將軍到郊外春遊散心，人不在府中。

其實，司馬府書房裡的牆上正掛著一張寬大的魏蜀軍事地形圖，上頭在關中地帶這邊被人用細毛筆劃出無數條細線，縱橫交叉，密如蛛網。地圖前，一位長髯及胸、獅鼻虎額、威儀凝重的青袍老者正靜視而立，神情沉鬱，若有所思。

不多時，書房外的門簾一掀，一名家丁躬身稟報道：「大將軍，大公子、二公子前來求見。」

原來，這名老者便是聲稱出府春遊散心，實則欲閉門籌思對蜀作戰方略的驃騎大將軍司馬懿。

聽見稟報，他臉上露出一絲惱色，略一思忖後出聲道：「讓他們進來吧。」

過得片刻，門簾又是一掀，司馬師、司馬昭兩兄弟肅然而入。

司馬師與司馬昭兩兄弟相貌極爲相似，不過兩人舉止氣質卻是迥異：司馬師剛豪雄放，舉手投足間威風凜凜；司馬昭則是儒雅清奇，言談謙和有禮。唯一相同的，便是身上均無世家子弟常見的驕奢浮華之氣。

司馬懿自幼便教導他們以「棟樑之材，社稷之器」爲終身大志，積極主動鍛鍊能力、淬煉才識，加上總是有意將他們帶在身邊，不管在政壇或戰場，都讓他們得到更紮實的歷練。

此刻，司馬懿已經坐回鋪著虎皮錦墊的胡床上，正自閉目養神。

司馬師、司馬昭兄弟見狀，便隔著書案，在一旁恭敬謹立，屏氣斂息，不敢發出任何聲響打擾。這般言行並非畏懼，而是司馬氏固有的如鋼鐵般嚴明的家族觀念。

在兩人孩童時期，祖父司馬防仍在世，父親司馬懿、叔父司馬孚等即使早已入仕成家，見到祖父仍是「不命曰進則不敢進，不命曰坐則不敢坐，不指有所問則不敢言」，嚴謹自持地遵循家規。這般篤行之舉代代相傳，磨練出司馬家族中人人堅毅沉實的意志，進而在官場上以「守道不移，剛健中正」著稱。

過得片刻，司馬懿緩緩睜開雙眼，正視兩人，「你們不知為父謀劃軍國大計時，最忌有人打擾嗎？為何前來求見？」

司馬師上前一步，恭聲稟道：「孩兒知父親不喜被人打擾，但今天真正欲求見父親的並非孩兒與昭弟，而是中書省中的孫資、劉放兩位大人。」

孫資、劉放？

司馬懿心中一動，臉色微變，「他們現在人在哪裡？」

司馬師連忙回道：「二位大人身著便服，乘著一輛破舊馬車，行蹤顯然刻意掩人耳目，正在府外偏門處恭候父親召見。」

聞言，司馬懿霍地起身，吩咐道：「師兒，你立刻將二位大人迎到書房裡，不可怠慢。昭兒，你去前院找幾個口風緊的家丁，在書房方十丈內嚴加把守，絕對不許任何人靠近，更不許有人暗中窺探。」

司馬師、司馬昭各自應了一聲，隨即離開書房。

司馬懿在書房中低頭沉思，忽然起身走到屋角書櫃，取出一只沉紅木匣，放到案上後便直接走向門口，靜靜地等待孫、劉二人。

按常理看，即使是中書省的最高主管中書令，也只是正四品級別的官位，而以司馬懿正一品的驃騎大將軍兼御史中丞等貴職，實在不必特地到門口相迎。然而，中書省的職掌離皇上最近，任何軍國機密大事的決策乃至聖旨、詔書的起草撰擬都出自孫、劉二人之手，令司馬懿不得不重視。加上孫資、劉放與司馬懿籍貫同爲豫州河東，素來因同鄉之誼交往頗繁，尤其是中書令孫資，和司馬懿都是當年荀彧的門生，禮貌上自然與他人不同。

沒多久，一陣足音篤篤，孫資、劉放二人已在司馬師帶領下來到書房外頭。

司馬懿見此，立刻大步跨出門口，抱拳笑道：「二位大人光臨本府，當眞令老夫深感榮幸。」

見位高權重的司馬懿出門相迎，反將孫、劉二人驚得微微一愣。劉放更是急忙上前回禮，「司馬大人如此大禮相待，眞是折殺劉某。」

孫資雖驚，卻只是淡淡一笑，站在原地躬身還禮道：「司馬大人，您以驃騎大將軍之尊，卻爲我二人出門親迎，折節待賢，不愧爲我朝周公。」

「孫君取笑了，老夫愧不敢當。」司馬懿一邊笑，一邊連連搖頭，將孫、劉二人迎進書房。

孫資一進屋內，便見到牆壁上懸掛著的魏蜀軍事地形圖，不禁一怔，暗暗嘆服司馬懿的謀國熱忱，更對這位老學友添了幾分欽佩。難怪對方常能在朝堂針對魏蜀之戰提出眞知灼見，原來是日夜思測兩國軍情！

孫資回想起，當年師從荀彧學習文韜武略時，常聽老師稱讚司馬懿「精謀明斷，算無遺策」，今日一見才知其言不虛。

思及此，孫資更堅定推薦司馬懿出任關中主帥以抗蜀寇的決心，只有像司馬懿這般智勇雙全、沉毅篤實的智將，才能將朝廷的對蜀大略貫徹一致。

今日，他和劉放奉皇上旨意出宮至司馬府，大半原因也正是爲此。

孫資、劉放坐定後，與司馬懿寒暄幾句，正談話間，佈置好外頭家丁的司馬昭也走了進來，與司馬師並肩謹立，在一旁靜靜聆聽。

劉放探身向司馬懿笑問道：「司馬大人近日風塵僕僕趕回京城，可曾在府中好好休閒娛養？大人在邊疆一向鞍馬勞頓、艱辛異常，回京後得休養一下才是。」

司馬懿搖搖頭，「如今蜀寇逼近關中，勁敵當前，老夫又怎能置身事外，只圖自己悠閒？在回京後這段時間裡，老夫一直打探蜀寇進軍的消息，研究對蜀的作戰方略，倒還不曾擠出時間四處散心……對了，前日下午，老夫一時興起，跑到太學院裡和國子監博士王基、傅嘏等人閒談，當時還有幾位進京解說異象的術士在場，其中一個名叫管輅，觀看老夫的面相後居然主動寫下斷語。不知二位可有興趣？」

劉放好奇地問道：「莫非是平原郡的術士管輅？劉某久聞此人數術精妙，算命看相十分靈驗，一直很想見識，務請司馬大人將他寫的斷語拿給劉某一看。」

司馬懿微微笑著，自袖中取出木簡遞給劉放。

劉放定睛一看，只見木簡上只寫著二十個大字：山根堅挺，手握重權，貴人相助，必成大業，福壽綿綿。

讀完這二十字的斷語後，劉放又抬眼仔細端詳司馬懿的面相，點點頭道：「不瞞司馬大人，劉某素來也頗喜好研究星相命理之學，倒也有些心得，今日看了管輅這二十字斷語，便更覺管氏卜術極準，毫無虛名。」

司馬懿淡淡笑道：「何以見得？」

一談到星相命理，劉放便徹底打開話匣子，侃侃道：「司馬大人可知，這條斷語中的『山根』，其實指的就是一個人的鼻根？在面相學中，鼻根象徵一個人立身處世的根基，司馬大人鼻根生得極好，如山脊般堅直高聳，命中註定權傾一方，並且隨時會有大貴人鼎力相助……」

一旁的孫資聽劉放說得有些出格，便暗暗拉了一下他的袖角，同時輕咳一聲，打斷劉放的話，「司馬大人位高權重，自己就是一位大貴人，卓然自立，何用外人相助？」

劉放被孫資一拉衣袖，也立即醒悟，乾笑道：「孫兄說得甚是，司馬大人，劉某姑妄言之，還請大人姑妄聽之。」

司馬懿以左手五指捋了捋長鬚，哈哈笑道：「什麼必成大業、福壽綿綿，老夫實在不信，倒是這『貴人相助』一句說得極準。劉大人、孫大人，你們二位不就是助在外爲國盡忠的老夫毫無後顧之憂的大貴人嗎？老夫對二位大人的大恩大德委實感激得很。」

孫、劉二人一聽，急忙連稱不敢，臉色卻是愈發和藹。

司馬懿一邊笑瞇瞇地捋鬚，一邊向侍立在旁的司馬師兄弟暗暗使了個眼色。兩兄弟會意，便將書房東角落裡的兩口木箱搬了過來，放在孫、劉二人腳下。

孫、劉二人有些不解，用疑惑的目光看著司馬懿。

司馬懿哈哈一笑，「二位大人，這兩口木箱裡裝的是老夫一點心意，還望笑納。」

在他說話間，司馬師兄弟已不聲不響地打開兩口木箱，只見兩尊玲瓏剔透、晶瑩光潤的紫玉珊瑚赫然出現。

孫、劉二人仔細一看，竟有些癡了，四隻眼睛愣然圓瞪，完全說不出話。

一般說來，珊瑚通常都是朱紅，像木箱中這種紫光瑩瑩、絢爛奪目的珊瑚，實乃數百年難得一見的極品，珍稀程度自是不言可喻。

司馬懿笑道：「這兩件禮物，乃是老夫東征吳寇時從敵人手中繳獲來的戰利品。二位大人若是看得起它們，就請收下吧！」說完，不等二人回話，便直接出言吩咐司馬師、司馬昭兄弟，「把這兩口木箱搬到二位大人來時坐的馬車上去，小心點放。」

司馬師兄弟應了一聲，各自抱起一口木箱，輕手輕腳地走出書房。

孫、劉二人這才回過神來，推辭不受，過了半晌，見司馬懿執意甚堅，只得允了。

孫資慨然嘆道：「大將軍如此厚愛，倒叫我二人無地自容。」

司馬懿擺了擺手，又道：「老夫素來知道二位大人嗜書如命，一向喜好收藏各類奇書，老夫這裡還有兩件禮物。」一邊伸手拿過書案上放著的那只紅木匣，從裡頭取出四本絹冊小書來，解釋道：「這書雖有四本，實際上卻只分兩種：一是《鬼谷子》，二位大人自然知道，這是戰國策士們的祖師鬼谷子的開山之作；這第二嘛……二位大人不妨猜猜。」

孫資、劉放一聽，早已好奇得心急不已，哪還有心思猜謎，忙道：「司馬大人不必調侃我們，還請速速相告吧。」

司馬懿含笑推搪片刻，方笑道：「這第二本書，就是我們大魏勁敵、蜀國丞相諸葛亮親手撰寫的《將苑》。」

孫資、劉放一驚，「什麼？素聞諸葛亮文比管仲、武似樂毅，有儒帥之譽，他寫的典籍甚至可與《孫子兵法》媲美，不過，怎麼沒聽說過他寫了本《將苑》的事？」

聞言，司馬懿不免有些得意地哈哈笑道：「不錯，諸葛亮的確沒有公開對外發表過這本凝聚他畢生智慧及學識的作品。孫大人、劉大人，這本書世間僅有四本：一本由諸葛亮自己珍藏於相府密室內，囑明待他死後方能公諸於世；一本是獻給偽帝劉禪，希望他能精心研習，用以治兵理國；至於剩下的兩本，便是在老夫這木匣之中，老夫要將它們送給二位。」

劉放大喜過望，連聲稱謝。

倒是孫資聽見司馬懿的說明，卻不由心頭劇震。這位大將軍居然連蜀國如此機密珍貴的資料都能弄到手，實在神通廣大，那蜀國內的其他狀況，在他眼裡肯定如掌上觀紋般清楚明白，無一不在掌控之中。

可見，由他出任關中主帥西抗蜀寇，當眞是實至名歸。

想到這，孫資慨然一嘆，「看來，陛下選定司馬大人出任關中主帥一事，實在英明，孫某在此提前向司馬大人恭賀。」

「孫大人何出此言？難道陛下眞的選定老夫出任關中主帥與諸葛亮對敵？」司馬懿故作不解，心頭卻是狂喜，終於聽到好消息了。

第4章

魏宮鬥爭

魏宮內的殘酷鬥爭已然浮出水面。孫資今日這麼直截了當地問出這些敏感問題，肯定是想試探司馬懿在這場宮廷鬥爭中的立場。更進一步想，是他背後的曹叡想逼司馬氏表態。

孫資並不正面回答，只是一臉肅然道：「孫某大膽，想問司馬大人一個問題，若是由您出任關中主帥，將會有何奇策對蜀？」

司馬懿聽罷，雙目如電地直視孫資，緩緩說道：「老夫並無奇策。」

孫資一聽，卻是一愣，驚道：「為何？」

司馬懿見他一臉不解，不禁樂得哈哈大笑，「征蜀之策，孫大人不早已傾囊相告老夫了嗎？」

聞言，孫資登時心中一動，恍然大悟地雙掌一拍，「司馬大人眞乃孫某知音也，多謝司馬大人採用孫某之策。」

司馬懿微微一笑，捋鬚頷首不語。

看著他二人像說禪一般談得莫名其妙，一旁的劉放不禁聽傻了眼，想問卻又不從何開口。

見劉放一臉疑惑，孫資正了正臉色，解釋道：「一年前，孫某曾向陛下獻過一套征蜀之策，聲明『昔之善戰者，先爲不可勝，以待敵之可勝。不可勝在己，可勝在敵。而今魏國強大，吳、蜀弱小，須當固守險要，屯師邊疆，以逸待勞，伺機而動，可戰則戰，不戰則守。數年之後，魏國之勢穩如泰山，而吳蜀之寇疲於奔命，必然有隙可乘。屆時長驅直入，所向披靡，大業可成。』想不到，司馬大人居然會將孫某區區管窺之見記在心中，並以奇策視之，實在令孫某又愧又喜。」

司馬懿哈哈大笑，「孫大人之策，乃不戰而屈人之兵的無雙妙計，若老夫眞任關中主帥，必定施行該策，也有自信會取得成功。到時，老夫要親自向陛下稟明，爲孫大人、劉大人獻出的奇謀秘計請功，並且將老夫受獲的一切封賞與二位大人共用！皇天在上，老夫若違此言，必遭天譴。」

孫資、劉放二人急忙肅然起身，孫資躬謝道：「司馬大人爲我等區區小計找到施用天地，我等已是感激不盡，何敢奢望司馬大人代爲請功求賞？司馬大人只管在前方放手施行這份征蜀之策，我等必在後方全力相助，不使司馬大人受到任何掣肘。」

此話一出，連劉放也連連點頭，可見孫資話雖說得謙和，卻是兩人的肺腑之言，司馬懿的成功，就等同他們的成功。

聞言，司馬懿起身還禮謝道：「既如此，老夫便代天下蒼生謝過二位大人。戰爭雖勝，卻勞民傷財、殺人無數，勝亦不足爲喜也；不戰而勝，既無須勞師擾民便可統一天下，何樂而不爲？孫大人之策功在社稷，惠澤黎民，豈不賢哉？」

孫資一向以「好奇計，多遠略」自居，聽了司馬懿的話，更不免暗暗欣喜，有些飄飄然起來，仍不忘假意謙辭道：「司馬大人休得再誇孫某，孫某愧不敢當。」頓了一頓，也還了幾句奉承之語，「若是我大魏群臣個個都像司馬大人這般爲國爲民、公忠勤能，則天子幸甚，萬民幸甚矣。」

這時，一旁的劉放也隨著附和幾句，陡然心中一動，似乎想起什麼，便放低聲音道：「司馬大人，您雖是德高望重的社稷之臣，也宜與朝中和光同塵為佳。我聽說，近來華太尉、陳司空等人似乎對大將軍您出任關中主帥一事頗為不悅，仍想力保征西車騎將軍張郃升任主帥一職。若非劉某與孫大人多方諫諍，恐怕司馬大人亦難一展征蜀大略。」講到此處，急忙抬眼觀察司馬懿的表情，見他面如止水，又道：「當然，劉某今日談及此事，絕無向司馬大人邀功請賞之意。劉某希望司馬大人在私下裡與華太尉、陳司空多多溝通交流，破除成見，和衷共濟，共匡魏室！」

司馬懿一聲不響地聽完了他的話，臉色平靜如常，淡淡笑道：「多謝劉大人提醒。大概是由於老夫多年來帶兵征伐在外，與華太尉、陳司空少了溝通交流之故吧！也難怪華太尉、陳司空對老夫心生偏見！劉大人所言甚是，老夫擇日定與華太尉、陳司空坦誠相會，冰釋前嫌。」

孫資也在一旁點頭稱是，「司馬大人此舉甚是恰當。華太尉、陳司空終究會體悟到司馬大人剛健中正的賢明之風，從而將自己對司馬大人的片面看法改正過來。」

司馬懿只是淡淡而笑，雙眸之中卻變得如潭水一般深沉。

這時，卻見孫資向劉放突然使了個眼色。劉放會意，立即起身踱到了書房門口站定，側耳傾聽門外動靜，明顯是在把風。

司馬懿見此情形，不禁有些疑惑，正欲發問時，見孫資臉色凝重，便又沉默靜待。

孫資肅然道：「司馬大將軍也許還不知道，前幾日，郭太后在永安宮召見華太尉、鍾太傅、董司徒等數位元老大臣，提出要拔擢其弟中壘將軍郭表，接掌去世的曹大將軍空出的大司馬之位一事，同時又要求在朝綱國紀中添上『以孝治國』四字，以此激濁揚清。不知司馬大人對此有何高見？」

司馬懿一怔，臉色立刻變得凝重。

關於永安宮郭太后與當今陛下之間恩怨情結，他自是相當清楚，可萬萬沒想到，自去年四月陛下不再到永安宮請安以來，郭太后與陛下之間的隔閡與矛盾竟已惡化到今日這般境地。

郭太后召見諸位元老大臣，又示以「以孝治國」之言，根本是不動聲色將「不孝」二字套在當今陛下頭上，至於要求提升郭表為大司馬一事，則顯然是想迅速擴充郭氏實力，以防後患。

種種跡象表明，魏宮內的殘酷鬥爭已然浮出水面。

孫資今日這麼直截了當地問出這些敏感問題，肯定是想試探司馬懿在這場宮廷鬥爭中的立場。更進一步想，是他背後的曹叡想逼司馬氏表態。

一念及此，司馬懿立刻堅定有力地說道：「這些事老夫確實不知，但太后此舉實在不妥，老夫身為輔政大臣，必會於廟堂之上持理反對！再則，先帝早有詔云：『婦人參政，乃亂國之本也。自今而後，群臣不得奏事太后，太后不得擅召群臣問政。後族之家不得當輔政之任，又不得橫受茅土之爵。以此詔傳後世，若有違背，天下共誅之。』太后實在沒有立場插手前廷之事。」

「再者，大司馬之位，非輔政大臣與國之重勳者不得擔任，郭表何德何能堪當此位？以孝治國，本就在我大魏『忠、孝、仁、義』四字朝綱國紀之中，四道並行，不宜單單偏重一個『孝』字，更何況還有文武百官立身處世的根本『忠』字高懸其前！先帝遺詔裡亦表明，『忠』比『孝』更大……這樣吧，老夫明日上朝，便會直言諫請陛下重申先帝遺詔，如此方能警示朝中群臣！」

孫資一聽，含淚大喜道：「司馬大人錚錚風骨、耿耿直言，足以彪炳千秋，有您這般骨鯁重臣以身作則，擔任我大魏社稷棟樑，則天子完全可以垂拱朝堂而化流四海！既是如此，孫某也就徹底放心了，還請司馬大人附耳，孫某想向您交代一件極為機密的要緊事。」

司馬懿一聽不敢大意，急忙附耳過去。

孫資臉色凝重地湊上前去，以極低極輕的聲音悄悄說了幾句。聞言，司馬懿臉色大變，驚訝地轉頭盯視孫資，頓感疑惑地出聲問道：「聖意已決？」

孫資臉色肅然，迎視著他的雙眼，一言不發，用力地點了點頭。

司馬懿緊盯孫資，「朝廷禁軍不可用？」

孫資的目光略略低垂，輕聲道：「雖然內廷羽林軍和銳士營由曹爽、秦朗等人把持，但郭表已在其中設有暗線，若是貿然調用內廷禁軍，陛下擔心會打草驚蛇……」

「所以，陛下就想到從外地藩鎮調派死士，好給郭黨驚雷一擊？」

司馬懿明白過來，頓時心潮澎湃，難以自抑，埋下頭來在書房裡急速踱了幾個圈子，終於一咬牙站定了身形，緩緩說道：「好吧！老夫就讓昭兒留在京師，任由孫大人差遣，至於孫大人方才所言之事，想必昭兒定會辦得天衣無縫。」

孫資一聽，霎時間有些猶豫，「二公子看起來儒雅溫和，恐怕做不來這等殺伐決斷之事吧？孫某有些擔憂二公子難當此重任。」

司馬懿沉穩分析道：「知子莫若父，昭兒隨老夫出生入死歷練多年，行事外柔內剛、氣度沉雄，並臨機果斷，從未失手，孫大人大可放心大膽地以他爲前鋒。另外，老夫即刻密調江南銳士營中三千名親信精兵，命他們僞裝成市井之徒潛入京師，散佈民間，萬一事有突變，則可隨時召用。」

孫資神色一斂，深深躬身謝道：「司馬大人不愧值得陛下推心置腹、榮辱與共的社稷之臣。孫某代陛下謝過司馬大人。」

司馬懿喟然長嘆，躬身還了一禮，「為天子分憂，為社稷解難，本就是老夫身為顧命託孤大臣之責，何謝之有？還請孫大人轉告陛下，無論將來發生什麼事，老夫都會一如既往竭力支持陛下，赴湯蹈火在所不惜。」

第5章

震懾張郃

司馬懿這一番話講得坦蕩實在，雖然張郃一時間摸不清話中有幾分真心，又有幾分假意，也不得不為對方擺出的清澈明爽作風感動。

魏國的顧命託孤大臣通常都有一文一武兩種身分：出外征伐便爲將爲帥，入朝輔政便爲相爲侯，司馬懿也不例外，之前他在外疆動用的只是「驃騎大將軍」的職務，沒人想到，他居然會用到另一個「御史中丞」的身分入朝議政。

說到御史中丞此職，掌管對全國文武百官進行紀檢監察和糾舉彈劾的事務，上至諸侯公卿，下至州郡小吏，權力可謂極大。

司馬懿陡然以御史中丞的身分出現，向陛下建議在朝中重申先帝「后族之家不得濫賞」的遺詔，並藉機整頓朝野綱紀，又從頭聯繫太傅鍾繇、司徒王朗、司空陳群、太尉華歆等元老大臣，公開反對郭太后要求將中壘將軍兼國舅郭表晉升爲大司馬一事。所有的人都驚呆了，這才深深懂得以前東阿王曹植爲何形容司馬懿「魁傑雄特，秉心平直，威嚴足憚，風行草靡」。

正當文武群臣爲司馬懿公然得罪郭太后而捏了把冷汗時，接下來由司馬懿出任關中統帥的詔書又突然在朝堂上公佈，宛如晴天霹靂般震得百官爲之失色。

更誇張的事還在後頭，皇上在朝堂上當衆授予司馬懿代表可以在軍中像天子一樣行使殺伐決斷大權的黃鉞，同時又任命他的三弟司馬孚爲專管西線軍需後勤補給事務的度支尚書並駐守長安負責接應。

原本，由誰出任關中主帥，一直都是朝野上下關注的焦點，然而一夜之間，司馬大將軍駁了郭太后面子，又成了朝野臣民更爲關注的另一焦點。

不少奇談怪論紛紛出現，有人說是郭太后爲了一挫司馬大將軍的威風，才讓皇上調他去關中作戰，讓蜀寇來教訓這個固執自負的老臣；也有人說這是皇上爲了平息郭太后之怒，才不得已將司馬大將軍貶出朝廷；更有人覺得，司馬大將軍起先爭關中主帥一職是爲立功，後來被任命爲關中主帥則純屬自保之舉……

總而言之，幾乎所有朝臣皆認爲，此番司馬懿出任關中主帥，無論戰勝戰敗，返朝後都肯定凶多吉少。

然而，也有部分朝臣並未被司馬懿駁了皇太后面子之事打亂，冷眼旁觀司馬懿出任關中主帥一事中最值得注意的實際面——司馬懿手中掌握的權力份量是加重還是減輕。

這些人原本都不大看好司馬懿接掌關中統帥的可能性，然而結果卻使他們大吃一驚，沒想到無論情節多麼曲折複雜，司馬懿最終還是在關中兵權之爭中勝出。

這一切演變，在在顯示出這位青年天子對司馬懿出任關中主帥的充分信任與支持。

在這一部分朝臣看來，司馬懿完全在充滿爭議的表象下暗暗摘取勝利果實，而他們接下來就只能擦亮眼睛，等著看司馬懿如何在崎嶇險峻的漢中之地上演一齣精采異常的戲碼！

接到出任關中主帥詔命的第二天，司馬懿在府中擺下酒宴，又派自己的兒子司馬師、司馬昭親自上門送帖，邀請司空陳群、太尉華歆到席一聚。

陳群與華歆也當眞應邀而至，到司馬懿府中向他祝賀。

這一頓酒宴吃得和和睦睦、熱熱鬧鬧，在旁人眼中，這三位名重天下的元老大臣談笑風生、和樂融融，誰又料得到，這三人先前那一場場無形無聲的惡鬥，已臻於白熱化的境界。

然而，次日起，陳群便請了三天病假沒有上朝，而華歆原來佝僂的背也彎得更加厲害，枯瘦如柴的手彷彿再也握不緊御賜的紫竹杖，老像中風似地顫抖不停。

明眼人都看明白了，在這齣「將相和」的大團圓喜劇當中，勝利者以勝利者的姿態刻意營造出一團和氣，失敗者只能以失敗者的姿態接受現實，嫌隙早已存在，並且持續擴大中，不可能消弭。

三月二十三日，曹叡親率文武百官來到洛陽城正門，爲司馬懿送行。這也是他登基以來，第一次爲大臣遠征親臨送行。

這種尊崇待遇連已故的前任大司馬曹眞都不曾享受過，司馬懿自然感激涕零，連連拜謝，以堅毅果斷的言語信誓旦旦表示自己「不破蜀寇誓不還」的決心。

午時一過，司馬懿和司馬師策馬奔出洛陽，走了十餘丈遠，卻又不禁回頭眺望。畢竟遠征蜀寇，沙場之事吉凶難測，司馬懿雖已身經百戰，回望洛陽的目光中也難免帶著淡淡的不捨，和一抹莫名的憂思。而洛陽這座壯麗宏偉的國都，則被夕陽罩上一層金輝，沉默回應著司馬懿這位縱橫捭闔的大將軍。

司馬懿看見登上城樓，目送自己離去的曹叡，看到簇擁在他身後的文武百官，也看到了次子司馬昭站在城樓寂寞一角裡，深深凝視著他。城樓上的人，個個臉色莊嚴肅穆、不苟言笑，以最沉默的態度爲他送行。

最後，司馬懿甚至見到曹叡一臉凝重，噙著淚光向他猛地揮手，彷彿把內心所有囑託期盼揮出，賜給在城下回望的他。

司馬懿心下無聲長嘆，也不管城頭上的人有沒有看到，只是朝衆人重重地一點頭，接著便放馬向前飛馳，把滿是金輝的洛陽城拋回記憶深處。

快馬飛奔很久，司馬懿才再次回過頭，見雄偉的京城洛陽已經縮小成地平線上的一個黑點，才下意識地拉停坐騎，臉上滿是深思。

這時，司馬師停馬在他身畔，忍不住喊了一聲，「父親……」

司馬懿聞聲轉過頭來看了看他有些躊躇的表情，「你有什麼疑惑就問吧。」

司馬師一臉認眞道：「孩兒聽說，皇上在您離京前曾下了道密旨給您，請問父親此事是否屬實？」

「胡說！」司馬懿臉色一沉。

司馬師皺眉道：「父親不要再騙孩兒了。據悉，皇上在密旨裡要求您必須在長安留下五萬人馬任他調遣，若眞是如此，我們又要如何以剩下的區區五萬兵馬打贏蜀寇的十萬雄師？」

司馬懿臉色凝重，坐在馬背上只是撫鬚不言。

接下來，司馬師又進一步分析道：「另外，孩兒近來在京城也聽見許多傳言，說皇上和郭太后之間的關係愈發惡化。兩天前，皇上將郭太后的幼弟黃門侍郎郭進治了個貪淫汙穢罪，動作凌厲地抄家免官，貶作庶人。本來呢，以郭進皇親國戚的身分，那些小罪在他身上根本不該懲罰如此之重。孩兒認爲，皇上既然已對郭氏子弟如此不留情面，郭太后勢必會伺機反撲。値此京城局勢激盪劇變之期，父親恐怕不宜出征，應留在洛陽靜觀其變才是……」

「蠢材！」司馬懿一聽便立刻沉下了臉，語氣犀利如劍，毫不留情地斥道：「如今西疆國門之外大敵當前，社稷江山危在旦夕，爲父豈可因爭權奪利，反留在京城守株待兔？爲父相信，皇上此刻派我出京，便是將所有期望繫於爲父一身，讓爲父在前方爲他擋住蜀寇入侵，這樣一來，他才能騰出手平息蕭牆之禍。」

說到此處，他頓了頓，平復心情後又道：「無論宮廷內部的皇上與郭太后如何衝突，爲父身爲顧命託孤大臣，都只能與皇上同心同德、合力對外，豈可再生二心？郭太后無德無能，又貪權嗜財，爲父又怎能與她同流合汙？況且郭氏一黨絕非當今皇上敵手，我司馬氏若不在皇上危難時雪中送炭，再建新功，將來肯定無法得到他的全力支持。爲了我司馬氏的繁榮昌盛，以及大魏社稷的長治久安，於公於私，爲父都只能站在皇上這一邊，並且全力以赴！」說罷，立刻揚起長鞭，策馬疾馳，將還在思索深意的大兒子拋在腦後，絕塵而去。

同一時間，本在長安城府第裡接受同僚道賀的征西車騎將軍張郃，忽然間被皇上一紙命司馬懿出任關中統帥的詔書打得眼冒金星，幾欲憤憤吐血。

張郃心底裡忿忿不平地嘀咕，他實在搞不清楚，先前華太尉、陳司空不是送了密信，稱自己升任關中統帥之事已成定局，怎麼皇上旨意說變就變？

面對身邊一票臉如死灰的同僚，張郃也沒什麼心思再應付下去，只能僵硬地掛著笑，極其尷尬地將人送出府。

其他人也很知趣地告辭，只留張郃自己一個人在自家門口苦撐，待來客盡皆散盡，才將大門狠狠摔上，衝進後院仰天大叫，同時拔劍出鞘，二話不說地揮劍起舞。

每次他受挫致心神激盪時，都是靠舞劍寧心定神，摒除雜念，可今日，他將手中寶劍舞得似一輪白光般團團直轉，耗去大半個時辰，也未曾平復自己胸中的勃勃怒氣。

老子三十年來馬不停蹄地在戰場上一刀一劍地拼殺，才掙得今日在關中的地位和威望，眼看就要獨當一面，帶兵出征，建下蓋世奇功，卻被只帶了四年兵的驃騎大將軍司馬懿搶去統帥之職，這一口悶氣誰嚥得下？

正當張郃心思翻滾時，一名張府家丁拿著一封信飛步而入，在他身前跪下報導：「將軍，京城華太尉、陳司空以八百里快騎送來密信，請將軍收閱！」

他話猶未了，只見眼前刷地一片雪亮，還未回過神來，手頭驀地一鬆，那封信函竟已被張郃用劍尖挑了過去，一把抓在了手中。

張郃靜立片刻，執信在手，冷冷吩咐道：「很好。你先下去吧！」

那家丁會意，立刻應了一聲，退了出去。

張郃待他走遠，這才收劍回鞘，輕輕打開信函，卻見上面寫道：

致張郃將軍親啟：

抱歉，老夫二人力助張郃將軍升任關中主帥而未成功，天耶？命耶？事已至此，萬望張將軍降心抑志，韜光養晦，屈中求伸。司馬懿為人外寬內忌，城府極深，詭計多端，張將軍不可不防！現在，關中大軍之中，一切仰仗張將軍代為制衡司馬懿。切要謹慎行事，不可造次。老夫二人必在朝中為張將軍繼續左右周旋，全力幫助張將軍最終取司馬懿而代之。

張郃閱罷，這才覺得心頭鬱悶爲之一消，看來華太尉及陳司空二位大人並未放棄自己升任關中主帥一事的可能，仍在爲此事努力。他心裡不禁一暖，悠悠嘆了口氣，只得循其建議，暫時隱忍沉潛，再擇機而動。

就在這時，又一名家丁進來稟道：「將軍，新任關中主帥司馬懿驃騎大將軍攜其子司馬師到訪，現在府外前來求見。」

聞言，張郃不禁暗暗吃驚，這司馬懿來得好快，什麼時候到長安的？而且，爲何一進長安便到我府上來？難道是在外頭聽見什麼風吹草動？

他一邊在大腦裡緊張而迅速地思考著，一邊不動聲色地吩咐道：「請司馬大將軍到客廳裡。」說罷，略整一整衣冠，便轉身往府內大廳走去。

張郃站在客廳口處靜立恭候，一時間還抓不定來客的想法。

沒多久，只見一位長髯飄飄、氣宇軒昂的青袍長者，以及一位面目清奇、身材俊偉的青年少將一前一後地緩步而至。不用說，來人自是驃騎大將軍司馬懿和其長子千戶都尉司馬師。

司馬師遠遠地看了一眼靜立廳門的張郃身影，臉上不禁洩出一絲不滿。

按軍紀來說，張郃爲關中副帥，軍階比父親司馬懿差了半級，本該到本府大門外拜迎，更何況父親手上還有皇上御賜的黃鉞在手，等同皇帝親臨，自是不容輕忽。可這張郃竟只在府中客廳門口迎接，分明帶著分庭抗禮之心，顯見對父親主持關中戰事一事相當不服。

一念及此，司馬師更是不悅。自己父親一心一意爲國盡忠，根本不屑爭權奪利，若不是深感蜀寇難敵，恐其坐大，才不會放著宛城的太平將軍不做，愣是跑到西北苦寒之地親自指揮，你張郃甫一見面，便以小人之心度君子之腹，眞是枉稱一代名將！

他憤憤不平地轉頭瞥了父親一眼，卻見父親滿臉含笑，若無其事地趨步上前，來到張郃面前，淡笑道：「老夫何德何能，竟勞駕張將軍親自到廳前迎接？多謝了。」

張郃見司馬懿一臉平和自然，心頭不禁有些意外，急忙收起臉上一絲倨傲，「司馬大將軍光臨，不知有何指教？」一邊說，一邊彎腰準備躬身行禮。

司馬懿急忙擺擺手，接著爽朗笑道：「老夫今日拜見張將軍，別無他意，只想與你傾心一敘。說來慚愧，這關中大帥一職，本該由勞苦功高的張將軍出任才是……」

聞言，張郃不禁一愣，沒想到對方竟坦然說出兩人先前的心結，大爲疑惑地看向來人。司馬懿神色毫無做作，繼續說道：「然而，老夫素懷奮勵有爲肅清天下之志，不願鬱鬱乎久居昇平無事之荊楚，爲免歲月流逝而功業未建之憾，才忍不住半路闖出，懇求皇上賜予老夫到關中一搏之機！老夫不害臊地說句，我位極人臣，名望盛矣，本就無須以禦蜀之功更上一層，全因壯志未酬，才不惜親身涉險，掌兵關中，誓與諸葛亮一戰。還望張將軍體諒老夫一片苦心，千萬不要心存芥蒂。」

張郃正覺意外時，司馬懿又是大手一揮，豪氣道：「老夫今日便與將軍約定，此番對蜀作戰，你與我各持正副統帥之名，卻絕無正副統帥之實，各自領軍紮寨，各立己功，在沙場之上一分高低！半年後，張將軍若立功較多，老夫立馬二話不說上奏朝廷，自行辭去，將關中主帥之位讓出；可若你立功不及我方，還請張郃將軍冰釋前嫌，與老夫齊心擊敗蜀寇，共建蓋世奇功，保我大魏社稷！不知張將軍以爲如何？」

司馬懿這一番話講得坦蕩實在，雖然張郃一時間摸不清話中有幾分眞心，又有幾分假意，也不得不爲對方擺出的清澈明爽作風感動。

無論如何，這位驃騎大將軍一上場來，便顯出與部將坦誠布公的度量，這在張郃從軍以來的衆多上司中，是個罕見異類，就以剛去世的大司馬曹眞來說，便絕對說不出這般氣度恢宏的豪言壯語。

當然，類似這等意氣昂揚、揮灑自如的話，張郃不是不曾聽過，只不過說的人早已故去，那就是本朝太祖魏武帝。

沒想到，魏武帝去世十一年，司馬懿竟能以同樣的氣魄、胸襟，講出這些力震千鈞的話，張郃頓感胸中震盪──這才是一位眞正的大統帥面對部下時應有的泰然自若的言談舉動！

那瞬間，張郃鮮明地感受到自己與這位司馬大將軍在魄力與度量上的偌大差距，也許自己當眞再無可能爭得過對方了？

張郃心旌飄搖，終於低聲屈服道：「司馬大將軍所言懇切，張郃豈敢負有二心？一蛇豈能有二頭？一軍豈能有二帥？大將軍黃鉞在手，關中之軍唯命是從，張郃亦自當力效犬馬之勞。」說著，恭恭敬敬地將司馬懿父子二人迎進了客廳。

司馬懿腳步邁進客廳大門口之時，若有心又似無意地說了一句：「幸好剛才張郃將軍未曾與老夫立下約定一人一半各統一軍，否則老夫便要以二萬五千之士卒，與諸葛亮十萬大軍對敵，老夫不禁在手心裡捏了一把冷汗哪！」

張郃一聽不由大驚停步，愣愣問道：「司馬大將軍……你這話是何意？我們關中不是屯有十萬雄師嗎？爲何你說我們只有五萬人馬可以動用？」

司馬懿頭也不回，輕聲嘆了一句，「其實，是皇上的密旨決定的。陛下嚴令老夫必須將十萬兵馬中的一半留在長安，隨時聽候密詔差遣。換句話說，此番對蜀作戰，老夫只能動用剩下的五萬兵馬，不許指望其他。」說著，往廳內走了進去。

此話一出，張郃更是傻傻站在客廳門口發呆，萬萬沒想到，原來皇上暗地裡還出了這樣苛刻的附加條件，若換成自己，恐怕不會對關中主帥這位置興致勃勃了。擔任一個只能統領五萬人馬的大帥，求不敗已是困難，遑論得勝？真不知道司馬懿心中是怎麼想的，居然仍一心力爭這關中主帥之位！

「張將軍？」

司馬師的聲音將張郃從迷惘中喚回現實。他連忙抬頭應了一聲，只見隨父親進大廳的司馬師站在門內，臉上掛著一絲嘲弄的微笑，說道：「將軍怎麼只站在門口沒進來？父帥先前說了，張將軍與諸葛亮交戰多年，想必早已熟悉敵軍手法，為使此番西征勝利，還望張將軍不吝賜教、傾囊相告。」

「下官遵命。」張郃一邊有些機械地應著，一邊伸手擦去額角沁出的冷汗，腳下像踩著棉花堆一樣，彷彿不著地似地「飄」進堂中，身形搖搖晃晃，又宛如一個剛剛爬上岸邊的溺水者似的。

不戰而屈人之兵

張郃並不認為司馬懿堅壁清野、持重不發的戰略有何錯誤，
畢竟事實擺在眼前，魏軍兵少糧多，蜀軍兵多糧少，
只能揚魏軍糧足之長，而避魏軍兵少之短。
然而，又覺得司馬懿這種不知應變，
只知穩打穩紮不知造勢的戰術，實在稱不上精妙高明。

第1章

以兵養兵

司馬懿率五萬勁旅從長安城出發後，並沒有直接馳援祁山守軍，而是先行駐紮上邽原，和駐守此地的征蜀將軍戴陵會合，再思出兵祁山一事。

蜀相諸葛亮緩步踱到營帳門前，看著外邊淅淅瀝瀝的雨幕，不禁悵然一嘆，「又下雨了。」接著，舉目望向前方那座屯守著二萬魏軍的祁山，眉宇間隱隱掠過一絲憂色。

雖然漢軍目前已率十萬人馬將祁山此處關中要地如鐵桶般圍了個水洩不通，但近月來不斷派人攻打，卻總是被對方壓下。

關鍵就在帳外這不斷下著的雨。

也不知怎地，天氣自年初以來，一直都有些異常。霪雨不斷，從四月初下到現在，已經持續月餘，雨水打濕地面，路濕地滑，弄得到處坑窪泥濘，致令人馬難行，更不用說征戰沙場，克敵制勝。蜀軍從山腳下往上攻，而魏軍居高臨下，占盡地利，加上兵精糧足，才拖了這麼長一段時間。

為此，漢軍主帥諸葛亮十分愁苦。他圍攻祁山，其實還暗藏另一層深意，就是想使出「圍城打援」之策，引誘魏軍主力前來交戰，隨即趁勢一舉殲滅。只是，魏軍會上這個當嗎？他心裡已然不似先前那段自信。

打從他知道曹叡起用司馬懿出任關中主帥那一刻起，便開始有種預感，自己此番北伐的前景恐怕不妙。

戰爭之道，在於審量敵我、料敵設計，一切謀略均由此而生，也因敵而異。這幾年來，漢軍一直在和曹眞、張郃等人作戰，對魏國會使出什麼戰術精熟得很，也正是立足於這樣一個大前提，此次北伐之前，他早已針對曹眞及張郃二人的用兵手法準備出一整套應對方案。

然而，曹眞居然在雙方開戰後沒多久猝然病死，換成高深莫測的司馬懿應戰，讓他先前的計策頓失重心，一時不免有些失措。

再想到司馬懿此人，諸葛亮不禁蹙緊眉頭。

這位自己從建安十三年間便已結識的「老友」，今日總算要正面敵對，自己能順利將他擊退嗎？三年前，自己在孟達之事上已和對方隔空交手過一次，今次的正面交鋒，自己會有幾分勝算？

他負手在營帳之內來回踱了幾圈，猛然立定，轉頭向侍立在一旁的奉義將軍姜維，問道：「姜將軍，這幾日魏軍主力那邊可有什麼舉動？」

姜維沉吟片刻，搖了搖頭，答道：「據剛才探子來報，司馬懿帶著他的魏軍主力仍然龜縮在上邽原，未曾有前來馳援祁山的意向……依屬下之見，司馬懿這老匹夫恐怕是畏懼丞相的赫赫威名，才嚇得不敢前來應戰。」

諸葛亮聽罷，淡淡一笑，搖頭道：「司馬懿這人很不簡單，自從賊帥曹眞前不久暴病而亡後，本相便一直關注僞魏會派何人出任關中主帥一職。老實說，本相事先以爲會是張郃升爲關中賊軍之首，卻沒料到是司馬懿走馬上任。瞧瞧他的履歷，二十九歲時投入曹操麾下，先是在曹府中當了十三年的掾吏，後來又在曹丕身邊當了七年的尚書僕射，一直不曾領兵作戰過，直到曹叡當政，才被放出來對吳作戰。換句話說，實際上他才只有四、五年掌兵打仗的經歷。」

說到這裡，他先是一頓，抬眼看了看仔細傾聽的姜維，語氣忽然變得沉重，慢慢道：「問題是，在司馬懿領兵爲將的這些年裡，先是旬月間掃平孟達，百日內肅清荊楚，扼守江陵，一口氣斬斷吳國水道，虎踞江北，招招見血封喉，逼得東吳幾乎喘不過氣，著實詭計多端，令人頭痛。本相也萬萬沒想到，在這關隴之地，會碰上像他這樣一個勁敵。」語畢，又面呈憂愁地沉默著。

姜維見丞相一臉憂色，不禁有些意外，想反駁卻又不知該從何說起。

他不知道，諸葛亮幾天前收到東吳大都督陸遜的密函，對方聲稱，「司馬懿沉勇有謀，明察善斷，一向兵不虛發，看似無赫赫驚人之象，終至殄敵於鬼神莫測之際。」同時還告訴諸葛亮，這幾年來他與司馬懿交手，也是深感頭痛至極，從來不敢馬虎應對，往往一著算錯便損兵折將，最後只得隔江而守，嚴防密備，處處小心，這才勉強保得荊楚無事。他以經驗告誡諸葛亮，對司馬懿的一招一式，都得愼之又愼。

當然，陸遜在信中流露出的幸災樂禍明顯令諸葛亮心裡不舒服，然而不舒服歸不舒服，他不得不認眞重視陸遜的意見。

想當年，陸遜在夷陵一戰中火燒八百里連營，擊潰先主劉備的數十萬雄師，何等威風善戰！可是以他這般卓爾不凡的天縱英才，卻也對司馬懿如此忌憚，可見此人實在難以對付。

念及此處，諸葛亮不禁心焦起來，又是長長一嘆。

聽著諸葛丞相的深深一嘆，姜維在一旁似也受到感染，臉色沉鬱地苦思著，雖然仍不覺得司馬懿有多可怕，卻暗暗詛咒外頭可惡的雨。如果不是這場久久不斷的梅雨，蜀軍早就拿下祁山，丞相又何須如此猶豫進退？只要能拿下祁山，諸葛丞相便能給漢室朝廷一個交代。

原來，此番北伐出師前，漢室朝野上下曾有兩種主張激辯交鋒，吵得十分激烈。

一邊是以蜀國尚書令李嚴、諫議大夫費詩、太史令譙周等爲首的老臣，認爲本國方因夷陵之敗元氣大傷，如今南蠻終於平定，國內正是兵少民疲的待養之境，實在不足以與曹魏爭強，應當退而自保，再伺機而動。

另一邊則是以諸葛丞相爲首的青壯派朝臣，認爲蜀漢軍民目前銳氣潛消，若不及時以戰勵氣、以武養士，長此下去必有國弱民怯之患。

在這場論戰中，姜維自然支持諸葛亮憂深思遠的北伐方略，但同時也很清楚朝中那些反對的老臣勢力有多大。爲首的尚書令李嚴和丞相諸葛亮一樣都是先帝臨終欽定的輔政大臣，素來不服丞相節度，事事與諸葛亮分庭抗禮，指使手下親信御史，上表攻擊諸葛亮有意獨攬兵權，甚至到最後更傳出流言，暗示連蜀帝劉禪本人也不贊同諸葛丞相的北伐主張。

諸葛亮逼不得已，只得違心破格提拔李嚴之子李豐爲江州都督，這才換來李嚴在北伐之事上的支持，這場以他執意孤忠發起的北伐大謀，才得以順利實施。幾乎蜀漢上下都清楚，諸葛亮是想以自己一切所有，爲漢室賭下重注！

姜維愈發擔心地想著，倘若此次北伐失利，對力圖勵精奮起光復漢業的蜀國軍民將是何等沉重的打擊，朝野內外本原就脆弱的平衡格局，經得起北伐失敗帶來的衝擊嗎？像李嚴那樣的跳樑小丑恐怕會更加得意忘形吧？

過了許久，諸葛亮終於出聲打破帳中凝固的沉默，「對了，軍中下個月的糧草已經運到了嗎？」

姜維垂首答道：「聽李嚴大人派來的士官回報，糧草已經在半路上，過幾天應該就會抵達營中。」

諸葛亮向來不能容忍在事務上任何模糊不清之處，哪怕一絲一毫的不確定也不行，聽聞此言後不禁氣悶喊道：「幾天？到底要多久？這個李嚴，身爲後勤事務總管，難道不知道糧草是我蜀漢十萬大軍的命脈嗎？若是拖拖拉拉，無法及時運到，難道要叫十萬大軍餓著肚子在戰場上和魏賊拼殺？本相於心何忍？李嚴又於心何忍？」

發洩完一通怨氣後，諸葛亮才冷靜下來，吩咐姜維：「立刻以本相的名義擬出緊急手令，命人以八百里快騎送入蜀中，著令李嚴火速督糧，盡可能早一日送至軍營裡。」

接著，他又轉過身來，慢慢踱向帳中掛著的蜀魏關中地區軍事圖，靜靜觀看片刻，伸手指向圖上某個地點，緩緩道：「看來，司馬懿已識破本相『圍城打援』之計，才遲遲不上鉤。既然如此，我們也不宜久圍不動，得主動出兵尋找戰機才行。如今之計，取糧於敵也是一條可行之策，只有乘機攻打此處了，既能直接調動魏賊主力前來交戰，又能取糧於敵加強補給，一箭雙雕。姜將軍以為如何？」

姜維走近前去，見諸葛亮手指之處正是魏國軍屯要地上邽原時，立刻眼睛一亮，驚喜交加地點頭道：「敵之必守，正是我軍所必攻，丞相，這地方選得好，若是我們下手占走此地，則魏賊必潰無疑……可是，如今司馬懿正在此處固守，我軍只怕不易得手。」

諸葛亮亦深有同感地點點頭，但臉色一正，又若有所思道：「本相認為，司馬懿雖洞明灼見，但魏賊祁山大營被困，形勢危急，上有庸君曹叡驚慌失措逼他來救，下有輕躁悍將貪功冒進催他出戰，內外壓力的交逼下，他是否能把持住自己胸中這份獨見之明，實在難說得很……總而言之，司馬懿只要一時頭腦發熱離開上邽原，便是我蜀漢大軍出奇制勝的絕佳良機。」

當諸葛亮爲關中地區的梅雨天叫苦不迭時，另一邊的司馬懿卻是額手稱慶。這場爲期一個多月的連綿長雨，讓蜀軍攻擊力受到極大制約，無力發動奔襲。而魏軍也不得不放棄長途追擊，停在戰略要地裡養精蓄銳，伺機而動，反而多出摸清軍情、整頓關中軍務的喘息空間。

新任關中主帥的司馬懿領著五萬大軍屯駐在上邽原，這裡是魏國關中地帶的軍屯要地，有稻麥之田數百頃，是供養十萬關中大軍的糧倉之一，距祁山大營有千餘里遠，是祁山二萬駐軍最重要的糧草來源。

司馬懿率五萬勁旅從長安城出發後，並沒有直接馳援祁山守軍，而是先行駐紮上邽原，和駐守此地的征蜀將軍戴陵會合，再思出兵祁山一事。

此一避實就虛、迂迴進擊的做法，招致不少魏軍將領不滿，認爲司馬懿有意避戰，不敢與蜀軍主力正面交鋒，膽小無比。

底下將領的不滿，司馬懿心知肚明，面對這些一天到晚叫嚷著想打仗的將領，他心裡也很是不悅。

這可是場硬仗，你們未必行，否則也不會拖了這麼久，可一旦打贏，個個都會要跳出來搶功，打輸了，就全由我一個人兜著，有這麼好的事嗎？

司馬懿深知，朝廷裡的華歆、陳群那一幫人，正天天盯著他的所作所爲，從沒鬆懈，沒有十足的把握，能把這些人放出去嗎？敢讓他們跑出去隨便捅簍子嗎？

最後，他裝作什麼也沒聽到，依舊我行我素，一邊下令召集士兵大面積地收割上邽原的稻麥，一邊讓軍屯士卒下田做好秋稻的栽種工作，徹底落實並擴大軍屯制的以兵養兵效用。

一日，老天忽然心情好，在半空中恣意開顏放晴，司馬懿便召張郃、戴陵、雍州刺史郭淮、驅蜀將軍魏平等關中一票重要將領巡視稻田耕種事務。

路上，戴陵嘟嘟囔囔地抱怨道：「大敵當前，祁山危急，司馬大將軍不去救援，反而帶我們來看什麼勞什子屯田，不是本末倒置、輕重不分嗎？」

走在最前的司馬懿早聽得一清二楚，卻當作耳畔風聲，毫不理會。

衆人走到上邽原山腳下那一大片稻田時，放眼望去，偌大一片田地上只有十幾個鬚髮蒼蒼的老兵趕著四、五頭牛彎腰耕作，沒有其他年輕一點的軍兵身影。

司馬懿臉色一沉，走到最近一批正趕著牛犁田的老兵問道：「這麼多田地，怎麼就只有你們幾位老哥在？」

老兵們抬頭一看，見來人裝束耀眼，便知對方來頭必定不小，嚇得個個光知點頭，沒人敢任意答話。

司馬懿又問：「只你們幾位就耕得動所有田嗎？」

當中有名老兵膽子稍大，搖頭回道：「當然耕不過來，不少田地都荒了。」

司馬懿皺眉問道：「那其他年輕的士兵都到哪去了？老夫記得太祖皇帝創下的軍屯制中規定，每處軍屯要地，都得派出十之二三的青壯年士兵來從事耕作啊！」

那個老兵答道：「是有這麼個制度沒錯……但是，我們這裡的戴陵將軍一心只想著到疆場上殺敵立功，天天帶著壯年士兵們去訓練作戰，就派了我們這些老弱殘兵留在田裡耕種。」

司馬懿聽了，不禁側頭瞥了一眼身邊的上邽原守將戴陵。

戴陵的臉立刻漲得通紅。司馬懿沉默片刻，肅然嘆道：「沒有讓該打仗的去打仗，讓該屯田的去屯田，這是老夫身為主帥用人不明之過也！」

說著，他瞅了瞅老兵們的裝扮，也依樣學樣，挽起褲腿，將袍襟掖在腰間，然後向稻田裡走去。

其他人見狀不禁呆住，張郃更是急忙趕上前問道：「大將軍，您這是做什麼？」

司馬懿冷冷道：「老夫要親自掌犁。怎麼，使不得嗎？」

張郃搖頭答道：「當然使得，只是現在正當梅雨，田地裡寒氣太重，大將軍若是有個萬一……」

司馬懿揮揮手，「老夫哪有這麼嬌嫩？今日老夫親身耕作，就是要將重糧養戰的意願昭示全軍，又怎能顧及其他？」接下來，便扶起了犁，學著老兵們的樣子，口中「噢噢」地驅使耕牛。

不料，耕牛居然完全不買帳，過了好一會，田裡的犁動都沒動。

於此同時，聞訊趕來的士兵們已人山人海，遠遠望著，還發出陣陣歡笑。

見狀，張郃、郭淮臉色微青，招手示意，那些將領、士兵得令後，紛紛收起笑顏，一個個撲到田裡跟著耕作。

第 2 章

口吃天才鄧艾

聽到鄧艾結結巴巴地說出這番話，幾位「巡屯使」聽得都忍不住掩口笑起，尤其是那位藍衫老者，笑容裡更是大有深意，還不時地輕輕點頭。

隔日，上邽原後山腳某一大片稻田埂邊上，一列緊身裝束的精壯農丁正整整齊齊如槍矛般直立不動，聆聽面前一位身穿灰袍的青年將官訓話。

這位青年將官面白無鬚，眉宇間英氣昂然，雙目精光灼灼，然而講起話來卻有些結結巴巴，「大……大家都……都聽好了，軍中來來來了訊報，昨……昨天上午，新來的司……司馬大將軍，是那……那麼地關……關注屯田之事，還……還親自下田耕種。大將軍這……這樣做，實……實在英……英明！鄧……鄧某先……先前早就說過很……很多次，不……不要以爲光……光是把仗打好就……就能立功領賞，要……要沉下心來，把……把田地耕好，一樣能……能立功！所……所以，鄧……鄧某特地把各……各位召來，就是希……希望大家立刻下田耕……耕作，搶……搶在其他營……營隊前面立……立下頭功，都……都聽明白了嗎？」

一列農丁聽著青年將官的訓話，臉上卻無絲毫取笑嘲諷，表情嚴肅，聲音響亮地應道：「明白了！」

青年將官聽了，似乎很是滿意地點了點頭，右手如利刀般往外用力一揚，「那……那就幹……幹吧！記……記得把……把我們這……這幾塊田耕……耕成上……上邽原裡最好的稻……稻田！」

只聽得撲通撲通連聲水響，那一列農丁立刻領命下田，驅牛的驅牛，扶犁的扶犁，插秧的插秧，熱火朝天、揮汗如雨地幹起活。

這時，不遠處山坳裡一棵大槐樹下，有位穿著藍綢長衫的獅鼻老者和幾位年輕將士模樣的人正靜靜看著，神態各異，彷彿各有所思。

隔了片刻，那獅鼻老者沉緩有力的聲音忽然響起，打破大槐樹下的沉寂，「唔……這個年輕人雖然講話不太利索，但言語間頗有幾分朝氣，倒令本帥有些欣賞，他叫什麼名字？」

老者身後一名親兵打扮的人急忙應聲道：「啓稟大將軍，此人乃戴陵將軍手下一名典農校尉，名叫鄧艾。」

原來，這位獅鼻老者正是司馬懿，自昨日親身下田耕作，將重糧養戰的決心昭告全軍後，為了考察各營軍屯推行實況，便輕裝簡從四處巡視，一天下來已經看過六處屯田，鄧艾這裡正是最後一站。

「鄧艾？」司馬懿點點頭，又轉頭看向正恭立身邊的司馬師，沉聲問道：「師兒，你清楚這個鄧艾各方面的基本情況嗎？」

一身普通將士裝束的司馬師將左肩下夾著的那本將士行狀記錄簿冊拿在手裡，急忙翻開查閱，過了半盞茶工夫，才找到簿冊上「鄧艾」的相關記述，仔細念道：「鄧艾，今年三十三歲，義陽郡人氏，出身寒門，以精通書算徵召入軍。」

司馬懿聽到鄧艾的評語，心下微微一動，有些詫異地向其他當地將士問道：「就只有『精通書算』這項長處？你們當中有沒有誰比較清楚這鄧艾在軍營內其他方面的具體表現？」

這時，剛才答話的親兵抬眼看向四周，見其他將士個個搖頭不知，便上前一步，向司馬懿躬身稟道：「稟大將軍，屬下陳武，曾於戴陵帳下效力，和鄧艾有過數面之緣，對他在關中軍營裡的歷來事行略知一二。」

司馬懿微笑著頷首說道：「哦？原來你認識鄧艾？那且將他的經歷細細說來，老夫十分好奇。」

「遵命。」陳武應聲躬身一禮，然後侃侃回道：「說起這個鄧艾，傳聞性格十分古怪，行徑亦迥於常人，每到一地駐紮時，總要率領自己手下三、四百名士卒跑到全軍營壘四處探望，山前山後細細地巡過一遍，完全閒不下來。之後，他還會大膽地找上戴將軍，直接提出自己對軍中營壘佈設的建議，一副振振有詞的模樣。軍營中很多同僚都說他就像僞蜀先前那位只知紙上談兵的馬謖，鎮日只知誇誇其談。」

司馬懿聞言，臉上頓時露出一抹微笑，伸手輕撫垂髯，漫不經心地問道：「這麼說來，這名小小的典農校尉還有些自命不凡？他越職越級，跑到主將面前多方進諫，莫非是爲了討取戴陵歡心，藉此加官晉爵？」

陳武想了想，有些猶疑地回道：「這……這個嘛，屬下也不大清楚他有沒有過這些念頭，不過，屬下知道，戴陵將軍其實很不喜歡鄧艾這種做法。畢竟他天天跑到主將面前指高點低，一副比別人高明的派頭，有時候甚至連戴陵將軍的意見都敢頂撞，好幾次險些讓戴將軍當衆下不了台，戴將軍又怎麼會喜歡他？再者，這鄧艾不知是假裝愚鈍還是當眞木訥過頭，開口閉口就只談公務，全然不涉私事，也不喜歡和同僚私下往來，關中軍營還眞沒什麼人和他合得來。屬下想，他能保住眼前這個典農校尉的位子就不錯了，怎麼會敢想升官這件事？」

聞言，司馬懿輕輕嘆了一口氣，「唉！本帥也料他這麼做必定會在軍營之中落得慘澹下場，那麼，據你所知，鄧艾向戴陵將軍提出的那些建議，是錯的比較多呢？還是對的較多？」

聞言，陳武仔細回憶起來，然後語氣肯定地說道：「哦……其實在我們大家眼中看來，鄧艾還是有幾分眞才實學。像先前有一次，戴將軍耐著性子聽取鄧艾建議，未在一處低窪山坳裡安營紮寨，反而遷至高峻險要的地方，竟避免險些被蜀寇伏兵一網打盡的厄運。當時上邽原守軍中一些老資歷的將士們都說，鄧艾只是時運不濟，若是在太祖武皇帝打天下的時候，恐怕早就脫穎而出，一鳴驚人。」

司馬懿瞇著雙眼，再次望向前方田埂邊的鄧艾身影，自言自語道：「嗯……古人講得對，『蓋有非常之功，必待非常之人。故馬或奔踶而致千里，士或有負俗之累而立功名。夫泛駕之馬，跅弛之士，亦在御之而已。』看來本帥今日這趟巡訪，倒真不虛此行，我們過去看看吧。」說著，他向前揮了揮手，率先邁開腳步，向鄧艾那邊走去。

一旁的陳武及司馬師等人見狀，急忙小跑步上前為司馬懿開路。

陳武更是走在最前，還高聲喊道：「鄧校尉，請稍等！」

這時，鄧艾在田埂邊彎下腰，俐落地挽起褲腳，正欲下田和士卒們一道耕作，忽聞身後傳來一聲呼喚，應聲回頭後，卻見先前在戴陵帳下有過幾面之緣的親兵陳武正帶著數位將士打扮的人和一位藍綢長衫的獅鼻長髯老者向這邊走近，登時一臉疑惑。

陳武滿面含笑，招手喊道：「鄧校尉，這幾位大人是司馬大將軍派來的『巡屯使』，奉命到各營巡視屯田事務。」

聞言，鄧艾急忙直起身子，笑著迎向來人，無意間一瞥，見藍衫老者正上下打量自己，目光逼人，不由得微微一愣，正自驚疑間，又聽陳武再度說話。

「鄧校尉，你就將你管的這七營三十萬畝屯田的事向各位巡屯使稟報一下吧。」

鄧艾登時靦腆一笑，搓手道：「依屬下之見，如果屬……屬下自己本……本身十分重……重視屯……屯田事務，列……列位大人你們不來巡視，屬……屬下也能將它抓……抓得熱火朝天的。如果屬……屬下自己本……本身就不重……重視屯……屯田事務，你們就……就是天天前來巡視，屬……屬下照樣會……會讓它一場糊……糊塗。」

聽到鄧艾結結巴巴地說出這番話，幾位「巡屯使」聽得都忍不住掩口笑起，尤其是那位藍衫老者，笑容裡更是大有深意，還不時地輕輕點頭。

待大夥笑意漸收後，司馬懿面容一肅，輕咳一聲，又伸手向外一擺。諸人一見，立即全都住口。

他負著雙手緩步走上前來，在滿臉窘得通紅的鄧艾面前站定，和顏悅色道：「鄧校尉，老夫和這幾位大人剛才有些失禮了，希望你不要介意，其實你剛才的話十分有理。」說到一半，語氣稍稍一頓，又故意問道：「只是老夫想請問鄧校尉，此次司馬大將軍大興屯田墾荒、重糧養戰之舉，不知身為典農校尉的你又是如何看待？」

聞言，陳武急忙對鄧艾介紹道：「這位馬大人是司馬大將軍手下的『巡屯使總領』大人，鄧校尉可得小心應對才是。」

鄧艾一聽，立刻端正臉色，肅然道：「既是如此，鄧……鄧某就直言相……告了。司……司馬大將軍此番大興屯田墾荒，實……實乃克敵制勝的……務本之舉，只有糧足兵精，方……方能立於不……不敗之地。對……對這件事，鄧……鄧某一直……以來都是全力贊成的。」

其他幾個將士一聽，又吃吃笑起，只有司馬懿認認真真聽完，點頭道：「那麼，你可對司馬大將軍這番大興屯田養戰之舉有什麼建議？」

鄧艾聽罷，沉吟片刻，正欲開口講話，司馬師忽然皺了皺眉，冷冷插話道：「馬大人時間非常寶貴，你『期期艾艾』地耽擱不得，快揀了緊要的話講一講。」

司馬懿雙眸寒光一亮，往司馬師臉上一掃，冷冷道：「休得無禮！」逼得他急忙噤聲，垂手退到一邊，隨後，又對鄧艾淡淡一笑，「鄧校尉慢慢道來，不用急，老夫洗耳恭聽高見哪！」

鄧艾沒想到，藍衫老者竟對自己這般和藹可親，頓時感動得眼圈一紅，正卻開口發言，忽地沉吟，從腰間解下一只小銅壺，並且從背囊裡取出幾張紙和一枝短短的毛筆。見司馬懿等人一臉疑惑，鄧艾不以爲意地盤腿坐下，擰開那銅壺的軟木壺塞，裡邊一股墨香撲鼻而來，原來壺中裝滿墨汁。他將細短毛筆伸進銅壺裡，隨後便「刷刷刷」在紙上寫出一大段話。

司馬懿等人見此，先是吃了一驚，後來隨即明白，這鄧艾因講話口吃，生怕大夥聽得吃力，乾脆來了招「以筆代口」。

過了片刻，鄧艾抬起頭來，將寫好了答案的紙呈給司馬懿。

司馬懿伸手接過那張紙，只見上面是這樣寫的：屬下以爲，屯田養兵實乃我大魏關中雄師固本強基之舉，不可輕視。自今而後，諸將中能多墾荒、廣屯田、盛產糧者，與能多殺敵、廣拓境、破堅城者同功同賞，則屯田養兵之事必能功成圓滿。

司馬懿細看數遍，不禁微微頷首，又將紙還給鄧艾，接著問道：「老夫聽說鄧校尉平時對天下大事也關注得很，說來不怕鄧校尉笑話，老夫也是十分喜好揣摩研究這天下大事。你且幫老夫剖析一下，此番諸葛亮進犯中原，打出來的旗號是『光復漢室，重續正統』，依你之見，這旗號能否動搖關中民心，為其所用？」

鄧艾沒料到司馬懿接下來就逕自劈頭蓋臉地問他這麼宏大、高深的問題，不禁暗暗生疑，這位總領大人所問，無一不是軍國大事，實在有些異常。

沉吟許久後，他才提筆在紙上飛快寫字：

屬下認為，此番諸葛亮前來侵犯，雖然傳檄四方，大肆宣稱自己是為了「光復漢室，重續正統」而來，但他這篇謬論，只可蠱惑蜀境遺民，實難動搖我大魏百姓之人心。今日魏室之煌煌偉業，純係大漢禪讓而來，天下萬民視為薪火相承，無不樂觀其成。漢室正統，本在獻帝劉協一脈，絕非逆賊劉備可以偽冒而得。更何況如今魏承漢祚，對獻帝劉協優禮有加、尊崇至極，魏室深仁厚澤之恩，亦可鑑日月矣！自先帝以來，朝廷上下君臣同心，勵精圖治，民無不安，士無不養，大魏基業已然固若磐石，豈是諸葛亮一篇偽辭虛言可以擾之？

司馬懿俯身在鄧艾背後靜靜地看著他寫在紙上的這番話，伸手慢慢捋了捋垂在胸前的長髯，笑道：「看來鄧校尉對天下大勢當眞是瞭若指掌啊！你在這裡當一個小小的屯田校尉，實在屈才。」

鄧艾聽罷，眼中微光一閃，又拿筆在紙上寫著：得志則與民由之，不得志則獨行其道，如此而已。

司馬懿一見，心頭不禁劇震，全沒料到眼前青年竟有如此襟懷抱負。

這時，鄧艾忽然擱下手中毛筆，向他一頭拜倒，恭聲道：「司……司馬大將軍大……大駕光臨，屬……屬下失……失敬。」原來，他早已識破司馬懿的身分！

司馬懿靜了片刻，突然哈哈一笑，上前伸手在鄧艾左肩肩頭上輕輕一拍，「其實，你今後不必再在這紙上寫字來和我們『對話』了，該怎麼說就怎麼說，說得再累也要大膽說，因爲你的話，値得每個人認眞傾聽！只要有眞才實學，誰敢笑話你口齒不清？」說完，便轉身朝來時路走回。

「恭……恭送大……大將軍。」

鄧艾一邊喊著，一邊含淚急忙叩頭，待叩了幾個頭後再看時，司馬懿一行人早已走得很遠很遠。

第3章

催戰壓力

魏軍諸將個個好戰成性，一心想著拼搏廝殺，近兩個月來更是不斷吵鬧要出戰，聽得司馬懿的耳朵都起了老繭，一直以極大的耐心與毅力控制局面，才沒有倉皇應戰。

戴陵拿著一張手令，怒沖沖闖進了張郃的營帳裡，大聲嚷嚷了起來，「張將軍，這司馬懿做事未免也太過分了吧？連聲招呼都不打，直接發下手令把戴某手下一名典農校尉調去他身邊當秘書郎，真是獨斷專行！」

「不可胡說！」

張郃見對方咋咋呼呼的模樣，登時吃了一驚，急忙走到營帳門口四下探望，確定周圍沒人，才關緊帳簾，轉身低聲問道：「哪個典農校尉被他調走了？」

戴陵撇撇嘴，一臉輕蔑道：「那個開起口來結結巴巴半天都說不出一段完整話的鄧艾呀！憑他那口才模樣，也配堪當關中大帥身邊掌管機要大事的秘書郎？真不知道司馬懿到底看中他哪一點！」

張郃一聽見鄧艾的名字，便開始回憶起來，「這個鄧艾，本將軍以前也見過，此人說話是有些結巴，但每到一地便能對我軍的安營佈陣之法提出灼見，著實不可小覷。本將軍記得，三年前諸葛亮進犯關中，派參軍馬謖鎮守街亭。當時鄧艾運送糧草到我營中，見本將軍案頭上放著的蜀軍街亭紮寨圖，便出口建議道：『蜀將屯兵於山，遠離水源，若張將軍能乘機斷其汲道，圍山而攻，不出五日，蜀寇必潰無疑。』本將軍正是依他所言而行，方取得街亭大捷。本將軍原本就想破格提拔此人，不料卻被司馬大將軍搶先一步，唉……」說到最後，不禁連連拍膝，嘆惋不已。

戴陵聽罷，不以爲然地駁道：「當年曹大司馬說過，鄧艾的做法只是紙上談兵，是第二個馬謖，這樣的人絕不能重用！」同時暗忖，張郃口口聲聲說鄧艾是人才，甚至連街亭大捷都是採納他的建議方能成功，那爲何這些年來仍視他如無物，把人當偏裨小將看待？還說什麼「破格提拔」？哼！

往更深一層想，司馬懿愛才如命、求賢若渴，說用就用，作風甚是了得，哪像你張郃拖拖拉拉，「聞善而不能進，知賢而不能用」，唯恐別人超越自己。就胸襟眼光而言，張郃委實差了司馬懿一大截呀！

張郃見戴陵忽然瞪著自己，表情若有所思，不禁深深嘆了口氣，「戴兄也算是老將了，怎麼會說出適不適任這般糊塗的話來？人各有才，像鄧艾這樣的人才，當參贊軍機大事的秘書郎不是正合適嗎？」

戴陵擺擺手，冷哼一聲道：「罷了，我們兩個在這裡辯什麼呀？倒是這司馬懿，抵達關中這麼長一段時間，不去馳援祁山大營，反而提拔親信、拉攏人心，眞不知道他心裡怎麼想的！」

「戴兄又妄言了。」張郃生怕他接下來講出些更出格的話來，急忙出聲打斷，「司馬大將軍是有些專斷自決，但他勇於任事，不避艱險，不計得失，實在難能可貴。皇上那麼信任他，你可不得亂說！」

戴陵見張郃畏畏縮縮地一味迴避，不禁有意激他一激，慨然道：「我戴某倒無所畏懼，只怕張將軍您難於應付。老實說呢，論資歷，論能力，您哪一樣不在司馬懿之上？難道就因爲他是顧命輔政大臣，就該從天而降騎在您頭上？張將軍，說句老實話，我們關中老將可都個個爲您抱屈哪！」

聽到這一番話，張郃許久沒有出聲。

他熟知軍情，知道關中軍隊驕躁虛浮，長此下去必有不測，司馬懿這段時間大興屯田、廣求賢才、整肅軍紀等各項舉措，他並不反對，甚至還有些欣賞對方表現出來的剛明果毅、沉潛務實。

然而，司馬懿這一兩個月以來「鎮之以靜、束之以嚴、馭之以剛、懾之以威」，使盡霹靂手段才勉強使關中軍士風紀嚴明，舉止間自然沒太過顧及諸位老將的面子，還張口閉口就說關中將士暮氣深重，多次以起用新人威脅，弄得戴陵等人牢騷滿腹。就連張郃自己心底都湧起一股憋屈的感受，對這套鋒芒畢露的霸道做法有些不滿。

問題是，現在司馬懿大權在手，自己只得冷眼旁觀，保持沉默。其實，司馬懿今天下午已經和他通過氣，決意撤去戴陵的征蜀將軍一職，戴陵大概是聽到這個消息，才故意跑到自己面前來說長道短的吧……

一思及此，張郃抬頭看著戴陵兀自喋喋不休，本欲張嘴勸說，卻又覺得無話可說。

他目前還不宜出頭與司馬懿「抬槓」，司馬懿手頭只有五萬人馬，就算此刻代替他接掌了這五萬人馬的兵權，也未必鬥得過諸葛亮！況且，司馬懿得罪的人越多，面臨的阻力越大，碰到的問題越棘手，那麼將來自己取代他獨掌兵權號令三軍的可能性就越大。所以，在這段時間裡，他只需靜觀其變，待到司馬懿無功可述、無人相助、無力自立時，再乘機出手奪權。

看著戴陵似乎還有一肚子牢騷話要講，張郃便揮了揮手，一連打了兩個哈欠，「戴兄，夜也深了，你今晚就暫且回去休息，養足精神，總會有雲開見日的時候嘛！別把自己的身體氣壞了！」

自從那天早上親自下田耕種後，司馬懿近日來便覺雙腿果爲田中冰水陰寒之氣所侵，走起路來又酸又痛，不得已之下，只好坐在榻床上處理公務。

這日用過晚飯，他要司馬師在寢帳外把風，務必擋住來客，他今夜要將軍中各營報上來的軍需開支審簽完結。

說到關中軍營，以一千士卒爲一營，再按甲一、乙一、丙一、丁一、戊一、己一、庚一、辛一、壬一、癸一、甲二、乙二、丙二、丁二……等字爲營名，共有五十處軍營，每處各設一名營官爲統領，負責全營大大小小的事務，各營的軍需開支自然也在其中。

對這些營官報上來的軍需開發簿，司馬懿一直本著「大綱不亂，細過不究」的原則進行審核。畢竟，軍中不比地方門道多，主要還是靠在軍需開支上做做手腳，獲取一點利潤。一般說來，只要這些營官沒有明目張膽造假攬財，司馬懿都能大筆一揮放過，並不認眞計較。

審了三十餘份開支簿後，時間已近二更，司馬懿感到有些疲乏，不由得伸著懶腰，正想吩咐侍衛泡杯濃茶提神時，卻見一名親兵在帳外稟道：「報告大將軍，癸二營營官郭平前來求見。」

司馬懿看了面前堆著的一疊未審核的軍需開支簿，冷冷道：「今夜本帥不見人，有什麼事明天再說。」

片刻後，親兵又稟道：「郭營官稱有急事，非晚上來不可，懇請大將軍接見。」什麼事非得夜間來見不可？司馬懿聞言不禁皺眉，沉吟片刻便放下筆，揚聲對帳外道：「那就讓他進來吧。」

見郭平進入營帳，司馬懿雙目如電地朝他上下一掃，便又收回目光，停在桌上正待審核的開支簿上，若無其事地招手讓他坐下，微笑道：「素聞郭將軍爲人忠勇可嘉，卻不知深夜至此，有何事要稟？」

郭平先是往周圍掃視一圈，接著將身子移近司馬懿，低聲道：「屬下是有一事要稟。

大將軍，近日來張郃將軍的寢帳裡都有人到訪，並且秉燭夜談，行蹤鬼鬼祟祟，望大將軍不可不防。」

司馬懿淡然一笑，「郭將軍眞是細心的人，多謝你前來相告。張將軍爲滅蜀之事日夜操勞，也眞是難爲他了，此事老夫已經知道，不知郭將軍還有其他事嗎？」

一聽此言，郭平不禁心頭一震，暗嘆司馬懿果然城府極深，便搓了搓手，說道：「郭平別無他想，只盼能爲大將軍效忠，希望大將軍日後多多關照。」說著，又忽然從身上取出一方紫檀木盒，「大將軍，前幾日屬下在上邽原的碧水河裡無意中尋到一件東西，卻不知是何來歷，便想帶來請大將軍鑑賞。」

「什麼東西？」司馬懿不動聲色地問道。

郭平隨手將那紫檀木盒輕輕打開，裡邊鋪著的那層金黃綢緞上，赫然放著二寸見方的一塊橢圓形琥珀，通體透明如冰，呈現淡淡的蛋清之色。仔細一看，裡頭居然盤著一條純青琉璃色的小龍，昂首瞪目，鬚鱗可辨，可謂栩栩如生。

司馬懿不禁嘆道：「哦？這琥珀內竟有一條天然生成的青龍？的確難得一見啊！」

郭平見司馬懿面露驚喜，又道：「大將軍可拿一盆清水來，讓屬下用這塊琥珀變出更奇妙的異景讓您看看。」

司馬懿點點頭，命外邊親兵端進一盆清水交給郭平。

郭平小心翼翼地將那塊琥珀輕輕放入水中，「大將軍請仔細看。」

司馬懿凝神看去，卻見盆中那塊琥珀便似一塊寒冰漸漸溶入清水，變得透明無色，霎時間，那條小小的青龍竟「活」了起來，在清澈見底的水中游走盤旋，姿態橫生，妙不可言。

司馬懿見狀，不由得撫掌讚嘆不已，「好一條『石中之龍』，這當眞是天生祥瑞、稀世之寶！」

「既然大將軍喜歡，這塊青龍琥珀就孝敬給您吧。」郭平笑嘻嘻地說著，好似生怕被他拒絕一般，竟起身逕自告退出營而去。

司馬懿在他身後喊也喊不住，只得作罷。見郭平已走遠，他臉上驚喜表情立即消失，伸手拿出癸二營的軍需開支簿細細審視，不料卻頗覺意外，發現該營一切軍需開支記得一絲不苟、清清楚楚，毫無漏洞可抓。

司馬懿皺眉沉思，這樣看來，郭平並非是爲了掩飾軍需開支上的假帳才以青龍琥珀賄賂自己，那麼，這份重禮的眞正用意究竟爲何呢？

他走到水盆邊，細細端詳水底那塊稀世琥珀，一邊低聲自語道：「這世上哪有這麼巧的好事？一塊價值連城的稀世之寶『恰巧』落在碧水河中，又『恰巧』被個小小的營官撿來送我？哼……來人哪！」

他越想越奇，便直接往外喚了一聲，命人把司馬師找來。

司馬師揉著惺忪睡眼走進帳中，司馬懿立刻冷冷發話道：「去把癸二營的營官郭平來歷、背景和身後所有關係一一查清，並且立刻回報。」

說來也奇，一聽父親簡明有力的指令，原本睡意尚濃的司馬師立刻全身一振，精神抖擻，乾脆俐落地應了一聲，轉身飛奔出帳。

第二天凌晨，關中主帥大營內，司馬懿在虎皮椅上落座後一語不發，表情高深莫測，與那天在田地裡耕犁時的和藹可親簡直判若兩人。

在場的張郃、郭淮、魏平等一干將領站在兩側，不禁有些緊張。經過這一兩個月來的接觸，衆人至少都已明白一件事，當這位驃騎大將軍臉上沒有表情之時，就是最嚴重的表情。

過了一會，司馬懿緩緩開口，「現在老夫宣佈，上邽原守將戴陵免去原本職務，調至張郃將軍手下任先鋒偏將，由魏平將軍全權負責上邽原守護之事。同時，再請秘書郎鄧艾草擬一道奏書送到鎮守長安的度支尚書司馬孚，轉呈皇上批准，從冀州調派五千名農耕技術高超的農丁屯於上邽，秋冬習戰陣，春夏修田桑，把上邽這塊關中糧倉建好。」

此令一發，戴陵頓時面如死灰，沮喪至極。他萬萬沒想到，這位驃騎大將軍竟如此不留情面，一下便把自己摘了，正想破罐子破摔，當場發洩怨怒時，忽見張郃朝自己又眨眼又打手勢的，才按住滿腔憤怒，默默承受。

司馬懿將命令發佈完畢後，起身盯著帳中諸將，又道：「各位將軍應該清楚，我大魏雄師之所以能所向無敵，靠的便是太祖魏武帝時創下的屯田制度，本著以農養兵、以糧養戰的原則固本強基，才有如今長治久安的盛勢。如今，蜀寇既千里奔襲，勢頭凌厲，自不可輕攖其鋒，老夫才決定暫避鋒芒，全力守護屯田要地，就是想使出堅壁清野這一招，拖到蜀軍彈盡糧絕、不戰而退。之後，諸君便可尾隨其後，痛打對方的疲軍，必會立下赫赫戰功，蒙獲朝廷封賞。」

講到最後，他語氣猛地一頓，冷著一張臉道：「諸君拳拳報國之心懇切，老夫感同身受，但若只知逞強鬥勇，卻不審時度勢，萬一誤了大事，只怕諸君屆時亦悔之晚矣。」

張郃站在一旁，聽得十分認真，可心裡卻有些矛盾糾結。

他的理智明白，司馬懿這番話講得十分正確，糧草對於軍隊的重要性，在當年官渡之戰時便已顯明。當時，袁紹以二十萬人馬之眾與曹操三萬士卒對壘多日，若非曹操深入敵後，兼以奇兵狙擊，用大火燒光袁軍在後方囤積的所有糧草，曹操絕不可能取得最終勝利，袁軍也不會像雪崩一樣徹底潰散。

這一切，張郃親眼目睹，並不認爲司馬懿堅壁清野、持重不發的戰略有何錯誤，畢竟事實擺在眼前，魏軍兵少糧多，蜀軍兵多糧少，只能揚魏軍糧足之長，而避魏軍兵少之短。

然而長久以來在曹眞底下做事的他，又覺得司馬懿這種不知應變，只知穩打穩紮，不知造勢的戰術，實在稱不上精妙高明，完全是種僵化的打法。關中諸將早習慣以往曹眞統率時的直接拼殺，哪裡受得住像司馬懿這般步步爲營的溫和推進策略？

就在張郃滿腹心思難吐時，後將軍費曜已撲通一聲在司馬懿案前跪下，臉紅脖子粗地大聲嚷嚷道：「大將軍，上邽原屯田固然重要，但如今祁山大營二萬大軍被圍，危在旦夕，懇請大將軍下令發兵救援，費某願一馬當先，爲大將軍開出一條血路來！」

這突如其來的當場一跪，驚得在場諸將心中猛地一跳，個個暗暗瞥向司馬懿，端看對方如何回應。

司馬懿聞言，臉色更爲凝重，撫鬚不言。

戴陵這時也衝上前來，跟著一頭跪倒，嚷嚷道：「大將軍降了戴某的職當先鋒偏將，戴某十分感激，只盼大將軍能一聲令下，戴某必定捨生忘死衝在最前，爲國立功！」

見戴陵提步上前一跪一嚷，更引得帳下各將議論紛紛。

張郃忽地一動，也出列躬身行禮，「司馬大將軍，費、戴二位將軍所言不無可取之處，依張某看，不妨兵分兩路，一路在此屯守上邽，一路則奔赴祁山救援，至少勝過在此守株待兔，持步不前。」

張郃一發話，帳內諸將立刻像炸開鍋般，情緒激昂地嚷了起來，紛紛叫請出戰，只有秘書郎鄧艾站在一旁冷眼旁觀，只關心司馬大將軍有何指示。

司馬懿見群情鼎沸，不禁在心底深深一嘆。老實說，祁山大營那邊兵精糧足，地勢險要，根本可以與諸葛亮對峙半年而立於不危之境，完全無須派兵馳援，何況祁山本就是拖住蜀寇深入關中的有力屏障，也是消耗蜀寇主力的重要棋子，根本不可能在此時發兵救援。

再說，諸葛亮乃是何等厲害角色？他攻打祁山，分明是打著「圍城打援」的心思，正等於魏軍中埋伏呢，豈能中了他的圈套？

只是，魏軍諸將個個好戰成性，一心想著拼搏廝殺，近兩個月來更是不斷吵鬧要出戰，聽得司馬懿的耳朵都起了老繭，若不是以極大的耐心與毅力控制局面，早已被迫倉皇應戰。沒想到，今日張郃以老將的身分攪和進來，弄得司馬懿再也控制不住情勢。

司馬懿在這片沸沸揚揚的請戰聲中靜默片刻，說道：「我軍只有五萬人馬，而蜀寇卻有十萬之眾，兵力遠勝我方，在此緊要關頭，若再兵分二路進軍，豈不便是當年楚郡分三路出戰卻終爲黥布各個擊破的舊事重演？」

他舉的例子很典型，也是軍中諸將皆讀過的故事：西漢初年，黥布叛漢作亂，進攻楚郡，楚郡兵勢單薄，卻一分為三，結果全被黥布尋機一一擊破。

這段話沉緩有力，一時將帳內喧囂之聲盡行壓下。

司馬懿微一沉吟，又擺了擺手，「也罷，既然諸君奮勇爭先，老夫也不能拂了諸位美意。這樣吧，魏平將軍驍勇善戰，便請帶著五千精兵留守上邽，其餘四萬五千大軍，在此地休整五日後，自隨著老夫與諸君一道奔赴祁山，和祁山大營守軍腹背夾擊諸葛亮。」話音猶未落，又似想起什麼，轉臉看向鄧艾，肅然道：「還有，秘書郎鄧艾也留在上邽，全力協助魏平將軍守好此地，萬萬不可讓蜀寇乘隙狙擊得手。」

鄧艾見司馬大將軍一臉鄭重地凝望著自己，心中不禁為之一動，自知肩上責任重大，立刻躬身出列應道：「屬……屬下願竭盡所能守好上邽，保……保證萬無一失，不負大將軍所望。」

第4章

太后一黨覆滅

郭太后一黨的覆滅，與其在軍隊勢力中根基脆弱密不可分，再加上朝廷各位元老大臣站在曹叡一邊聯手打擊，和之前分庭抗禮的鬥爭氣象有些落差。

中戰事之苦。

司馬懿在前線飽受帳下諸將日日催戰之苦，曹叡在朝中也飽受文武百官天天爭辯關中戰事之苦。

在朝中，對司馬懿禦蜀方略的態度劃成兩派，一派以太尉華歆、司空陳群、尚書令陳矯爲首，全力反對司馬懿的對蜀戰略；另一派則以太傅鍾繇、御史大夫董昭、司徒王朗爲首，全力支持司馬懿的對蜀戰略，兩方辯戰交鋒得十分激烈。

陳群、華歆一派態度鮮明，公開指責司馬懿掌兵權後卻停據上邽，明知祁山大營形勢危急，卻不派兵救援，也不打算出兵奇襲，一味觀望徘徊，引發軍營將士心生不滿，似有「養寇以攬權自重」之不軌二心，強烈要求皇上下旨撤換司馬懿關中主帥之職，改以用兵機智靈活的張郃將軍接任，方能一舉扭轉局勢，大展魏國勁旅雄風！

然而，鍾繇、董昭、王朗一派則言之鑿鑿地出聲反駁，認爲司馬懿的禦蜀方略，走的正是當年漢朝名將趙充國持重破西羌的高級策略，以靜制動、以逸待勞，待蜀軍暮氣叢生、無糧自退的時刻一到，便可兵不血刃地大獲全勝而歸。

兩派意見在朝堂上鎮日針鋒相對，鬥得火花飛濺、不可開交。

這一日，曹叡聽得累了，直接揮手讓兩班朝臣退下，只留孫資、劉放二人到御書房商議。孫資見曹叡一臉的倦意，彷彿開始對先前制定出的「不戰而屈人之兵」的戰略有些信心動搖，便溫言道：「陛下可是還在爲剛才朝廷之上關於司馬大將軍持重不戰的爭議一事煩惱？」

曹叡緩緩點頭，無聲地嘆了口氣。

孫資淡笑道：「陛下勿憂，在微臣看來，司馬大將軍這麼做，正是公忠體國之舉。陳司空、華太尉指責司馬大將軍堅守不戰的理由的確冠冕堂皇，說司馬大人示弱於敵，有損國威，但實際上呢，這些人心裡想的不過只是為求保權固位，不願見有人地位威脅到自己罷了。至於關中諸將的一心邀戰，也都只是為了立功求賞，無視大局戰況。既然這些人個個著眼己私，全無公忠平正之心，陛下又何足憂慮猶疑？」

說到這裡，孫資再次抬眼看向曹叡，略略暗喜地發現領導臉色已有些鬆動，又加強力道繼續分析，「再者，莫非陛下忘了？您先前下了親筆密詔，命司馬大將軍得留下五萬人馬屯於長安以防意外。臣下說句老實話，您讓司馬大將軍帶著剩下的五萬士卒，究竟該如何正面應對諸葛亮那多達十萬的虎狼之師？自然是得先守為主，司馬大將軍能堅守上邽不為所動，同時也是為了預防陛下危在咫尺的蕭牆之禍，甚至不惜背負『畏蜀如虎』的罵名，此舉何等忠貞篤實？實是忍辱負重的表現！陛下試想一下，朝中大臣究竟又有幾人能及他這般公忠體國？」

聞言，曹叡沉默不語，臉上沉靜如潭，過了許久才緩緩開口道：「司馬懿當眞如愛卿所言般公忠勤廉、纖塵不染嗎？朕近日才收到一封密奏，舉報他才到關中，大軍便肆意收受賄賂，搜刮不少奇珍異寶，行徑貪得無厭，十分可惡。」

聽到曹叡的話，孫資、劉放二人卻不驚不怒，神色如常，只是相視一笑，彷彿早預料到會遇到此一疑問。

曹叡靜靜看著兩人神情，心頭不禁暗暗驚詫，臉上卻不動聲色地說道：「二位愛卿此刻又有什麼話要說？」

孫資見曹叡語氣犀利，終究不敢等閒視之，當下定了定心神，一臉肅然道：「斗膽請問陛下，那封密奏中指責司馬大將軍所搜刮的奇珍異寶，是不是一樣名為『青龍琥珀』的寶物？」

曹叡一聽，臉色微變，點了點頭：「不錯。據那密奏所言，那『青龍琥珀』乃是天生祥瑞、稀世奇珍，而司馬懿居然敢據為己有，分明是妄自尊大，隱約問鼎登天之不軌二志……咦，二位愛卿是如何得知此事的？」他目光灼灼地盯著孫、劉二人，臉色愈發嚴峻。

孫資坦然迎視曹叡投來的凌厲審視，不慌不忙地問道：「微臣想再問陛下，此封密奏是何人所寫？裡邊是不是還提到一個名叫郭平的營官？」

曹叡臉色又是一變，「密奏中是提到郭平這個名字不錯，但關於這封密奏的上奏者，朕不能告訴你。」

孫資也不再追問，臉上泛出微微笑意，嘆道：「司馬大將軍果真料事如神，一切陰謀詭計都逃不過他的一雙法眼。」說罷，便在曹叡驚愕帶著疑惑的目光下緩緩從衣袍中取出一封奏章和一方紫檀木盒，畢恭畢敬雙手呈上，輕聲道：「陛下，這是司馬大將軍寫給您的密奏和特地敬奉的事物，相信陛下只要讀完並且打開木盒，一切都會眞相大白，再無疑情。」

聞言，曹叡接過密奏並且當場拆閱，豈料才看沒多久，臉色便變得乍陰乍晴，變幻不定，最後更是長嘆一聲，動作略呈僵直地將密奏放下，倚坐在龍床上閉目凝思。

過了許久，他忽地睜開眼，指向孫資手中捧著的那方紫檀木盒，「給朕打開。」

劉放一聽，立刻恭然上前，伸手打開木盒，並且略略打斜，讓龍床上的曹叡無須費力便能看清。

曹叡往盒裡看，只見一塊晶瑩透亮、純淨如冰的琥珀赫然入目，裡頭那條青色小龍更是活靈活現，姿態生動異常。稀寶在前，饒是貴爲天子的他，也不禁嘖嘖稱奇，宮中珍寶無數，但與這塊青龍琥珀比起來，卻似乎都落了下乘。

曹叡睜大雙眼，靜靜觀賞好一會兒，才揮手道：「收好蓋上。」

孫資應聲將紫檀木盒蓋上，仍是捧在手中，靜待曹叡發話。

果不其然，曹叡眼神緩緩投向司馬懿寫的那封密奏，清咳一聲道：「原來郭平是郭表的族人，兩方早就串通好，想用這塊青龍琥珀當餌，陷害司馬大將軍。幸好司馬大將軍目光如炬，洞悉當中奸意，方能將計就計，引蛇出洞，令奸佞小人無所遁形……朕實在錯怪司馬大將軍了，司馬大將軍廉正清明、一塵不染，不愧爲我大魏朝的棟樑。」

劉放在一旁也開口道：「陛下，眞相既已大白，當中暴露出來的那些問題實在值得深思警戒。郭太后、郭表一黨已磨刀霍霍，伺機而動，不久必將危及我大魏社稷，不可不防哪！」

曹叡聽得連連點頭，正色道：「朕意已定，明日早朝便要頒旨，凡再妄議關中戰事者，一律貶官三級逐出朝廷，若有造謠中傷司馬大將軍者，一經查實，嚴懲不貸。」

孫資點點頭，又稟道：「陛下聖明，只是微臣還想再問，向您上密奏誣告司馬大將軍的人究竟是誰？從這封密奏看來，肯定與郭太后一黨關係甚密，陛下應予以徹查嚴處才是。」

曹叡深深一嘆，「此密奏乃是華太尉所寫。不過，二位愛卿也不要過於猜疑華太尉。朕相信華太尉是受了郭表等人的蒙蔽才寫下這密奏，並非存心誣告司馬大將軍。朕認爲，此事到此爲止便可，不得再糾纏下去。」

孫資聽了，恭然垂首不語，可內心頭卻是暗暗一驚。按理說，華太尉與司馬大將軍相知甚深，也同爲先帝所託的輔政重臣，應該相信司馬大將軍的爲人才是，再說郭表、郭平此番設下的圈套實際上大有破綻，華太尉居然不加核實便直接上奏密告，根本不像一向深沉穩重的作風。如果非要追問到底，就只有一個可能：華太尉明知其中有詐也要故意大作文章，逼司馬大將軍交出兵權！

然而，對方最近不斷在朝中興風作浪，又突然密奏上告司馬懿的目的究竟為何？饒是孫資足智多謀，也百思不解。

正思忖間，卻見曹叡打了個哈欠，似有不耐之意。他知道近來曹叡從宮外挑選數百名美貌少女入宮，想必已有前去歡娛戲樂之念，心裡不禁暗暗嘆息，只得硬起頭皮道：「微臣現在想帶一個人來謁見陛下，不知陛下可願賜見？」

「誰？」曹叡有些懶懶地問道。

孫資抬眼環視了一下四周，上前一步，低聲說道：「此人乃是當年甄太后身邊一名姓劉的貼身侍婢。」

曹叡聞言一震，斜倚龍床上的身子倏地挺直，雙手也立刻抓住龍床兩邊扶攔，臉色顯得有些緊張，「眞的？賜見。」

孫資聽罷，沒有直接帶人，反而上前將紫檀木盒輕輕放在御案上，然後微微側頭向劉放使了個眼色。

劉放會意躬身道：「陛下，由於此事關係甚大，微臣想交代周圍侍衛，命他們遠遠守護御書房，不得近前，以防有心人士窺探。」

曹叡一臉嚴肅，輕輕點頭，讓孫、劉二人悄悄退出御書房安排。

聽著二人腳步之聲漸漸遠去，他臉上原先肅然的臉色換上無窮深思憂色。自己生身母親甄太后當年冤死一事，一直是自幼壓在他心口上的千斤巨石，他一直記恨當初進讒言害死自己生母的郭太后，然而之前年紀太小，對郭太后害死自己母親的印象始終不深，又加上宮人諱莫如深，一直不太明白當中細節，無法大刀闊斧地爲生母報仇。

終於，今日孫資便要將當年甄、郭之間的眞相大白！

不知爲何，曹叡的心頭卻一陣陣緊張揪提，下意識地起身離開龍床，在御書房裡負手踱步，一邊跌入深思，腳下步伐也隨著思緒波動，一會走得慢，一會又走得急促。

忽然間，御書房門外傳來一陣輕輕的腳步聲，曹叡知道該是孫資等人，立刻一個旋身停下，靜靜地站在御書房中央，聽得門外聲音越走越近越響。

光線一暗，孫資和另外一人悄無聲息地走進御書房。那人站在孫資身邊，身材嬌小纖弱，全身罩在一襲寬大的黑袍之中，面龐則被青紗所掩，看不清楚長相。

孫資領著那人一齊跪拜道：「微臣帶甄太后當年的侍婢劉氏謁見陛下。」

曹叡默視片刻，緩緩道：「平身。孫愛卿，讓劉氏以眞面目見朕。」

聞言，孫資拉著劉氏站起，並揚手爲其掀去面紗，脫去黑袍，將女人的面貌坦然露出。曹叡定睛一看，只見此婦人年紀約莫三十五歲左右，相貌溫婉，儀態倒也不俗，果真有幾分宮中出身的沉穩……

微一沉吟，曹叡慢慢開口問道：「劉氏，妳既稱自己乃當年甄太后的隨侍宮婢，可有證據？」

劉氏不卑不亢地答道：「陛下三、四歲時，奴婢便隨甄太后服侍過您，只是陛下當時年幼，記憶不深，而奴婢後來又在宮外流浪多年，所以陛下才記不起奴婢。不過，奴婢卻還記得陛下的事。陛下腹部有一大塊狀如遊龍的青色胎記，後背又有七顆排成北斗七星狀的紅痣，還記得太后當年便說過，這些都是陛下貴為天子的異兆……」

曹叡聽著，猛一揮手道：「夠了！」

劉氏急忙噤口不語。

孫資一見，便知劉氏所言屬實，其為甄太后侍婢的身分當無疑義，為求不生事，只是靜默地立在旁邊，完全不插入兩人對話。

曹叡沉吟片刻，又問道：「妳且將當年甄太后如何含冤暴斃的情形如實道來，不得有任何遺漏，朕要一字一句地聽清楚。」

聞此，劉氏神情轉為哀傷，哭哭啼啼地講起十多前那些因甄、郭二妃爭寵失和而造成的莫大悲劇。當時郭貴嬪向先帝告發甄皇后言行不檢，書寫的詩賦當中更含有風月之情，似與他人有姦情，激起先帝勃然狂怒，不由分說地賜下鴆酒毒死甄皇后。後來，郭貴嬪為防甄皇后死後向已逝的太祖武皇帝訴冤，還在其出殯日命人將甄皇后披髮覆面，以糠塞口，極盡褻瀆之能事。事後又大開殺戮，將甄皇后身邊所有奴婢趕盡殺絕，只有劉氏和極少數的幾位宮女拼死逃出，留得一命。

後來，逃出宮外的劉氏隱姓埋名，深藏民間，一切忍辱偷生的行徑，都是為了有朝一日能見到甄皇后的兒子，也就是當今聖上，好申明冤情，為含冤的主母報仇。

曹叡仔細聽著，只覺胸中怒火賁起，幾乎不能自抑。

孫資見領導臉色鐵青難看，急忙喝住劉氏敘述，命其在御書房外等著，然後溫言勸曹叡道：「陛下，萬望不可輕動雷霆之怒，以免損傷龍體。」

曹叡雙眼通紅，咬緊牙根一字一頓地說道：「朕貴為天子，豈可明白生母慘遭冤死而不為其復仇？想那郭氏賤婦真是蛇蠍心腸，為了貪圖榮華富貴，竟敢行兇害我母后，其罪天地難容，朕誓要除之！」

孫資待曹叡怒氣漸漸平復後，才又道：「請陛下暫且息怒，禁軍都尉司馬昭也帶了另一個人來，要求謁見陛下，不是陛下是否批准？」

「何人？」曹叡定了定神，恢復身為君王的威嚴與沉靜，冷冷問道。

孫資緩緩說道：「此人乃郭太后弟弟府中的一位家丁，據說有極其緊要的機密大事面稟陛下！」

曹叡沉吟片刻，說道：「宣！」

孫資應聲走到御書房門口，向外招手示意，不一會兒，便見司馬昭領著一名神色萎靡的皂衣漢子疾步而入，拜倒在地。

曹叡看了看司馬昭，見他神色似乎略顯緊張，便和顏悅色道：「司馬愛卿平身，有事便直接稟上吧，無須拘禮。」

皇上聲音清亮平和，如天籟般穿透空間，在司馬昭耳畔響起，使得他心中為之微微一漾，萌生出一種莫名激動，應聲抬頭看向曹叡。

自從他一個多月前留在京城被封為宮中的禁軍都尉以來，還未曾像今天這樣近距離地觀察過這位年紀與他相仿的大魏天子，心中自然難免有些忐忑不安。

這位執掌至高權柄的少年皇帝，清俊脫俗又隱隱透著幾分與自身年齡不大相稱的精明老成，然而，眉宇間卻有一股抹不去的淡淡憂傷，無形中沖淡了幾分威嚴莊重。

司馬昭心底暗嘆，皇上畢竟還是閱歷太淺，逃脫不了身居深宮、少不更事的弊病，心性才智仍未曾磨礪到「靜則穩如泰山，動則矯若遊龍」的境界。

正事當前，這位司馬家二公子不再多想，迎著曹叡故作大度的眼神，直身昂然道：「稟陛下，微臣昨夜在永安宮附近巡察時，見此人身穿宦官裝束，卻探頭探腦、鬼鬼祟崇地四處遊走，便命人拿下盤問，沒想到從他口中查出一樁陰謀。由於茲事重大，微臣只得轉告孫大人，要求面見陛下並且稟報詳情。」

話音一落，書房裡頓時靜下，靜得水滴有聲。

曹叡坐在龍床上，臉色變得深沉凝重。先前他在孫資、劉放二人面前直抒胸臆，那是因爲孫、劉二人是他視爲左膀右臂的舊臣，至於像司馬昭這樣一個略覺陌生的四品官吏，他得壓抑住強烈好奇心，令自己的王者氣象使人敬之，便一臉傲然自持地開口道：「是何陰謀？」語氣態度彷彿對一切陰謀視爲雕蟲小技，不值一哂。

司馬昭轉身用手一指跪在地上發抖的人，沉聲說道：「此人乃中壘將軍郭表府中的家丁郭三，他已供認昨夜潛入永安宮逡巡，準備送一封密函給郭太后。密函當中更有郭表與郭太后裡應外合，散佈謠言誹謗陛下、擾亂朝野，然後乘機發兵入宮廢帝另立新君的重大逆謀！」

此話一出，御書房中又陷入一片死寂，忽然間「砰」的一響，只見曹叡以掌拍案，滿臉怒容地大叱道：「放肆！」

這一舉動，震得司馬昭與孫資心頭一顫，二人急忙跪下。

曹叡從龍床上起身，在書案後迅速來回疾走，這才慢慢抑住胸中怒火，「這等亂臣賊子，竟然膽敢鋌而走險，犯上作亂！朕聽了大怒失叱，與卿等無關，還請各位平身。

司馬愛卿，他們究竟想要散佈何等醜惡的謠言來誹謗朕？」

司馬昭狠狠踹了郭三一腳，厲聲斥道：「你這狗奴才，把你知道的全告訴陛下。」

郭三頭完全不敢抬起，全身像篩糠般抖個不停，話也說不利索，結結巴巴道：「他……他們將要……派……派人前往四方州郡到處張貼告示，汙……汙蔑陛下並非先帝爺的親生骨肉，而是當年甄太后與逆賊袁熙所……所生的孽……孽種，要文武百官行動起來，公開廢……廢掉陛下，另……另立新君……」

曹叡聽得咬牙切齒，急速在御書房中踱步，「朕原本想在擊退蜀寇後再騰出手處理他們，不料，這群亂臣賊子竟蠢蠢欲動，藉機發難。朕只能提前下手。」他停下腳步一頓，又道：「看來，朕當初讓司馬大將軍留下五萬人馬屯守長安以備不測，這一舉措是對的！」

說著，他忽然轉過頭來看著司馬昭，眞心誇道：「司馬愛卿，多虧有你向朕及時揭發逆黨陰謀，忠勇可嘉，看來司馬家人果然個個都是深得朕心的棟樑，朕要重重賞你！望爾等爲朕分憂解難，日後定有重報。」

世事萬物變化之撲朔迷離、波詭雲譎，莫過於宮廷政變，短短一夜之間，一切都已天翻地覆。

隔天早晨，魏國文武百官甫一上朝，便聽聞守在大殿門口的宦官們通報了兩條震驚天下的重要消息。

其一，昨晚深夜，禁軍都尉司馬昭奉旨，以迅雷不及掩耳之勢領兵包圍中壘將軍郭表的府第，經過一宿激戰，郭府全家上下百餘口及近千名家丁奴婢全被斬殺殆盡，罪名爲「叛君謀逆」，誅滅九族。

另一條消息就是，郭太后因急病暴斃於昨夜丑時，朝中大臣須依禮法輟朝三日。

隨著這兩條消息來的，還有曹叡的另一道聖旨：郭表的中壘將軍一職由司馬昭取替，直接執掌洛陽城中的兩萬禁軍，同時宣召駐守長安的度支尚書司馬孚調撥三萬大軍前來洛陽，鎮撫京師。

接著，曹叡就在「內有禁軍掌握在手，外有雄師進駐呼應」之下，有恃無恐地著手進行一場大清洗，對朝中官居三品以上的郭氏黨羽進行整肅，短短三日內，便有三十六名高官大吏被削職爲民，抄家充公。

郭太后一黨的覆滅，與其在軍隊勢力中根基脆弱密不可分，再加上朝廷各位元老大臣站在曹叡一邊聯手打擊，和之前分庭抗禮的鬥爭氣象有些落差。

鑑於西漢末年外戚禍國亂政的深刻教訓在前，又有郭太后一黨專橫跋扈的事實在後，在剷除外戚奸黨這樣一個大是大非的問題上，司空陳群、太尉華歆等重臣，居然和遠在關中禦蜀的政敵司馬懿保持罕見的高度團結，或明或暗地支持曹叡對郭氏黨羽趕盡殺絕的措施。

這也是朝中元老大臣們極其難得的通力合作，在魏國歷史上只留下寥寥幾筆，一切都心照不宣地分頭執行，並將所有事件深深掩埋。

自然，這一次朝廷元老大臣們與曹叡齊心合作產生的最佳也是最重要的效果就是，自魏室開國直至滅亡的數十年間，再也沒有出現過像西漢末年王莽那樣外戚出身、篡奪朝權的逆臣。

由於這次宮廷政變來得太陡太猛，文武群臣幾乎被弄得頭暈目眩，很少人能意識到，作為魏室王朝權力之鼎的支柱已然崩毀：宗室、外戚及重臣三大因素中，外戚一派隨著郭太后一黨徹底崩潰再也無力崛起，而原本以三頭馬車帶領魏國朝廷的權力車，將改由宗室及重臣兩方並駕齊驅，領向未來。

然而，這「兩匹駿馬」扶持朝局的狀況能維持多久？這當中哪一方的勢力最終會變成「一馬當先」的獨大場面？這些問題離魏國臣民還很遙遠，「某些人」正削尖腦袋，想方設法地鑽營郭氏逆黨們空出來的三十六頂烏紗帽。

第5章

通達時務

也正因兩位恩師的際遇，司馬懿得到一個執著的結論：唯有成大器、掌大權、擔大任，才是實現自己濟世安民大志的必經之路，否則一切理念都將是空談妄言。

「父親，昭弟寫的急信。」

司馬師將一封信函遞到司馬懿手中，情不自禁地喜形於色，「信上說，他在這次剷除郭氏逆黨的宮廷之爭中立下大功，被皇上擢升爲中壘將軍。以他才剛滿二十歲的年齡，便能躋身本朝從一品的權貴要員之列，也算是開了先例，孩兒眞爲昭弟感到高興。」

司馬懿卻是一言不發，就著營帳內昏黃的燭光慢慢看完司馬昭寫來的信，之後緩緩閉上雙眼，狀如入定坐在椅上一動不動。

司馬師見狀，便知父親又在思慮要事，當下閉口不語，肅然謹立，靜待父親發話指示。過了許久，司馬懿才慢慢睜開雙眼，目光凝在很遠很遠的前方，彷彿穿越所有空間，一直看到數千里外的洛陽城中、宮廷深處，最後深深長嘆，低聲吩咐道：「師兒，你待會兒寫信告訴昭兒，讓他無論如何都得在最快時間內謁見聖上，並且當著諸位元老大臣的面把中壘將軍之位辭掉。就說，這是爲父的意思，讓他照辦。」

司馬師一聽，登時大惑不解，「爲什麼？這是昭弟拼死拼活苦苦掙來的功名，父親怎麼反要他推辭不受呢？」

司馬懿轉過頭來，冷冷正視司馬師，「師兒，小小一個『中壘將軍』之位，就能讓你利令智昏了？任何人都要有自知之明才行，在這一點上，無論是你、昭兒，還有爲父，都得向太祖魏武帝學習。」

他語氣稍稍一頓，看到司馬師一臉疑惑，便又說下去，「大概是十二年前吧，那時還是建安二十四年，太祖魏武帝擁九錫之禮而成爲魏王，大權在握，生殺予奪，連漢獻帝，也就是現今還在世的山陽公劉協都在他掌控中，作爲一位權臣，可說已擁有皇帝能擁有的一切，只差一頂皇冠還沒戴到頭上。也是在同一年，東吳的孫權上書表示願意俯首稱臣歸附，並尊奉太祖魏武帝爲天下之主……」

司馬師聞言大吃一驚，「孫權？他……他還曾經自願俯首歸順我大魏？看來，他是出於忌憚太祖魏武帝，不惜屈膝稱臣！」

司馬懿不禁嗤笑一聲，「孫權身爲一代梟雄，豈能這麼簡單就被你揣摩到目的？當時，太祖魏武帝逐字看完孫權的稱臣勸進表後，只是冷冷一笑，『這小子想要把老夫推到火堆上烤呢！』接著二話不說撕毀孫權的勸進表，終其一生都只有臣子的名分。」

講到此處，司馬懿瞥了一眼司馬師，冷冷說道：「你現在懂得爲父講的這個故事的意思了嗎？天子之位是何等誘人的寶座，以太祖魏武帝天縱雄才，坐上那個寶座完全實至名歸，然而他卻一口回絕，你說說這是爲了什麼？」

司馬師滿面通紅，不禁垂下了頭，囁囁道：「父親，孩兒知錯了。父親時常教導孩兒要審時度勢、知人料事，可事到臨頭孩兒卻忘得一乾二淨！孩兒認爲，太祖魏武帝至死都不代漢自立稱帝的原因，便是大勢未到、時機未成，才自抑雄心，終生以臣節自守。

當初，太祖魏武帝若依孫權之言自行稱帝，必成衆矢之的，四方逼之，當眞是坐到火堆上頭，一刻不得安寧。換句話說，孫權那封甜言蜜語的稱臣勸進表，實在是太祖魏武帝的催命符。」

司馬懿認眞聽完大兒子的每一句話，才終於點頭，撫了一下胸前長鬚，悠悠嘆道：「如今，皇上一道聖旨便晉封昭兒爲中壘將軍之位，又何嘗不是把他推進火堆？少年得志，驟登要位，人人見而忌之，並非什麼好事！《周易》上講過，『天道虧盈而益謙，地道變盈而流謙，鬼神害盈而福謙，人道惡盈而好謙。』昭兒只需辭去中壘將軍之位，一味謙退自守，便能既得皇上歡心，又獲同僚敬服，假以時日，必有發揮空間，又何必汲汲名利於一時？」

司馬師聽了，不禁爲父親的遠見卓識折服，躬身施禮道：「父親所言極是，孩兒待會兒回營後，立刻依父親所言，寫信勸說昭弟辭去中壘將軍之位。」

司馬懿「嗯」了一聲，這才如釋重負地嘆了一口氣，臉色變得輕鬆，沉吟片刻後將司馬昭寄來的信放到燭火上點燃燒掉，任灰燼在夜風中散盡。

火光一閃即逝，他一雙深眸裡卻燃起兩簇陰沉暗焰，就此深深埋進了心底，埋進了心底最深處，默默地醞釀著，等待著合適的機會，終有一天會如同熊熊大火般吞噬整個天下！

「父親……」司馬師看著司馬懿這一番異常舉動，不禁又疑惑道。

司馬懿擺擺手，又指向放在營帳角落裡的幾口木箱，「你明早喊幾個信得過的親兵過來，把這幾口木箱運送到京城，讓人往鍾太傅、董大夫、王司徒、孫大人、劉大人的府邸送去，就說裡邊是爲父的一些心意，還請諸位笑納。」

司馬師臉上一紅，猶豫片刻後忍不住嘆道：「父親，我們這麼做是不是有些太委屈？孩兒從未沒聽過有人像父親這樣，爲了公事順利進展，還要動用到私財打點的，孩兒覺得這實在是……」

司馬懿微微一笑，不以爲意地說道：「爲父這麼做，的確有些不清不濁。師兒，義利能分明固然是項美德，清正廉明也是爲官的立身之本，但官場上的人情往來、圓融處世，卻也不容忽視。」

司馬師臉色沉凝，沒有回應，顯然心思仍在糾結。

司馬懿知道他一時還未能想通，便笑笑地問道：「你可知道鍾太傅、董大夫、王司徒等元老重臣們爲何沒被陳群、華歆說服，自始至終全力支持爲父不戰而屈人之兵的對蜀方略？」

司馬師堅定有力地答道：「因爲父親提出『不戰而屈人之兵』的對蜀方略是絕對正確，同時不容置疑，凡有識之士都不會被陳群、華歆等人蒙蔽。」

聞言，司馬懿笑嘆著搖搖頭，一臉高深莫測，「師兒啊，你只知其一，不知其二。你可知道，鍾太傅在關中地區有四千家朝廷封賜的邑戶，董大夫在長安城附近有三千五百家邑戶，王司徒在雍州也有三千五百邑戶……這些大人每一家都有好幾百口人，全靠皇上封賜的邑戶糧米養家餬口，一旦關中戰事吃緊，每個大臣的邑戶自然會被抽走錢糧勞力，投入前方戰事當中，就像近幾年來的情形一樣。」

「之前曹眞天天對蜀興兵作戰，早鬧得這些大人不得安生，若再像從前那樣不斷打仗，只怕各位大人每家幾百口人都得去喝西北風！因此當爲父提出『不戰而屈人之兵』的對蜀方略後，他們自然如大旱農田喜得甘霖般欣逢生機，怎會不竭力支持？再者，爲父一邊以屯田積糧養戰，一邊以堅壁清野拖垮蜀寇，既不會損害諸位大人在關中地區的私人利益，又可不戰而屈蜀之兵，於國於民、於公於私都是一舉多得，他們當然全力支持，始終不爲陳群、華歆等人所動。」

司馬師聽完父親的話，不禁呆立當場，臉色變了幾變，隔了半晌後才喃喃道：「眞沒想到，事實眞相原來是這樣……」

見狀，司馬懿起身走近司馬師，在他面前站定，幾番欲言又止後，終於還是開口道：「師兒啊，你是不是覺得還有些不太明白？其實，舉凡人世間的勝負進退、榮辱盛衰，無非皆是在『理、勢、道、利』這四字上頭加以變化，而天地之大，道藏之深，你我立身處世，又豈能用框框圈住自己？看來，爲父要向你講講你這一生中最該聽入耳的話了，希望你能用心聽。」

司馬師從恍恍惚惚中回過神來，急忙臉色一正，定心斂神，「父親請講，孩兒必當洗耳恭聽。」

司馬懿對他這番嚴肅認眞的態度滿意地點點頭，同時說道：「師兒，你可知道此番西征，爲父爲何要極力上下活動謀取這關中主帥大權？」

司馬師恭恭敬敬地說道：「父親常說，大丈夫生於亂世，唯有成大器、掌大權、勝大任，才是實現自己濟世安民平天下大志的必經之路。而關中主帥之職，掌管我大魏半壁江山的兵權，豈能落入他人之手？父親教誨，師兒向來銘記在心，不敢一刻或忘。」

聞言，司馬懿沒有立刻往下講，這番話他的確多次向司馬師兄弟講過，雖然看似簡單，卻確確實實是他親身經驗中總結出來的心得。

他記得自己從幼年懂事時，便爲避戰亂隨父兄東徙西遷，目睹中原各地軍閥混戰、民不聊生的慘況，當時白骨遍野，城郭皆爲廢墟，百姓陷於溝壑，孤幼哭號流離，令人爲之鼻酸。伏膺儒學的司馬懿內心生出一種「哀民生之多艱，常慨然而舞劍」的情懷，念念以濟世安民爲己任，遊歷群山，遍訪英賢，學貫古今，術通百家，修成異才以求撥亂世、返太平，拯萬民於水火。

到後來，有兩個人的命運影響了他。一是遼東高士管寧，他以德化民，引人歸善，甚著嘉名；二是漢末孤臣荀彧，他於亂世之初輔佐曹操，掃除群穢，匡扶漢室，功耀千秋。在司馬懿眼裡，他們身具大才大德，本當勝任撥亂反正扶世濟民的「天之大業」，從而爲萬民稱頌，留美名於史冊，然而兩人卻因無權無勢，濟世安民終成空想。

管寧縱然德高節彰，但仁惠之施僅限於巷鄰，不出百里，改變不了天下萬民饑寒交迫、顚沛流離的悲慘境遇。荀彧雖志大才廣，卻不能挽漢室於將傾，遏曹操之謀逆，最後自己甚至被逼得憂憤而亡，終究無助於「定亂世、拯萬民」的理想。

也正因兩位恩師的際遇，司馬懿得到一個結論：唯有成大器、掌大權、擔大任，才是實現自己濟世安民大志的必經之路，否則一切理念都將是空談妄言。

沉思好一會，司馬懿凝視司馬師，微微笑道：「從大原則來說，師兒算答對了，但還有些不盡之處。爲父在宛城統領二十萬大軍對吳作戰，不也一樣『掌大權、擔大任』嗎？爲何非要來這西北苦寒之地，與諸葛亮一爭雌雄？」

說到這裡，他停頓了下，見司馬師表情惘然，故作神秘道：「礁因潮落而高，船因水漲而升，每位英雄的成功，都是踩在勁敵的肩膀上的結果。當年太祖魏武帝正因在官渡一戰中大敗袁紹，這才一躍而起，成爲衆望所歸的中原霸主；而東吳的周瑜，也是在赤壁以一把大火燒光連環舟，打敗太祖魏武帝，這才威震天下，變成吳國第一智將……

為父自掌兵來，雖與吳帥陸遜、諸葛瑾過了幾招，但吳寇一向龜縮江南，自保有餘卻進取不足，為父小勝小利雖不少，卻始終未能盡展所長，聲震天下！」

「環顧四方，唯有蜀相諸葛亮久享盛譽，我朝中諸臣亦對他推崇備至，堪當為父之敵。而諸葛亮又不甘蝸守漢中，總想耀武揚威犯我大魏，若為父以他為對手，自然能鬥得精采紛呈，令人嘆為觀止，若是打勝，更會以此立威天下、名揚四海……這對提升我司馬家族的聲望與地位大大有利，因此為父才千方百計要謀得關中主帥之權，到西北邊陲揚威懾敵，懂了嗎？」

司馬師一聽，由衷佩服父親的深謀遠慮，充滿敬意地答道：「師兒懂了。」

司馬懿點點頭道：「師兒一向喜歡研習兵書戰策，這很好，但你的聰明才智不能僅僅停在出將入相這種程度上。為父今天要講的，便是更深的道理，也只有你能更深地理解這些道理後，才能飛龍升天。」

「什麼？飛龍升天？」司馬師聽得目瞪口呆，搞不清楚父親想說什麼。

相較之下，司馬懿的神情卻猛地變得嚴肅凝重，將前胸一挺，目光深邃，昂然道：「自漢末亂世紛爭以來，天下群雄競起，逐鹿中原。我司馬氏是河內著名的世家豪族，然而在群雄逐鹿初期，卻因缺少強有力的權力，不得不暫時忍住問鼎九州的雄心，想靜待天下局勢慢慢沉澱後伺機而動。所以一開始，為父在河內老家溫縣孝敬里整整閉門隱伏十年。」

「後來，太祖魏武帝不知從哪裡聽到爲父的名字，威逼利誘讓爲父出山，打亂司馬氏先前的全盤計劃，爲父也只能將計就計，潛入曹府裡靜觀其變。說起來，曹操當眞是百年一遇的蓋世英雄，在他手下任職多年以來，爲父不僅徹底增強自己的文韜武略，更從他身上學到帝王之術的眞諦。」

司馬師訝然問道：「帝王之術？何謂帝王之術？」

司馬懿道：「帝王之術，就是征取天下之術，通常只有兩條途徑：一是鯨呑，一是蠶食。漢高祖起於布衣，龍興虎變，嘯聚風雲、驅惡伐暴，八年間，威加海內，開基建業，一統天下，此乃鯨呑之功。而秦國始據區區之地，終攬萬乘之權，歷時百年，奪八州而入其囊，縱橫捭闔，長驅宇內，然後以六合爲家、以萬民爲僕，此乃蠶食之術。古人說得好，『皇天無親，唯德是輔。』如今我司馬家族英才輩出，據魏室台鼎之位，納天下赴命之士，總攬英雄，駕馭豪傑，內收人心蠶食魏室基業，外則拓疆域鯨呑吳蜀之地，自然四海歸心、八荒臣服，何愁宏圖不展、大業不立？」

這番大逆不道之言若是從別人口中說出，司馬師也許還能輕易接受，然而當他聽到這番話竟是出自自己父親之口時，幾乎不敢相信自己的耳朵。他一向敬若完人的父親，一向以「精忠爲國」名揚朝野的父親，心底居然潛藏如此深沉遠大的雄心壯志？

司馬師心頭頓時猶如陣陣驚雷滾過，震得目瞪口呆，可在驚疑之際，內心深處又慢慢滋生出一種隱密的興奮感。當年西楚霸王項羽毫無權勢之時尚敢直指秦始皇而大膽放言要取而代之，何況如今我司馬家族已在魏朝上下根深柢固、勢力龐大，誰敢小覷？代魏而立也不是不可想像之事！

念及此處，他便如同喝醉酒一般滿臉通紅，顯得驚喜異常，禁不住搓著雙掌彷彿立刻就要大幹一場。

司馬懿講完，淡淡看了臉色興奮潮紅的司馬師一眼，便似有些疲憊地靜靜調息，接著道：「如今我們幫助陛下肅清郭太后一黨，為他解急，他該會從此對我司馬家信任有加，同時對我司馬家也更為依賴，那麼我們司馬家就能『更進一步』……對了，方才昭兒寫來的信中，提到一件關於陛下的大事。」

司馬師一愣，「關於陛下的大事？」他實在沒有想到父親會突然提起有關皇上的事情來，更沒料到父親的思考竟轉換得如此之快，彷彿在那睿智的頭腦裡正同時盤算各種虛實紛亂的問題，一刻也沒停過。

司馬懿伸手撫了撫頷下長鬚，慢慢說道：「昭兒來信，說到陛下對為父交上去的那塊青龍琥珀愛不釋手，天天把玩，認為它是天生祥瑞，特來庇護魏室，還準備在明年或後年為慶祝獲此祥瑞，取消現在的太和年號，改年號為青龍。」

司馬師不禁搖頭嘆道：「啊？爲了一塊琥珀就改年號？想不到皇上竟會視國事爲兒戲，玩物喪志，實在難成大器也。父親應該以輔政大臣的身分勸諫一下他才是！孩兒又犯糊塗了，『皇天無親，唯德是輔』。陛下今日爲政之失德失志，正是我司馬家將來執政得民之機遇。父親以爲如何？」

司馬懿一臉凝重，「記住，暫且不要議論此事，總之，心裡明白就是。爲父現在最關心的，是該如何在立於不敗之地的基礎上追擊，一舉剷除朝中政敵。」

司馬師一聽，不禁有些緊張起來，問道：「莫非父親是想對陳群、華歆這兩個老匹夫下手？」

司馬懿搖了搖頭，冷冷道：「陳群、華歆雖然可恨，卻不可畏，他們只會搖筆弄舌，作無謂之爭，爲父又怎麼會將他們放在眼裡？況且陛下目前對我司馬家倚重甚深，也不會聽信他們讒言，更不以爲懼。爲父所忌憚的，是曹氏宗親。」

「曹氏宗親？」司馬師訝道。

司馬懿雙目凝視在營帳的門簾之外，彷彿在盯著一個遙遠的地方不放，隔了好半會才沉聲道：「這世間勢力的變化浮沉，往往此消彼長，之前三月份時，大司馬曹眞的死，爲我們司馬家族騰出關中主帥的位置。可是你想過沒有？萬一曹家又有得力將領冒出頭來，只要皇帝一紙詔書便能將司馬氏目前的兵權收回，所以我們要佔有並擴大手中權力，就得先削弱曹氏宗親的勢力。」

「可是，曹氏宗親那麼多，我們又該怎麼防備呢？」司馬師追問。

司馬懿語氣一頓，停了片刻，深深地看著自己的兒子，又道：「曹氏宗親雖多，爲父卻只獨忌東阿王曹植一人。」

司馬師又是一愣，東阿王曹植乃是當今皇上的親叔父，十二年前與先帝奪嗣失敗後被貶出京城，一直鬱鬱不得志。

他沉吟片刻，道：「東阿王曹植？孩兒聽人談起東阿王曹植，當年頗有賢明之風，卻乏霸王之才，文筆絕妙而謀略不足，才在立嗣之爭中失利。像他這樣一介儒生，父親大人還會忌憚他嗎？」

司馬懿端正臉色，冷冷說道：「知人料事，應當有眞知灼見，豈可憑道聽塗說的流俗之見爲據？當年先帝與東阿王曹植之間的爭鬥，一切內情難道爲父不如你清楚？若非東阿王當年心存仁慈顧全大局，行謀間一味謙退，先帝豈能在最後關頭眞正勝出登掌大位？你可知，當年太祖魏武帝臨終前，東阿王曹植之弟曹彰率雄師十萬赴京，想以軍兵強勢護衛曹植即位。在千鈞一髮之際，是曹植自己不願釀成魏國內戰，致使外人漁翁得利，才親自出面勸退曹彰臣服於先帝。這才避免我大魏重蹈袁紹、劉表等人諸子嫡庶紛爭的覆轍。這樣的眼光器量，又豈是區區腐儒便能做到的？」

司馬師一聽慚愧地垂頭道：「孩兒察事不明、知人不準，在此知錯了。」

司馬懿捋了捋頷下長鬚，面現憂色，道：「爲父近來常獲孫資、劉放來信，稱東阿王屢次上書，要求皇上爲曹氏諸王解禁，盼望陛下能重用宗室諸王，好抗衡朝中權臣。這些奏章分明是衝著我司馬家族而來！而且聽孫資、劉放的意思，皇上對這位叔父向來十分同情，似乎眞有召人回京重新起用之心。我們必須及早定下計策，遏止東阿王東山再起之勢才行！」

語畢，他雙目中寒光一閃，右手直伸，如利刃般向外劈揮出去！

第 6 章

鍾家父子

司馬寅的腳步聲漸去漸遠，鍾繇靜靜凝視燭焰，沒有回身，只是繼續站在原地，久久地沉默著。

鍾毓表情有些惶惑，開口問道：「父親，您……您是不是和司馬大將軍走得太近了些？」

幾枝粗如兒臂、雕鸞刻鶴的大紅燭燦燦地燃著，照得鍾府書房如白晝一般。童顏鶴髮、精神矍鑠的魏國太傅鍾繇一手撫著銀亮長鬚，一手執著狼毫大筆，頗有興致地在白絹上運寫：夫天道極則反，盈則損。故聰明廣智，守以愚；多聞博辯，守以儉……

「父親的這一筆楷書實在是寫得太好了！」一直站在鍾繇身畔右側屏息欣賞的鍾家長子鍾毓不禁開口嘆道：「毓兒相信，父親的書法將來必會彪炳千秋，令後人萬世景仰。」

站在鍾繇左側的鍾會也是讚不絕口，「沒錯，大哥，您看父親的字，果眞如當年先帝稱讚的一樣，是『瀟灑如舞鶴遊天，靈逸似飛鴻戲海』的傑作，只怕會兒窮盡畢生之功，在書法造詣上也未能及父親的萬分之一。」

鍾繇沒有出聲，仍全神貫注地寫著，直到寫完最後一個字，才長吁一口氣，將狼毫大筆擱在筆架上。

他轉身看著自己的兩個兒子，微笑道：「毓兒、會兒，古人云，『士之致遠者，必先器識而後才藝。』爲父這一手書法寫得再好，也不過只是雕蟲小技，你們應當留意的，是治國安邦的經綸之道，千萬不可效仿爲父浸淫毫末小技上。爲父年邁力衰，才會在筆硯之間聊以自怡……」

說到此處，他的語氣頓了一頓，又緩緩嘆道：「你們應該都聽過東阿王曹植的故事？

毓兒、會兒，你們剛剛稱讚為父這一手字將來定會『彪炳千秋』，可依為父之見，我大魏朝中將來眞正能『彪炳千秋，令人景仰』的珍寶，莫過於東阿王曹植筆下寫出的一篇篇文章！只是你們瞧瞧東阿王曹植這一生的坎坷……唉，當眞是天妒奇才啊！」

待到鍾繇發完感慨後，鍾會不緊不慢地接話道：「其實，父親所言有些不盡實，書法筆藝，固然只是微末之技，但亦可從中見微知著。方才見父親提筆落紙之際，腕力沉實，剛柔疾緩兼備，收放自如，不也是朝中諸臣望塵莫及的『經綸之道』嗎？」

「哦？會兒呀！你竟能從為父這書筆之技中看出修齊治平的『經綸之道』來？」鍾繇臉色微微一動，撫著自己長長的雪白鬍鬚，淡淡笑道：「難得啊！」正欲繼續說下去，忽聽書房門外被人輕敲了下，發出「篤」的一聲，便立即住口，拿眼瞟向門口。

鍾毓會意，轉頭向房門外問道：「誰？」

門外僕人恭聲應道：「稟告太傅大人和兩位老爺，是司馬大將軍府中的管家司馬寅，他帶了一箱東西，特來拜見太傅大人。」

「司馬寅？」鍾繇臉色微變，蹙眉思索片刻，沉聲問道：「他怎麼來的？」

門外僕人答道：「稟告太傅大人，司馬寅身著便服，行蹤隱密，是從後門來的。」

鍾繇沉吟片刻，終於開口道：「讓他進來吧，不過，你們要小心一些，謹防有人盯他的梢。」

待門外那個僕人走遠後，鍾繇才輕輕嘆了一口氣，暗暗搖頭。他自然清楚司馬寅深夜拜訪的來意，不消說，必是替主子司馬懿傳話的。

鍾毓、鍾會兄弟都不禁驚愕地將目光投向鍾繇，同聲喊道：「父親？」

鍾繇站在原地撫鬚凝思片刻，也不答話，只向他倆揮手示意。

鍾毓兄弟隨即會意，轉至書房內近牆的大書櫃背後藏身。

書房門外傳來一陣腳步聲，接著「吱呀」一響，房門被輕輕推開，一身粗布青袍的司馬府管家司馬寅緩步走進，身後跟著兩名家丁，合力抬著一口大紅木箱，恭敬地跟在後頭。鍾繇抬頭看著司馬寅，臉上微露詫異，唇邊則掛著一絲笑意，「司馬管家，您這是……」

司馬寅亦是微微一笑，卻不作答，待兩名家丁在書房中間放好了大紅木箱之後，便向他倆使了個眼色。兩名家丁會意，連忙退了出去。

接下來，司馬寅向鍾繇躬身，低眉垂目地恭敬道：「太傅大人，您對我家大將軍的多方支持，我家大將軍一直心存感激，他特地讓在下備了份薄禮，還請太傅大人笑納。」

鍾繇眼睛盯著司馬寅，瞥也不瞥那口被抬進來的紅木箱，帶著勉爲其難的苦笑道：「司馬大將軍眞是太客氣了，本座實在愧不敢當。」

「哪裡哪裡，太傅大人，我家大將軍此番前往關中，無意間從某位隱士高人那裡尋到秦相李斯親筆所寫的小篆眞跡。他素知太傅大人文筆書法冠絕天下，便讓在下轉呈給太傅大人賞析。」

司馬寅微微笑著，俯身打開那口紅木箱，登時珠光寶氣溢出，眞不知裡邊裝了多少奇珍異寶，瑩瑩華彩照得讓人睜不開眼。他起身從紅木箱裡取出一卷字帖，又恭恭敬敬地捧在手上獻給鍾繇。

鍾繇含笑接過字帖，慢慢展開，神色愈顯認眞，喃喃道：「……當眞是李斯用小篆抄寫荀卿的《勸學篇》，其字姿態橫生、瀟灑靈逸，確是不可多得的珍品，看看這筆法、這用墨……嘖嘖，當眞妙極。」一邊說著，不自覺伸出手指，虛描字帖上李斯那些字的筆勢走向，久久不能自抑。

司馬寅見狀，立刻恭敬說道：「我家大將軍說了，太傅大人若喜歡這字帖就請收下，相信此等筆硯之珍，在太傅大人手中方能物得其所，令人無憾。」

鍾繇聽到這話，伸在字帖上面比比劃劃的手指頓時一停，臉上現出深深的笑意，「你家大將軍實在是……唉！本座只能卻之不恭，在此謝過你家大將軍的美意。」同時一手慢慢捲好字帖，沒有放到一邊的打算。

接著，司馬寅又湊上前來，低聲道：「我家大將軍已經上報朝廷，請聖上今年減免各位大人關中邑戶應繳的糧食。目前西征大軍裡大興屯田墾荒、自給自足，無須各位大人的邑戶們供糧補給，各位大人今年年底的邑戶供奉，應該不會再出現欠糧窘境。」

鍾繇聽罷，靜了許久，才彷彿回過神似地輕輕拍手，讚嘆道：「高明！實在高明！虧得你家大將軍能想出這樣一個兩全其美、滴水不漏的辦法，當眞是心思縝密、算無遺策，本座欽佩不已。看來，本座與王司徒、董大夫他們全力推舉司馬大將軍出任關中主帥一職，是完全正確的選擇。一直到今天，本座才懂得『賢得其位，職得其人』的可貴及重要。」

語畢，他拿著李斯的《勸學篇》字帖，在書房內緩緩踱了幾步，忽又停下，像是對司馬寅，又像隨意談話般道：「回去告訴司馬大將軍，就說各位元老大臣對他的支持，一向都是毫不猶豫、不遺餘力，請他放心大膽地在前方施展身手，早日再立新功，不要有什麼顧忌。至於張郃他們，在朝廷裡也掀不起什麼風浪，只不過呢……」

忽然間話鋒一轉，目光灼灼地直視司馬寅，「不曉得司馬大將軍清不清楚，近來朝中要求東阿王曹植東山再起執掌朝政的呼聲很高，就連本座也曾多次親聞陛下稱讚東阿王文武雙全，堪當大任。」

司馬寅垂著雙手，躬身答道：「謝謝太傅大人提醒，在下知道該如何回覆我家大將軍了，今晚實在打擾太傅，不知太傅大人是否還有什麼話要說的？」

鍾繇淡淡一笑，「也罷，你家大將軍贈給了本座一幅李斯眞跡，本座只好腆顏獻醜，將自己剛才隨手寫就的一篇塗鴉之作回贈你家大將軍，見笑！」說著，將自己剛才在書桌上寫下的那一幅字帖遞來。

司馬寅接過鍾繇的字帖，只見上面寫著：「夫天道極則反，盈則損。故聰明廣智，守以愚；多聞博辯，守以儉；武力毅勇，守以畏；富貴廣大，守以狹；德施天下，守以讓。此五者，先王所以守天下也。」各字筆鋒遒勁，金鉤銀劃，入紙三分，風骨不俗。

司馬寅看罷，慢慢將字帖收好，躬身施了一禮，「在下一定立時轉呈我家大將軍。在下告辭。」恭恭敬敬地垂手退開。

聽書房門外司馬寅的腳步聲漸去漸遠，鍾繇臉上堆著的笑容一瞬間退了個乾乾淨淨，過了半晌才長長嘆道：「毓兒、會兒，都出來吧。」

鍾毓、鍾會兄弟二人從那座書架後面轉出，書房裡一片靜謐，只有幾枝大紅燭長長的燭焰畢剝響著，火光無聲地搖曳著。

鍾繇靜靜凝視燭焰，沒有回身，只是繼續站在原地，久久地沉默著。

鍾毓表情有些惶惑，開口問道：「父親，您……您是不是和司馬大將軍走得太近了些？」

鍾會則是目光閃爍地看著鍾繇，嘴唇動了幾下，想說什麼又沒說。

隔了半晌，鍾繇才道：「怎麼？毓兒，你害怕了？」

鍾毓沉默了片刻，臉色凝肅地搖頭道：「孩兒心中倒不怕什麼，只是覺得，父親業已位列三公，位高權重，與大魏朝休戚與共，又何必與居心叵測的司馬氏攪在一起？無論是司馬大將軍還是華太尉、陳司空等人，在朝中執政時都不得不仰仗我們鍾氏一族，我們又何必蹚入這渾水當中？」

鍾毓說這番話時，弟弟鍾會一直在旁邊伸手拉著他的袖角，又拼命使眼色讓大哥不要再繼續說下去。可鍾毓卻絲毫不理會，秉著心直口快的性子，也不怕得罪父親，仍舊侃侃而談。

聞言，鍾繇沒有立即回話，靜立片刻，方才緩緩開口說道：「毓兒，你說得很對，在大魏一朝，我鍾氏家族確實繁榮持久，根基也是無人能撼，但你可曾想過，倘若大魏朝有一天猝然崩斷呢？到時候，我們鍾氏一族是不是便得如喪家之犬般惶惶度日，難以善終？」

鍾毓和鍾會完全沒料到鍾繇會提這麼尖銳又帶有預言性的假設，嚇得滿頭大汗，齊齊跪倒在地，含淚勸道：「父親為何要出此不祥之言？孩兒們惶恐萬分，還請父親寬心以待。」

鍾繇一動不動，臉上似鑄上青銅面具般冷硬，「你們別以為我在危言聳聽，自古以來，總是世事難料、人心難測，為父一生當中不曉得闖過多少大風大浪才到今天，一生所見所聞亦是複雜繁龐。想先前那輝煌的大漢朝，僅僅數十年間便土崩瓦解，世間又有什麼事情不能發生？這世間又有什麼災劫不會降臨到人們頭上？我們鍾氏一族如何能不居安思危，未雨綢繆？」

鍾毓、鍾會跪伏在地，聽著父親的慨嘆，大氣都不敢透一下。

鍾繇停住了話，站在原地靜默許久，待心情慢慢平復後，才又開口道：「毓兒啊，爲父問你，依你之見，爲父在修文理政之才方面可比得上陳司空？」

鍾毓一愣，竟是語塞起來，無法回答。

鍾繇嘆問道：「爲父再問，爲父在治戎禦敵之才上，可比得過司馬大將軍？」

鍾毓仍是不能作答。

見狀，鍾繇冷冷一笑，「爲父也不怕揭自己的醜，我的確文不如陳群能安邦治國，武亦不及司馬懿能臨機制勝，但爲父卻能在人才輩出的大魏朝廷穩居高位數十年，憑的是什麼？你們可曾想過？」

鍾家兄弟低垂下了頭，不敢正視自己的父親。

鍾繇捋了捋自己垂在胸前的銀白鬍鬚，毫不諱言道：「其實爲父這一生，除了一手書法聊以自慰外，實則一無所長，宦海沉浮數十年，亦無卓絕特異之處，僅僅只會『通達時務』罷了。」

鍾繇將目光投向窗外蒼茫的夜空，若有所思道：「想前朝末年，獻帝劉協為西涼匪首李傕、郭汜所挾，是為父與董承冒著風險，以劉協的名義修書暗召太祖武皇帝入關平亂，進而使太祖武皇帝名正言順『挾天子以令不臣』，終成偉業。這便是為父因通達時務大獲成功的首次過程，之後，太祖武皇帝執政掌權，百日內便擢升為父出任相尉。」

「再來則是在當年先帝與東阿王曹植立嗣之爭中，為父全力支持先帝繼承大統，先是贈先帝『五色寶玦』以示忠心，接著又聯絡名士大夫，公開上表力薦先帝。於是先帝才登大寶，便立刻升為父為魏國太傅，帶來我們鍾氏一族綿延數十年不絕的繁興不滅……這一切過程，毓兒你可懂了？」

第 7 章

謠言四起

曹叡抬頭四顧，卻是無限茫然，眼前這一場人生危機，他該找誰幫助自己化解？曹氏宗親嗎？他們個個生怕自己被捲入這場謠言漩渦當中，早已避之唯恐不及，誰敢湊上來添亂？

鍾毓漲紅著臉，依舊悶聲不答，倒是一旁的鍾會臉色若有所思。

鍾繇靜靜盯了片刻，忽地柔聲道：「夜已深，毓兒，你不必因為父一時多言而心思煩亂，先下去休息吧，讓會兒留下來陪為父收拾書房吧。」

鍾毓低聲應了一聲，頭也不抬地躬身退離書房。

鍾繇目送大兒子離去的背影，不禁微微一搖頭，正欲轉身，忽見小兒子鍾會雙手撐在地上，抬頭緊盯自己。

鍾會神色恭敬地問了一句，「會兒想請教父親，您這次『通達時務』的目標，為何會選中司馬家族呢？」

鍾繇萬萬沒料到小兒子竟有如此一問，怔愣了一會，接著才說道：「難得會兒竟是這麼一個『有心人』……也好，毓兒木訥守道，自有一套活法，在大魏朝可為我鍾氏一族頂門立戶。至於會兒你心思靈動，不妨為鍾氏一族另行投注，投資未來的繁榮昌隆。」

鍾會靜靜地聽著父親的話，無聲地點了點頭。

鍾繇見狀，略略滿意地點頭微笑，沉吟片刻後，忽然伸手指向堂內幾枝粗大紅燭上正燃得燦亮奪目的燭焰，問鍾會道：「會兒，你能雙目一瞬不瞬地直視燭焰多久？」

鍾會抬眼盯了下燭焰，略略一試後便恭敬回道：「孩兒自信能直視到燃盡半枝蠟燭的地步。」

「很好。」鍾繇微笑著讚了一聲，又道：「那你若是一直不眨眼地盯著三伏天裡正午太陽的話，又能堅持多久？」

鍾會皺眉沉吟，「這……孩兒從未試過，不過，面對灼人的炎炎夏日，孩兒想自己只怕堅持不到一盞茶工夫。」

鍾繇撫鬚輕嘆道：「可是，司馬懿打年輕時起，每天午未時分便會盯著炎炎烈日，一眨不眨地看上至少一炷香工夫。爲父是在一次與他參加中午朝議時才無意中發現的，從那時起，爲父就注意到這個人。他當時不過是名小小的文學掾，又比爲父小了整整二十五歲，爲父卻一直感覺他身上隱著一股極深極深的銳氣，一旦噴發而出，必定勢不可遏。後來，爲父果然沒有看錯，司馬懿僅只用了二十多年工夫，便平步青雲，手攬大權，成爲我大魏朝最得力的棟樑之材。看他這超群絕倫的勢頭，未來肯定會在朝中更有建樹，說不定，便似當初身爲前朝漢相的太祖武皇帝擁有的赫赫威勢一般。」

鍾繇說到此處，語氣頓了一下，深深說道：「現在回想起來，他早年的『目中無日』，其實就是『目空一切』，他累積這麼多年的野心和實力，一旦羽翼養成，只怕眞有掀天揭地之能。會兒，現在你懂爲父爲何要選中他們司馬氏了？」

鍾會重重一點頭，沉默片刻後卻帶著一絲疑惑問著鍾繇，「父親，司馬氏既有問鼎九州之心，我們鍾氏何嘗不能像他們一樣定下大計、求攬大權呢？父親如此通達時務，難道從未往這方面想過？」

聞言，鍾繇雙眸深處頓時精光忽閃，在鍾會臉上一掠而過，接著直盯鍾會，「你錯了！不是每一個靠近天子之位的重臣都能成爲像司馬懿、曹操那樣的人。在今日大魏朝，想潛移神鼎，除了司馬氏能辦到外，其他人包括我們鍾氏，都無法達成，人應該要有自知之明，因此從今以後，都莫要往那方面想，懂了嗎？」

鍾會見父親語氣斬釘截鐵，卻頗有幾分半信半疑，一時間不再多想，點頭表示認同。

見鍾會點頭，鍾繇這才放下心，瞥向放在書房中間的那口紅木箱，深深嘆了口氣：「司馬懿送了這些禮物，爲父實在是『納也不是，拒也不是』，若拒了，他會以爲我不給他面子，也不會在朝中全力支持他的抗蜀大略，必會深懷疑忌。若是納下這些禮物，爲父又會被他看作嗜財輕義的人，在他眼裡也沒什麼分量……這不行哪！爲父總得想個辦法把這些禮物換個途徑回贈他才是。」

鍾繇皺眉埋頭苦思，過了一會雙眉終於高揚，面露喜色道：「有了！府裡還有一柄祖傳的靈犀劍，乃堯舜時代傳下來的神兵劍器，會兒，你快去後邊拿來。」

鍾會應了一聲，立即走進書房後邊的密室，帶出一柄裝在金鯊皮鞘的寶劍。

鍾繇接過寶劍，從金鯊皮鞘之中慢慢抽出這柄靈犀劍，只見一弧青濛濛的寒光似流水般汩汩瀉出，映得人鬚眉俱藍，豪氣頓生！

他瞇著眼，將靈犀劍持在手中細細觀看片刻，忽然青光一閃，手起劍落，嚓的一響，竟把那書桌一角如切豆腐般削落。

鍾會驚訝於靈犀劍的鋒利，語氣裡頗有些不捨，「……父親，您當眞捨得將這柄吹毛斷髮的祖傳寶劍贈予司馬家？」

鍾繇還劍入鞘，又遞回給鍾會，淡聲道：「有何不可？該捨就得捨，這份人情，爲父還要讓你出面。之前司馬懿的次子司馬昭立下大功，深得陛下恩寵，前程遠大，會兒你要和他多多結交才是。這柄靈犀劍，你在合適的時候送給他吧，如此一來，他和他的父親一定會明白我們鍾家的誠心。」

「孩兒謹遵父親教誨。」鍾會接過寶劍，一臉恭敬地點頭答道，只是眼神中仍然掩不住那一縷淡淡的不捨。

看著鍾會那不捨的表情，鍾繇不禁心底深深一嘆，想那司馬懿的次子司馬昭，面對中壘將軍之位時，毫不猶豫地辭之以謙、讓之以禮，而會兒卻對一柄寶劍難以割捨……相比之下，兩大家族將來的成就已高下立判了！人，眞的應該貴有自知之明啊！

六月才一開始，便有謠言猝生於魏國鄴城，接著迅速在魏國全境內傳開，甚至越過魏國邊境，似野火燎原般地傳至吳蜀。

照理來說，謠言的傳播廣度與內容的絕密性與重要性成正比，愈誇張驚人的內容，愈能引起群眾注意，流傳愈廣。

只要得知謠言內容，便可明白為何具有如此大的衝擊力道。謠言聲稱，曹叡根本不是魏文帝曹丕的兒子，而是二十七年前其生母甄太后與東阿王曹植在鄴城私通時所生的孽種。如今曹叡大權在握，先是在十餘日前逼死當年向先帝揭發甄太后與曹植姦情的郭太后，現在又準備大開殺戒，一併清理那些當年在魏國世子立嗣之爭中輔助先帝擊敗曹植的元老重臣們，再準備開城迎回生父東阿王曹植進京總領朝政。

謠言一傳到朝廷，頓時激起一片譁然，朝野上下更是議論紛紛：怪不得郭太后十多天前暴斃，國舅郭表被族誅，連帶著郭氏黨羽三十六名都沒有好下場，原來是這麼一回事啊！

文武百官聽了謠言，先是「恍然大悟」，之後，立馬又陷入前所未有的恐慌當中。現在在朝的大多數官吏，當年幾乎都是站在輔助先帝那邊的，或多或少都出過一份力，否則怎能在先帝贏得立嗣之爭後屹立不搖？如果當今皇上真的想來筆大清算，朝中豈不是等於重新換過一批人頭？

謠言愈演愈烈，朝廷百官人人自危，天天醒來都怕自己的腦袋留不住，幾個膽子小的三品官甚至早就悄悄收拾家當，做好隨時流亡異國的準備。

謠言蔓延到魏國境外後，旁邊看戲的吳、蜀兩國特別來勁，尤其是吳國國主孫權。孫權一向堅守與魏國之間「劃江而治、互不侵犯」的基本原則，但在這則驚世謠言刺激下，居然產生主動進攻魏國的熱血衝動。

他以一個不次於魏武帝曹操、漢昭烈帝劉備的政治家敏銳目光察知，只要這個謠言被確認，足以讓再強大的國家發生混亂，甚至是內戰，魏國也不可能倖免，而魏國的內亂，就是吳國進軍中原的大好良機。

曾被曹操的政治軍事才能威嚇得幾乎要俯首稱臣，後來又被曹丕賜封爲吳王的孫權，一心想脫離恥辱的陰影，公然躍身而出，向三國中第一號強國曹魏叫板。

見機不可失，吳國馬上派出親信重臣輔義中郎將張溫前往蜀國，負責聯絡外交戰略上的合作可能，打算配合正在關中作戰的蜀相諸葛亮，從東邊向魏國發動狙襲。

一時間，魏國陷入空前的內外危機當中。

曹叡初聞謠言，又怒又怕。

怒的是謠言如此惡毒，竟以他的生母與叔父作爲這種爲世人不齒的醜聞出現，簡直是對魏室皇族的公開侮辱。怕的是，這謠言當中虛虛實實，還和之前追剿郭太后一黨的背景暗相吻合，顯然非知情人不能發此驚雷之擊。

在又怒又怕的情緒稍稍平復後，曹叡抬頭四顧，卻是無限茫然，眼前這一場人生危機，他該找誰幫助自己化解？

找曹氏宗親嗎？

他們個個生怕自己被捲入這場謠言漩渦當中，早已避之唯恐不及，誰敢湊上來添亂？

找朝中重臣？

華歆、陳群之流，雖是忠誠可鑑，卻又失於拘執，可與守經，難與從權！

天下之大，群臣雖多，竟在關鍵時刻沒有幾個人可以推心置腹站出來替自己盡忠相報，無奈下，曹叡只得再次召集孫資、劉放、司馬昭等人商議對策。

司馬昭冒著被所有外戚同黨切齒痛恨的風險，一馬當先地打破這場朝野上下集體失控的恐慌沉默，一針見血地指出，「這則謠言鐵定是那些郭太后餘黨捏造出來的不實指控，是死前的最後瘋狂反撲，因此得進一步對那些叛臣賊子和郭氏餘孽窮追猛打，做到除惡務盡，不留後患。」

劉放第二個站出來，建議道：「陛下得及時頒佈法令於全國，膽敢妄議王室秘事者棄市，傳播謠言者滅族。」提倡以霹靂手段壓制一切噪音。

孫資最後發言，建議曹叡主動出擊，以實際行動挽回這個謠言的惡劣影響。

所謂的實際行動也很簡單，就是公開貶斥東阿王曹植，經由對曹植的沉重打壓，好擊破毫無根據的漫天謠言。謠言裡不是說曹叡是曹植的私生子嗎？按常理，骨肉至親間，兒子絕對不會想要爲難父親，只要曹叡能公開貶斥曹植，便等於昭示天下，曹植並不是他曹叡的新生父親！

對孫資、劉放、司馬昭三人的建議，曹叡全部不加修改地照單全收，並且即刻施行。於是乎，魏國歷史上第一道向全民發布的聖旨貼滿各大州縣的大街小巷，內容精簡扼要，更便於百姓記憶與流傳。

經查，東阿王曹植不遵太祖武皇帝遺令，依舊驕奢淫逸，罰扣除其供祿三年，削去其邑戶三千家，面壁思過三年，終身不得進京面聖，亦不得再與宗室諸王交往。

此道聖旨措辭語氣十分嚴厲苛刻，筆鋒更是凌厲無比，可說是魏室所有詔命當中最突出也最刺眼的一道。聖旨一下，曹叡等於公開宣判東阿王曹植的無期徒刑，也等於在謠言上頭進行一場「釜底抽薪」的致命攻擊。

同時，伴隨著曹植在魏國的政壇上就此銷聲匿跡，那個謠言漸漸趨於沉寂，魏國朝野也漸漸回歸寧靜，吳國與蜀國間的東西夾擊，更是毫無防備地胎死腹中。

曹氏宗室諸王參政議政、拱衛皇權的最後一線希望，就這樣以東阿王曹植被禁錮終身的結局而徹底完結。

蜀魏之爭

司馬懿此舉再度招致底下部將強烈不滿，
大夥從上邽原辛辛苦苦長途奔襲近千里，
目的就是想迎頭痛擊蜀寇一番，解救祁山之圍。
結果司馬大將軍才到祁山腳下，
一下安營紮寨，一下又命人修建鹿角柵欄，
根本沒打算和蜀軍對陣開戰，這究竟是怎麼一回事？

第 1 章

蜀國的大後方

李嚴越想越是光火，但此刻又怎麼可能讓外人輕易覷破？只能壓抑靜立，讓自己胸中怨憤慢慢消退，同時暗暗生疑，黃皓今日偷偷跑來不說，還意圖在兩大顧命輔政大臣之間挑弄是非，意欲何為？

蜀國成都雖已早早進入盛夏，卻不似關中地帶那般乍晴乍雨、寒暑無定，氣候一直溫煦如春、涼爽宜人，不僅遠離前線戰場上的慘烈與血腥，若往城郊那一望無垠的農村景色看去，更是只見一派安定祥和的氣象，彷彿未曾受到戰爭的任何影響。

其實，這不過是一層掩在蜀國上下安寧穩定的迷人表象罷了。

既然大戰已是爆發，自然不可避免影響到百姓的生活，農夫農婦們日夜辛苦耕作，只爲了前方戰士備糧織布，就連蜀國的大小官員也都過著每日清湯白菜的清苦日子。

朝廷更明文規定，每位官員及其家屬每人每天只能領到八兩大米或麵下鍋做飯，同時自行解決菜餚問題，至於全體人民節省出的米麵糧食，自然一律遠送到前方戰線供將士食用。

這般窘狀，對蜀國官員來說自然清苦得很，但爲了中興大業，朝野臣民全都咬緊牙關撐下去，極盡全力配合，連高級核心官員都不例外。

諸葛丞相統攬三軍、號令四方，家裡所有親戚每人每天供糧也才拿了六兩左右，比尋常人的配額還少，這讓天下臣民見了還有誰不心服？

反觀，同樣是蜀國顧命託孤次輔大臣的尙書令李嚴和他家人，倒沒像諸葛亮的親戚過得那麼辛苦。主要是因爲李府裡有個十多畝大的魚池，池裡養了不少龜鱉鯉鯽，既能觀賞娛樂，又可拿來燉煮食用，和他人以青菜蘿蔔糙米飯度日的窘況自是不同。

一日，晴空如洗，李府魚池正瑩然如無瑕碧玉般，澄澈地倒映出天際浮雲，煞是好看，令人心生悠閒之意。

尙書令李嚴此刻正端坐在池畔一塊大石上，雙目半睜半閉，手中拿著一枝細長的綠竹釣竿，銀亮釣線正筆直垂進池水，彷彿凝定在這一大塊綠冰似的魚池裡，不時有微風吹過，令池面泛起一層粼粼波光。

李嚴握著釣竿的右手五指一扣，便欲提竿收釣，卻見一名家僕垂手過來，在他身後三步處輕聲稟道：「大人，宮裡黃公公正在府外求見。」

李嚴原本準備提竿收絲的右手驀地一頓，也不回話，只是靜靜坐在池邊大石上，彷彿已經聽見家僕稟報，卻又似乎什麼都沒聽到。

家僕不敢多言，只能垂手屛息而立，靜靜等待李嚴指示。

過了半晌，才見李嚴似乎有些勉爲其難地嘆出一口氣，緩緩開口道：「請黃公公前來相見。」

李府家僕口中所說的「黃公公」，是皇上劉禪身邊最信任的心腹宦官黃皓，和劉禪自幼便遊玩戲耍在一起，二人關係甚爲親密，親如手足。

之前李嚴因事進宮時，也曾與黃皓打過交道。印象中這名與皇上年齡相仿的青年宦官頭腦十分靈活，聰慧機智、口才頗佳，不是可等閒視之的平凡角色。出於審愼自保的考慮，他不得不對這名小小的從四品宦官予以重視。讓他入府和自己以便服相見便是其中一項，既能顯得他這位尙書令平易親近，又代表待宮裡出來的人禮敬有加。

待得那名家僕應聲遠去之後，李嚴臉色才開始慢慢變得凝重，彷彿陷入極深極深的疑惑當中，瞬間心頭思緒萬湧。

無事不登三寶殿，這黃皓特地出宮拜訪我這尙書府，究竟有何用意？按常理看，宦官出宮私會重臣，與禮制大大不合，莫非是帶了皇上的什麼旨意過來？

沒多久，只聽得足音「篤篤」由遠而近，逕自來到李嚴背後停住，他已知來者是誰，卻並不直接回頭去看。

過得片刻，一個稍顯尖細的聲音在他身後慢慢響起，「尙書令大人眞是好雅興啊！黃皓這廂有禮了。」

李嚴故意裝作大吃一驚，「急忙」放下釣竿轉身，見身著藍袍、眉清目秀的黃皓正躬身行禮，不禁失聲喊道：「哎呀！不知黃公公已大駕親臨，本座眞是失禮了。」接著扭頭叱責一旁的家僕，怒責道：「黃公公走到本座身後時，你們怎麼不出聲提醒本座呢？讓本座失禮於貴客，實在該罰！」

此話一出，家僕們紛紛跪倒在地，身形哆嗦，臉色更是惶恐至極。

黃皓臉色十分平靜，只是脣邊帶著一抹若有若無的笑意，見李嚴發完脾氣訓完話，這才不緊不慢開口道：「黃某不過是位卑賤宦官，談不上要誰禮不禮敬，尙書令大人也別再訓斥他們，是黃某故意不讓他們通報的。尙書令大人這般看得起黃某，反倒令黃某有些無地自容呢！」

李嚴一邊道歉，一邊吩咐家僕爲黃皓搬來紫檀木椅，然後回到池畔垂釣而立，故作輕鬆道：「黃公公，今兒個我看就這樣隨意些吧，也不用拘泥什麼禮數，老夫倒是好奇，您到我府中有何貴事呢？」

黃皓並未直接回答，先是將眼珠子滴溜溜往四下一轉，刻意看了周圍謹立的家僕一眼，又若有所指輕咳一聲，表情欲言又止。

見狀，李嚴立刻會意，左手輕輕一擺，讓家僕們全都退下。

黃皓見家僕都已走遠，這才微微笑道：「黃某身分區區，哪能有什麼要事來找尙書令大人？不過是遵了陛下旨意，想前來向尙書令大人討要幾份嚥得下去的肉餚回去孝敬他老人家罷了。」

李嚴聞言不由一愣，「哦？宮裡的膳食開支告急了？」

黃皓搖頭，「那倒沒有，只不過諸葛丞相天天教導陛下要『靜以修身，儉以養德，卑以自牧』，弄得陛下年紀輕輕便青菜豆腐白米飯地過日子，瘦得是形銷骨立……」說到這裡，他已是滿眶淚水，忍不住拿袍袖擦了下眼角，又嘆道：「黃某於心不忍，才苦苦求得陛下允許，冒著被御史彈劾的危險，偷偷跑到尙書令大人您這裡，好爲陛下討些肉回去補補身子。」

李嚴神色有些犯難，「這個嘛，宮中的各項開支計劃是由諸葛丞相一手制定的，他又是顧命首輔大臣，很多事情都得經他做主同意才是，若本座一時壞了規矩，恐怕對有些不好交代。」

黃皓聽了也不生氣，只是微微笑道：「說的也是，諸葛丞相是顧命首輔大臣，尙書令大人是顧命次輔大臣，理應對他尊重禮敬一分。只不過，儘管您處處謙讓他，而他卻未必將你這份『和衷共濟，以渡時艱』的苦心看在眼裡。同爲輔政大臣，諸葛丞相自己可以獨立開府治事，卻一手阻住尙書令大人開府治事，將尙書令大人置於偏裨之位，讓我們這些外人看了，都不得不替尙書令大人感到心寒。」

聽了這番話，李嚴好半晌沒有出聲，只是握著釣竿的右手微微一顫，釣線隨即輕蕩，在一平如鏡的池面上泛開層層波紋。老實說，黃皓這幾句話確實打中他心頭的「痛處」。

自當年先帝白帝城託孤後，諸葛亮和自己名義上同爲顧命輔政大臣，他卻對自己處處壓制，起先將自己分配到蜀東峽江一帶對吳作戰，不讓自己返回成都權力中樞，後來又調自己入朝擔任尙書令一職，掌管軍需後勤事務，全沒有參與任何軍國大事決策過程的機會。就拿這次北伐來說吧，諸葛亮只是和手下蔣琬、費禕、姜維等親信組成的「小圈子」裡關門商議，從未來和自己通過氣。

諸葛亮向來自命不凡、獨斷專行，發號施令時也對自己不顯尊重，甚至還振振有詞地說什麼「宮中府中俱爲一體」、「丞相府就代表朝廷」，擺明不認同也不需要其餘元老重臣開府治事，免得機構濫設、政出多門。

李嚴越想越是光火，但此刻又怎麼可能讓外人輕易覷破？只能壓抑靜立，讓自己胸中怨憤慢慢消退，同時暗暗生疑，黃皓今日偷偷跑來不說，還意圖在兩大顧命輔政大臣之間挑弄是非，意欲何爲？不禁心下一凜，表面上仍是裝得若無其事，卻豎起耳朵冷眼觀察，靜伺其變。

黃皓沒得到李嚴回應也不生怒，自顧自說道：「黃某聽魏國那邊傳來的消息說，僞帝曹叡一會大興土木修建行宮，一會又四處派人尋覓稀珍，吃飯用的是東吳交州的象牙箸，嘴裡吃的更是遼東海域捕起的鯨魚肉，納進後宮的，有荊、揚二地的美女名姬，當得有滋有味，哪裡像咱們陛下這般清苦，縱使貴爲天子，衣食寢處卻賤如匹夫！」

聽到這裡，李嚴不禁以左手撫了撫胸前長髯，輕輕咳了一聲。

黃皓立刻意識到自己的言語已然出格，立即往臉上抽了幾道耳光，同時改口道：「唉，黃某該掌嘴！咱們陛下卑其宮室，儉其衣食，心繫天下，勵精圖治，不以百姓之役力而奉己一人，哪裡是曹叡那個淫昏之君所能比擬的？陛下雖然聖明，能夠做到卑以自牧、事事儉約，整日裡粗衣糙食，只是在我身爲臣子的眼裡，實在看不下去。黃某心頭也別無他念，只是一心一意想將陛下侍奉好了。請尙書令大人恩准黃某帶些肉餚回去孝敬陛下。」

一番話說完，卻見李嚴仍一聲不吭地垂著釣竿，兩眼直望池面，靜立不動，黃皓登時感覺有些自討沒趣，臉色微微沉下。

忽然間，李嚴釣竿一揚，一條鯉魚「嘩」地破水而出，在半空中劃出一道金色影弧，「啪」的一響後落在黃皓腳邊的地上，依舊活蹦亂跳。

黃皓低下頭去，見這條金鯉長約二尺左右，身軀肥大，不禁脫口讚道：「尙書令大人，您的釣魚技術眞是厲害。」

聞言，李嚴臉上露出一抹得意矜持的微笑，用綠竹釣竿指著正在地上蹦跳不休的金鯉，「這條金鯉，黃公公若是不嫌棄，便拿回去自己煮來吃吧。至於陛下所需要的『東西』，一個時辰後本座自會想方法找到上等的山珍海味送進宮裡去。」

黃皓一聽，不禁大喜過望，連連道謝。

李嚴不緊不慢道：「另外，老臣有個想法。還有幾日，東吳使臣張溫就要返回，我們雙方沒能在聯手夾攻僞魏之事上達成協定，但張溫先前曾提出想從我大漢境內採購蜀錦要求。黃公公，你應該明白，我朝蜀錦品質上乘，無比精美，東吳許多將臣及富賈豪族都極為欣賞，就連吳王孫權對蜀錦也愛不釋手，從多種管道購入使用。聽張溫的意思，只要我們願意提供份量充足的蜀錦，他們便能拿出一切我們需要的東西交換……」

「蜀錦？」黃皓微愕，臉色一片迷惘，「李大人，黃某知道如今國庫之中還存有三十萬匹蜀錦，但諸葛丞相臨行前曾親口交代過，蜀錦是到萬不得已之時才能拿出來向東吳交換糧食及軍械的最後籌碼呀！」

李嚴一手持著釣竿，面朝水池，臉上露出深深笑意，「這個老臣當然知道，黃公公是怕諸葛丞相一旦怪罪後會承受不起，對吧？其實，公公不必過慮，還有老臣在前頭頂著呢！想當初，前漢賢相蕭何曾對高祖皇帝道：『宮室簡陋而無以壯天威，衣食清苦而無以養君身，是為臣侍君不忠之過也。』所以老臣決定，要用這三十萬匹蜀錦從東吳換回上品的珍珠翡翠、玳瑁彩翎，以及象牙等珍稀寶物，重新修飾陛下的皇宮一番，弄得更加富麗堂皇，並以此發揚我大漢物華之美。」

「這……這真是太好了。」黃皓一聽，頓時喜得閉不攏嘴，高興道：「黃某回宮後，一定向陛下稟明，還是李大人全心全意體念陛下，不愧為忠心耿耿的輔政大臣。」

見狀，李嚴一邊慢慢收好釣竿，一邊走近，向黃皓緩緩說道：「那就有勞黃公公在陛下面前多加美言了。當然，陛下這幾十天裡的清苦日子，老臣十分清楚，全是因勞民傷財又毫無功績可言的北伐而起……不過，還請黃公公轉告陛下，最多就只再忍耐一、兩個月時間，老臣不會爲了『某人』的雄圖大業，便搞得朝野上下個個面有菜色，不知生趣。」說到最後，他的眼神已然暗沉如墨，彷彿正在醞釀什麼風暴。

黃皓聽罷臉色亦是一凝，低聲道：「尙書令大人和黃某，還有……當眞都想到一處去了，要不然怎麼說您是『忠心耿耿的輔政大臣』？不像有的人只顧自己一個人青史留名，全然不懂朝綱大體，讓所有的人都跟著他活遭罪！」

霎時間，李嚴已明白黃皓話裡「還有……」後頭未曾指明的人究竟是誰，笑吟吟地伸手向他一拱，沒有回話。

第2章

魏國的鬥爭後防

話猶未了，陳群腦中忽地靈光一閃，想到另一種可能生：徐、揚二州無故鬧騰，司馬懿又隨即出馬擺平，這莫非是司馬懿自編自演的一齣鬧劇，想藉此向老夫示威不成？

東阿王曹植猝然被貶，在魏國朝廷中引起不少大臣私底下同情，然而，同情歸同情，所有人都知道皇上爲何非得如此冷酷無情地打壓賢德過人的叔父，誰也不敢冒著被砍頭的風險站出來講一句公道話。

誰叫東阿王竟在那個轟動天下的謠言中莫名其妙地成了皇上的「親生父親」？爲了向天下臣民昭示自己的的確確是魏文帝的嫡子，也爲了向天下臣民昭示自己的血統純正，曹叡唯一能做的，就是藉由打擊自己的叔父來平息謠言！

這招果然大見成效，隨著曹植被公開貶斥，那個謠言慢慢平息。

東阿王曹植當然明白皇帝侄兒的心思，立刻呈上一道字字含淚、句句泣血的謝罪表，承認朝廷加在自己身上的「罪名」一切屬實，同時公開表示自願待在東阿城，不再繫心朝事，立誓永不涉足京師，願與詩書典籍相伴終老。

陳群是極少數幾個在第一時間內被請入宮內議政閣，看到曹植這道謝罪表的元老大臣之一，當場不禁一陣鼻酸，熱淚幾欲奪眶而出，心頭更是泛起一陣兔死狐悲的傷感。

本來，作爲顧命輔政大臣的他，應該爲曹植這樣一個潛在的政敵徹底退出朝局而高興才是，然而從皇上對曹氏宗親的無情打擊中可以看出，皇上已經決定不再重用宗室諸王當皇權支柱。曹氏宗親的未來，就如半個多月前才被掃進歷史角落的后族外戚一樣，目前只是在魏國政壇中苟延殘喘。

與此同時，近期來皇上對司馬懿家族中人多方恩寵、大加封賞，更彰顯朝中勢力的特殊變化。魏室最高權力的天平逐漸向著所謂「功勳彪炳、深孚眾望」的司馬家族全面傾斜，這是多麼可怕的危險信號？再深思下去，便更令人訝異，如今朝廷，只有他陳群是司馬氏左右朝局、專斷朝政的最後障礙了！

原來在不知不覺中，自己被時勢推到最前線制衡司馬氏的發展，舉目四顧，究竟還有誰能幫忙……

沉吟許久，陳群抬眼望向旁邊一起進宮觀看曹植謝罪表的鍾太傅、王司徒、董大夫等重臣，只見他們個個臉上表情凝重，全然掩住心頭風浪，讓人看不出胸中念想。

過了片刻，這幾位大人紛紛推說年事已高不宜久坐疲勞，一個個告退離宮而去，偌大議政閣內，最後只剩統領各部事務的陳群留下，和孫資、劉放商議如何處理豫州一帶農民饑荒的大事。

陳群處置這樣的事務已是輕車熟路，應急方案亦不假思索信手拈來，「依老夫之見，不如就和往年一樣，繼續從徐州、揚州等地調撥軍屯富餘糧食來救豫州百姓的饑荒之災吧。還請孫大人、劉大人速速擬旨，並呈聖上過目定案。」

不料，此話出口，場中卻仍是一片沉默，孫資、劉放二人更是滿臉苦笑地看著他，絲毫沒有任何回應的動作。

「二位大人，怎麼了？」陳群一愣，立即靈光一閃，「莫非發生什麼意外了？」

劉放瞥了一眼孫資，苦笑道：「想來陳司空仍以爲徐、揚二州像司馬大將軍治理時那麼容易打理，孫兄還是快把那兩州現在情形說出來吧。」

孫資苦笑不已，正視滿臉疑惑的陳群，「陳司空，您也知道，往年只要我大魏各地一有饑饉之災，都是由徐、揚二州這兩處備用糧倉調糧救急，以前也的確是召之即供、供之即足，從無滯礙。但這些都是近年來心憂天下的社稷重臣司馬將軍在那裡鎮守並無限回應朝廷的詔令的緣故。」

「過去，司馬將軍爲了能把糧食運至豫州解救饑荒，甚至寧可讓自己麾下士兵緊勒肚子，也要執行朝廷旨意。可今年他被調往關中地帶對蜀作戰後，留守徐、揚二州的滿寵、賈逵兩位將軍可不像司馬大將軍那般志慮忠純、顧全大局。喏，朝中都還沒下詔命徐、揚二州調糧賑災呢，他們倒先發制人，三天前便送來八百里加急快報，聲稱今年兩地軍屯糧食收成不好，請朝廷切不可妄行抽調……唉，一時間還真找不到哪來的糧食可用呢！」

陳群聽了不禁勃然大怒，「什麼？眞是豈有此理！滿寵、賈逵二人實在太過分了！孫大人、劉大人，你們立刻下詔嚴詞訓責一番，絕不許他二人對朝廷旨意推三阻四、討價還價。」

孫、劉二人見陳群動了眞怒，驚得互視一眼，孫資更急忙上前勸道：「司空大人息怒，切莫爲小事氣壞身子。」

陳群一臉焦急，「豫州幾十萬饑民正嗷嗷待哺，怎麼會是小事？現在關中那邊大敵壓境，徐、揚二州又不願調糧賑災，萬一大批饑民因盼糧無望，在我大魏中原腹地裡鬧起事來，豈不危哉？」

孫資莞爾一笑，勸住正急得在議政閣中團團亂轉的陳群，「司空大人莫急，司馬大將軍昨日已送來奏章，從關中軍屯暫時調撥四十萬石糧食火速運往豫州救急。而且，他似乎已經知道徐、揚二州不肯調糧之事，發出急函嚴詞訓斥滿寵、賈逵二人，令他們務必遵照朝廷旨意，籌措糧食盡速運至豫州……有司馬大將軍出馬，相信徐、揚二州必然會照辦。」

陳群聞言，這才穩住心境，在椅子上靜坐片刻，又呷了一口清茶，伸手拭去額上汗珠，嘆道：「如此甚好，如此甚好……」話猶未了，腦中忽地靈光一閃，想到另一種可能生。徐、揚二州無故鬧騰，司馬懿又隨即出馬擺平，這莫非是司馬懿自編自演的一齣鬧劇，想藉此向老夫示威不成？

想到這裡，陳群的心不禁驀地一沉，司馬懿一施援手，自己再也不好意思在抗蜀方略上與他對著擰勁，偏偏爲了豫地百姓，自己又不得不接受他的援手。他臉色一肅，向孫資、劉放問道：「老夫聽說皇上要下一道詔書，稱再妄議關中戰事者，一律貶官三級逐出朝廷，若有造謠中傷司馬大將軍者，一經查實立即流放邊關，嚴懲不貸，眞有這麼回事嗎？」

聞言，孫資、劉放不約而同都點了下頭，確認消息無誤。劉放更看似隨意地開口補述道：「確有此事，陛下認爲，今年司馬大將軍初臨關中掌兵作戰，『無過便是有功』，能擋住蜀寇實屬不易，絕不容某些不識大體、不明大局的臣子妄議關中戰事，以免造成朝中不必要的喧囂紛擾，進而影響前線戰局。」

陳群臉色微微一變，過了半晌方幽幽說道：「既是皇上旨意也就罷了，這詔書一下，朝廷今後可就眞安靜多了，到時皇上想讓哪個臣子多嘴也不一定能行了……」

他一邊說著，一邊起身背著手在閣內踱了幾步，又說起另一件事，「老夫聽說，漢中蜀寇流傳一段頗有意思的傳言，說什麼『逢馬莫怕，遇獐要躲』，仔細一問才知這『馬』指的是司馬大將軍，『獐』則是暗指張郃將軍，可見在蜀寇心目中，對張郃將軍還是更爲忌憚幾分呢！」

孫資一聽，知道陳群又想提起臨陣換將一事，便正色說道：「司空大人，既是蜀寇傳言，又豈可以此爲據，憑空臆測妄斷？想來蜀寇那邊是故意放出這段傳言，意欲挑撥離間，令我大魏將帥不和、軍心動搖，這樣一來，他們便可混水摸魚，亂中取勝。依孫某之見，不如先擱在一邊不予理睬，待關中戰事結束後再辨明張郃將軍與司馬大將軍的高下，總而言之，目前的關中大局務以保持穩定為主才是。」

陳群聽完孫資的話，覺得當中倒也沒什麼紕漏，現在關中前線的確只能持重待發，便點頭不再多言。

魏軍關中前線，雖然和圍攻祁山大營的蜀軍營壘僅隔十里，司馬懿和他帶來的四萬五千魏軍並沒有立刻向敵人主動進攻，而是先找到一處依山傍水的險要地帶安營立寨，穩紮穩打地擺出一副要與蜀軍長期對峙的架勢。

司馬懿此舉再度招致底下部將強烈不滿。大夥從上邽原辛辛苦苦長途奔襲近千里，目的就是想迎頭痛擊蜀寇，解救祁山之圍，豈知司馬大將軍才到祁山腳下，一下安營紮寨，一下又命人修建鹿角柵欄，根本沒打算和蜀軍對陣開戰，這究竟是怎麼一回事？

費曜、戴陵、郭淮等一干大將怨言四起、群情激昂，個個摩拳擦掌，決定再度團結合作，一齊到司馬懿的中軍帳裡請求出戰。

司馬懿坐在營帳內的虎皮椅上，聽著諸將你一言、我一語地鬧騰，愣是沒有任何反應出現，只是冷冷直視著帳下諸將，雙眸寒光四射，含威蓄勢。

諸位魏將平時都是心狠手辣的角色，不知為何，與這不怒自威的司馬大將軍一對上眼，竟覺得他的目光犀利至極，彷彿正直直看透自己內心深處，頓時全身一陣寒意。

司馬懿昂首環視諸將一圈後，緩聲道：「諸位應當知道，此番諸葛亮大舉興兵來犯，蓄勢已久，他們以光復僞漢爲名蠱惑人心，蜀中將士俱願爲其效死戮力，其勢豈可小覷？如今蜀軍圍攻祁山雖過了兩個多月，但在本帥看來，對方仍是朝氣正旺，如餓虎出柙，極爲危險，若我們與其硬碰硬，即便得勝，『殺敵三千，自損八百』實非我方應敵的上上之策，因此還請諸君稍安勿躁，未來定有一舉破敵之時。」

對於相同的戰略方針，戴陵早已聽得極不耐煩，待司馬懿的話說完，便直接一躍出列，大聲嚷嚷道：「如今蜀寇臨門叫戰，我方竟縮頭不應，豈不讓天下百姓譏笑我等皆爲膽小如鼠之輩？」

此話一出，饒是向來沉著的司馬懿也不禁暗暗生怒，藏在袍袖之中的左手下意識捏緊，隱約傳出咯咯的折指聲響。他沉默了片刻，陡然哈哈笑道：「戴將軍果眞忠勇可嘉，不愧爲我大魏虎將，本帥萬分欽服。來人啊！傳本帥命令，讓戴將軍率八千人馬前去應戰。」說著，又將一支令箭擲給戴陵，富含深意地說道：「本帥在此靜候戴將軍佳音。」

戴陵接過令箭後喜笑顏開，根本無暇他想，歡欣雀躍地離帳而去。

司馬懿見他點兵出營，撫鬚沉吟片刻後又喚張郃上前，吩咐道：「還請張將軍速帶五千精兵尾隨戴將軍，在後方爲戴將軍掠陣，切記，此戰若勝則千萬莫追，一露敗象，當即速速撤回！」

張郃聽罷，點了點頭，領命而去。

司馬懿目送張郃疾步離去，臉上洩出一絲憂色。其實，這幾個月來的明察暗審，他早已徹底摸清軍隊中各將各營的底細及作風，可惜的是，所謂的「關中雄師」實在不大令人放心。

關中大軍近幾年來雖立下許多赫赫戰功，但長年輾轉於隴西的崇山峻嶺，多次征戰奔逐後，早已疲而不得休養，勞而不得安逸，實力如強弩之末。更嚴重的是，關中諸將個個好大喜功，只知逞強冒進，全然不顧自己手下部隊裡的禍患深伏，近來的戰績反而勝少敗多。

司馬懿遲遲不肯應戰，也正是顧及於此，雖然目前被逼赴救祁山，但他已決定，一旦擊退蜀寇，便立刻騰出手來對關中大軍進行全面整頓，消其惰氣、增其銳氣，確實鞏固整批軍隊的戰鬥力。

問題是，身為征西車騎將軍的張郃，不知是刻意還是無意，既不體察下情，也不懂養精蓄銳，更不配合禦蜀方略，一味跟著那些好戰貪功的將領們瞎起鬨，胸無主見，亦無遠見，一將之智有餘，而大帥之量不足。

幸好，當初曹叡未將關中兵權交與此人，否則以其輕躁張揚、急功近利的心思，關中局面肯定一觸即潰，不可收拾！

司馬懿慢慢將飛脫的思緒收回，見帳下費曜、賈嗣、郭淮等將領個個臉上躍躍欲試，不禁凜聲道：「諸君莫急，我們就在這帳中等待片刻，靜候前方戰報。本帥有言在先，這一戰若是戴將軍勝了，本帥立刻放手讓諸君奔赴沙場大顯神威，絕不加以掣肘。若是戴將軍敗了，則請諸君日後一律謹遵本帥教令，再有妄議出戰者，即以軍法處之。」

此話一出，帳下諸將立時面面相覷，不由得心底暗求神佛，盼望戴陵凱旋。

大約過了三個時辰，當天邊斜陽的最後餘暉投進營帳，悄悄爬上每位將領的鞋尖時，一陣雜亂無章的喧鬧聲終於劃破黃昏寧靜。

聽到喧鬧聲的一剎那，司馬懿立刻從虎皮椅上長身而立，雙眼盯著帳外，臉色無可避免地洩出一絲緊張。

喧鬧聲越來越近，來到中軍帳外卻忽然停下。過了片刻後，嘩啦一響，只見張郃提著一柄正滴著血珠的長劍，疲憊地走進帳中，整身灰頭土臉不說，表情還相當難看。

帳中立刻陷入死一般的沉寂，所有魏將都像木頭人一般呆愣不出聲，他們不是傻子，這情況一看便知好不到哪去。

許久許久，司馬懿才顫聲問道：「戰果如何？快說。」

張郃聞言一震，舔了下乾裂的嘴唇，才囁嚅說道：「蜀寇出動兩萬人馬，由魏延、姜維、王平等三名大將領頭圍攻，戴將軍拼死力戰，仍不免受了重傷，被……被抬到後營療傷去了。我們損失戰騎三百多匹、戰士四千餘名，蜀寇那邊傷亡情況和我軍大概差不多……」

聽著張郃斷斷續續地彙報著戰情，司馬懿只是沉著臉，一言不發，兩道濃眉漸漸擰成一團，臉色變得極其複雜。他料得沒錯，蜀軍果然採用消耗戰策略，在雙方力量不對等的情形下折損自己的元氣。

侍立在他身邊的司馬師看著父親這般神情，知道他心頭已是翻江倒海般難受，只得在一旁默然觀之，不敢插嘴勸說什麼。

第3章

諸葛亮偷襲上邽原

這消息如平地一聲雷般，震得司馬懿身形一晃。看來，諸葛亮不出自己所料，終究還是使出這招調虎離山之計，出手偷襲素有「關中第一糧倉」美譽的上邽原。

隔了半晌，司馬懿才揮手吩咐道：「來人，扶張將軍下去休息吧。」帳外兩個親兵應聲而入，扶著滿臉血痕的張郃退了出去。

張郃一出帳，司馬懿便沉下臉來，一字一句地從牙縫裡蹦出一段話，「諸君記住，忍憤於心，伺機而動，方能後發制人，此乃我大魏不戰而屈人之兵的唯一良策。至於戴陵，逞狠鬥勇，損兵折將，造成我軍重大損失，立即免去官職，留在營中戴罪立功。日後再有妄議本帥軍令者，直接以軍法論處。」

這番話聲色俱厲，諸將聽了只能點頭稱是，不敢再多言其他。

司馬懿似乎也有些倦意，慢慢坐回虎皮椅，正要揚手示意眾將退下時，一名探子氣喘吁吁奔入軍帳，跪在正中央，顫聲發話，「稟元帥，諸葛亮一個時辰前已親率六萬人馬直奔上邽原而去。」

這消息如平地一聲雷般，震得司馬懿身形一晃。看來，諸葛亮不出自己所料，終究還是使出這招調虎離山之計，出手偷襲素有「關中第一糧倉」美譽的上邽原。

司馬懿屏息凝神，腦袋瓜裡緊張迅速地飛快運轉著，正要開口調派人手，又有一名親兵闖進營來，高聲稟道：「啓稟大將軍，陛下令度支尚書司馬孚調撥長安守卒一萬五千人馬火速前來馳援，由長安太守牛金將軍率領，目前隊伍已到五百里外的獅子口。」

後面這則消息彷彿火上澆油一般，在帳中諸將心頭燃起熊熊戰意。

郭淮將軍更是急忙出列道：「大將軍，既然援軍已到，情勢已然轉變，此時正是我軍趁諸葛亮主力軍隊離開時強攻的大好時機，還請將軍發令，令我等率精銳襲擊祁山留守蜀軍，這一戰，末將自信必勝無疑！」

話音方落，他身邊其他將領亦是一臉贊同，霎時又是一片請戰聲響。

司馬懿臉色沉凝，思考許久，才以手輕捋長鬚，輕嘆一口氣，「不要再鬧了……司馬師聽令！」

場中霎時靜下，眾將目光驚疑不定地看向靜靜出列肅立的司馬師。

司馬懿從書案文匣中取出一只錦囊交給司馬師，並且謹慎吩咐道：「你速去獅子口處面見牛金，將錦囊親自交給他本人，讓他立即施行囊中計策，不得有誤。」

「是！」司馬師聽令，應聲而去。

接下來，司馬懿又朝帳下諸將環視一圈，沉聲道：「傳我軍令，一是立刻派八百里加急快騎……不，就用本帥的那匹千里寶駒將蜀寇偷襲的消息儘快送到鄧艾、魏平那裡，讓他們及時做好應敵準備。其二，全軍用過晚飯之後立刻拔寨，帶上二日乾糧，趕赴上邽原救援。」

上邽原的夜晚並不寂靜，稻田裡蛙聲起伏，聞之令人皺眉，再加上雖然半個多月前還在下雨，但已到六、七月份，夏天暴熱又如沸水般捲襲而至，夜裡也不顯更涼多少，反而令人平添一絲煩亂。

在周圍山坡麥地裡，依稀可見綽綽人影在月光下晃動，竟是一群魏國士卒正在田裡彎腰埋頭，整齊而迅速地收割麥穗，一片細細密密的沙沙聲不絕於耳。

地埂邊，則是一名銀盔素甲的青年將官正指揮著士兵們有條不紊地割麥、收麥、運麥，不時地向士卒們催促速度，神色有些急躁。

他正忙著，未曾發現山坡腳下一位身著紅袍的中年將官疾步走了上來，身後跟著兩名親兵。

紅袍將官出聲招呼道：「鄧老弟，你還在忙啊？先休息一下吧。」

原來，銀盔青年將官正是魏軍主帥司馬懿的秘書郎，負責留守上邽的副將鄧艾，而那位紅袍將官不消說，自是同樣留守上邽的主將魏平。

鄧艾聽見魏平的話，連忙轉身迎接，慢慢說道：「魏……魏將軍，小……小隴山那……那邊的營壘工事修……得差……差不多了吧？」

自從被司馬懿拔擢到身邊當秘書郎後，鄧艾便開始隨時注意並糾正自己的口吃，和人講話對談，寧可說得慢一些，也要盡力避免出現結巴。可惜口吃屬先天性疾病，他再努力也無法徹底根除，只能不再像以前一樣，出現那麼多停頓或重複。

聞言，魏平點點頭，抹去臉上汗珠，一臉自信道：「魏某把小隴山上的大半兄弟先派下山來抬石運泥，其餘則留在山上繼續修建基礎工事，大家到現在都還在忙。而且魏某還讓兄弟們把山下一切只要能搬得走、抬得動的滾石巨木都弄到山上營寨裡儲放，假如蜀寇眞的膽敢前來偷襲，包管他們奪我小隴山比登天還難。」

鄧艾認眞地聽著他的話，抬眼望向山坡對面那地勢險峻的上邽原咽喉要地小隴山，沉吟著點點頭，隨後又一字一頓地慢慢說道：「魏將軍，你既把這……這營壘工事做得這……這般紮實，小弟也相信小隴山此時必……必是固若金湯、堅不可摧，小……小弟也正急著催趕田裡兄弟儘……儘快割下更多的麥，好運……運到小隴山營寨裡積……積儲起來。」

魏平看了看那些正埋著頭在坡地割麥的士兵們，伸手拉了一下鄧艾的袖角，使了個眼色，低聲道：「鄧老弟，說老實話，你覺得咱們哥兒倆是不是想太多了？喏，自從半個多月前司馬大將軍率領大隊人馬離開上邽救援祁山，我們兩個又是下令割麥，又是在小隴山修築工事，每天都忙到深更半夜才能休息，可蜀寇明明還遠在祁山，他們又不會長上翅膀飛過來攻打我們，我們會不會辛辛苦苦地白忙一場，讓人笑話？」

鄧艾聽罷，一伸手，也低聲說道：「魏……魏兄，且借……借一步說話！」說著，便領著魏平往坡上僻靜之處走去，徹底遠離士卒耳目所及的範圍後，才又對魏平說道：

「魏兄切莫猶豫懷疑，這……這上邽乃……乃是『關中門戶』，亦為我軍重要糧倉，實乃兵家必爭之地，而且蜀……蜀寇如今已用調虎離山之計抽……抽走司……司馬大將軍統……統領的關中大軍主力，一……一定會乘隙前來偷……偷襲。我們只能抓緊時間多……多積糧草，築好營壘，備好器械，做全……全面應戰的準備，才……才會立於不敗之地，不然，要是蜀寇猝然來攻，大夥一定追悔莫及。」

魏平聽了這番話，略有同感地點頭，「司馬大將軍臨走前，一再交代凡事要聽取鄧老弟的意見，魏某一定切實照辦，想來總是不會出什麼差錯。」

鄧艾聽了很是感動，躬身施禮說道：「難……難得魏兄如此信任鄧某，在下實在感激不盡。」

魏平靦腆一笑，擺手連聲道：「不敢當，不敢當，鄧老弟折煞魏某了。」

二人謙讓好半晌，方又站起身來，環視上邽原，胸中各有一番感慨湧上心頭。

隔了半晌，魏平神色認眞地開口道：「鄧老弟，魏某乃一介勇夫，只知誠心待人、實意辦事，也辨不清天下大勢，只是心裡有個問題要請教你。別人都說司馬大將軍自掌兵關中以來，心性怯弱、畏蜀如虎，舉止間毫無霸氣可言，但魏某相信，他老人家這麼做定有高明之處，只是在下愚鈍，還想請鄧老弟指點一二。」

鄧艾著實未曾想到魏平個性竟是如此誠樸謹厚，有些意外地看了他一眼，不禁佩服司馬大將軍用人之術高明卓異。司馬懿知道自己一向性格高傲、恃才自負，不易與他人共事，竟特意找來一個質樸忠厚的人配合自己，既能消去雙雄互不服氣的隱患，又能發揚他二人長處，剛柔互濟，相得益彰。

想到此處，他不由得爲司馬大將軍這一番良苦用心而深深感動，也在魏平求教的眼神裡緩緩開口，「魏……兄，您眞以爲司馬大將軍堅守不出，是……是膽怯嗎？古語曾云，『三年不飛，一飛沖天；三年不鳴，一鳴驚人。』依……依在下之見，司馬大將軍亦是不戰則已，一戰驚人，無人能敵。」

「春秋時期越國名將范蠡講得好，『古之善用兵者，因天地之常，與之俱行。後則用陰，先……先則用陽；近則用柔，遠則用剛……彼……彼來從我，固守勿與；盡其陽節，盈吾陰節而奪之。』太……《太公兵法》裡也說，『善戰者，居之不撓，見勝則起，不勝則止。』司馬大將軍對付蜀寇之策，亦正是『不……不戰而屈人之兵』，看……看似初無顯赫殲滅之效，終將勝敵於股掌之上。其……其出奇應變，奄忽如神，雖孫武、吳起有所不及，雖韓信、白起亦非其敵！」

魏平聽得鄧艾引經據典地大發議論，句句鞭辟入裡，聽來倒令人眞有幾分動容，急忙認眞傾聽下去。

只見鄧艾停頓片刻，又道：「據在下所知，僞蜀國內共有農一……一百一十萬人，其中婦女有二十五萬人，年滿十五歲以下的男子三……三十萬人，年滿五十歲以上的有二……二十萬人，剩下年紀在十五歲至五十歲之間的有三十五……五萬人專門從事農耕。但偽蜀國內官吏有六萬人，僚佐有十萬，軍士共三十萬。以……以三十五萬之農夫耕種所得之糧食供養四十六萬之吏卒，真……真可謂『生之者寡，食之者眾』，如此下去，豈……豈能長久？所以在下斷定，諸……諸葛亮大興軍旅，犯我大魏，完全是勞師疲民，終究不是長遠之計。將……將來偽蜀一旦軍饑民疲，則必將人心渙散。司馬大……大將軍乘虛而攻，必會穩操勝券！」

魏平沒想到鄧艾一介掾吏，竟對魏蜀大勢如此透徹，不禁深深嘆服，「鄧老弟懂得真多，一番話縝密紮實、滴水不漏，當真令魏某自愧不如。」

二人正交談間，山坡下一騎人馬如風馳電掣般疾馳上來。他倆循聲望去，卻見來騎之上一名士卒飛身下馬，氣喘吁吁、滿頭大汗地奔到他二人面前，急聲道：「魏將軍、鄧將軍，司馬大將軍令屬下急馳報訊，諸葛亮提兵六萬，直襲上邽而來，先頭部隊可能在明天中午時候便會抵達。司馬大將軍要求二位將軍務必全力守住上邽，同時他已親率大軍回援上邽，請二位將軍放心應戰！」

「什麼？」魏平聞言大驚，扭頭看向鄧艾，嘆道：「鄧老弟當真料事如神，蜀寇真的來了！」

鄧艾仰天哈哈大笑，復又臉色一正，「總……總之，我們已有備無患，不……不怕他不遠千里來偷襲。」說著，又扭過頭，異常流利地對傳訊士卒吩咐道：「傳我三道命令：一是所有精兵全部退回小隴山營寨，分批休息調整，時刻準備作戰；二，馬上派五百士卒到上邽四周山脊上多插軍旗以壯聲威，迷惑蜀寇；最後，讓那些農丁抓緊時間割麥、收麥、運麥！」

魏平像看著另外一個人似地看著鄧艾，發覺對方此刻頗有大將之風，舉手投足間凜凜凜生威，甚至一點都不口吃了。

只見鄧艾轉過頭來，又望向漫山遍野的那一片綠油油的麥地，冷冷地在牙縫裡擠出一句話，「看來會有不少熟麥來不及收割運走……好，讓那批到各個山脊去插軍旗的五百士卒，在插好軍旗的同時，把來不及收割運走的那些坡地熟麥全部放火燒掉！」

聞言，魏平立即大吃一驚，「要燒麥？那……那些地裡的麥，可是兄弟們辛辛苦苦種的啊！」

鄧艾臉色極為凝重，「婦人之仁，豈能成就大業？這些收割不完的熟麥，絕對不能落到蜀寇手中，反成敵軍助力。燒！能燒多少是多少，絕不能便宜他們！」

第4章

暗劫糧草

一枝利箭倏地射穿胸前的護心銅鏡，愕然中，張恆伸手掩住胸口中箭之，鮮血從他的指縫間汩汩流出，勉力抬頭往前一看，隘口處那群「蜀兵」站在炬火掩映之下，正彎弓搭箭瞄準自己這邊！

黑中帶藍的夜幕下，崎嶇陡峭的棧道邊火炬照耀，一輛輛裝滿糧袋草料的馬車正沿山壁緩緩行走，猶如無聲的河流般向前行。

蜀漢督糧將軍岑述和護糧將軍張恆各自率領數千精兵，一左一右地護持這支運糧車隊。他們乘著戰馬在隊伍前面並轡而行，不時四下張望，臉色警戒、如履薄冰。

走過某個山腰彎角處時，岑述彷彿聽到什麼響聲，猛地緩拉轡繩，勒住胯下坐騎，同時左手向上高高一揚，短促有力地喊了一聲，「停！」

聞令，本如河流般慢慢前行的運糧車隊以及護糧士卒立刻停步。

駐馬立在一旁的張恆霎時心頭巨震，臉色微變，下意識伸手緊緊握住腰間刀柄，雙目圓睜，順著岑述的眼神一道瞪向前方。

只見前頭峭壁如兩扇巨門兀然聳立，從中間那道狹窄隘口中透視，盡是一片蒼茫夜色，卻較以往來得有些陰沉，彷彿裡邊正蹲著一頭猛獸，隨時隨地都有可能猛撲而出，擇人狂噬。

張恆沉著臉，不慌不忙地向身後士卒打了一個手勢，瞬間只聽「刷」的一聲，蜀兵齊齊挺起長矛鐵槍，面無懼色地指向隘口，做好立即開戰的心理準備。

然而過了許久，場中只聽見蜀兵們粗細不一的大口呼吸聲，「呱呱」幾聲長鳴猛然掠空響起，一群烏鴉撲稜撲稜地搧著翅膀四下飛散，隘口處仍舊毫無動靜。

岑逑緊皺起眉，右手凌空揮擺，喚來五名身手矯健的親兵，低聲吩咐道：「你們五個上去探一探，一有風吹草動立即回報！」

那五名親兵齊齊應了一聲，騰身而起，執刀持劍、捷如靈猿，從五個不同的方位朝著隘口處攀馳而去。岑逑和張恆雙眼緊盯他們，直到人影全部沒入隘口後那深深黑暗當中，仍不敢或離一刻。

又過了一炷香，數聲長嘯破空，那五名親兵沿著隘口處的棧道飛奔而回，領頭人奔到岑逑和張恆馬前屈膝跪下，高聲稟道：「岑將軍、張將軍，據屬下等人越過隘口前行百十丈查探，並未發現任何魏賊伏兵。」

此語話音未落，張恆臉色一鬆，放開緊握腰間刀柄上的手，抹了抹額頭上的冷汗，嘻嘻笑道：「原來只是虛驚一場。」

岑逑卻沒這麼輕鬆，臉色依然似鐵鑄般凝重肅然，駐馬沉思片刻，又問領頭親兵道：「你可當眞看仔細了？」

親兵神色篤定地點點頭，「不僅屬下，就連一同前去的其他人也都仔細察看過。」

岑逑聽了，這才向後邊招招手，示意運糧車隊繼續前行，轔轔聲響霎時大作，蜀兵押送的運糧馬車又開始向前緩緩行進。

見狀，張恆也揚鞭輕擊馬身，跟著岑逑往前馳去，同時不以爲然地對岑逑笑笑道：

「岑兄，你實在太過謹愼，這條糧道我們早已走過不下十數次，可每一次你都要搞得這般緊張兮兮。」

岑述放馬而行，一邊目視前方沉沉嘆道：「唉，張兄，你又不是不知道這批糧草是何等緊要，它們可是我大漢十餘萬北伐大軍的命根子！岑某和張兄兩個人耐著性子在成都城裡苦苦等候七天七夜，才終於盼到尙書令大人下令撥糧。先前丞相和姜維將軍來信催了岑某四、五次，弄得岑某一個頭兩個大，幾乎看到信件就怕，現下糧食到手，自然絲毫不敢耽擱，生怕耽誤丞相的北伐大業。」

說著，他又深深吸了一口長氣，很認眞地對張恆說道：「總而言之，一句話，你我都得極爲小心保護好這批糧草，絕不能出半點差池。」

「岑兄說得是！」張恆點了點頭，微一沉吟，似乎想起了什麼，又道：「對了！這一次回成都調糧，張某總覺得尙書令大人有點陰陽怪氣的，把我倆晾了七天七夜不聞不問，如果不是蔣琬大人和董允尙書親自帶著我倆到他府上催辦的話……這批糧草他不知道還要拖多久才會撥給我們。」

岑述連連點著頭說道，臉上表情卻是隱有重憂，「唉！這些事情過去就別提了，要不然岑某心底一團邪火始終散不去。既然張兄知道這批糧草得來不易，就要打起十二萬分精神，切莫辜負丞相重託。不瞞你說，這一路上岑某總是不大踏實，老是爲這批糧草捏著一大把冷汗呢！」

張恆一聽，不禁睜大雙眼，看著岑逑愣了片刻，忽地噗嗤一聲，在馬背上笑得前俯後仰，「岑兄，你眞是……你我二人是要小心，可千萬別變得膽小如鼠啊！」

岑逑急忙搖了搖頭，「你不知道，岑某總覺得說不定要出什麼岔子……瞧我這烏鴉嘴！」說到這裡，啪地伸手打了自己一個嘴巴，看向臉色有些驚愕的張恆，淡淡一笑，「岑某自然希望這預感是錯的，全是自己嚇自己……」

突然間，錚的一聲，張恆抽出鞘中寶刀握在手上，滿面肅然地望著前方，冷聲道：「別說了，岑兄，再說下去就連張某都要心頭發緊了。在下明白應該小心爲上，但這時即使眞發生不測之事，都切忌自亂陣腳。前邊再過一兩處隘口，就能抵達平原地帶，離祁山自然也不遠了。」

岑逑沒有搭話，仍然瞻前視後、左顧右盼，似乎隨時都在提防著從哪個角落裡鑽出魏賊來。

隊伍小心翼翼地往前走上半個時辰，前邊又是一處隘口，只要順利通過此處，就能走上直通祁山的平原大道。

「沒事了！」

張恆望著三十餘丈外的那個隘口，胸膛裡一直懸著的心這時才放了下來，對岑逑微微笑著說道：「馬上就要到安全地帶，大家都不用再怕了。」

然而，岑述皺著眉頭沉著臉看向那個隘口，沉吟了片刻後，驀地咦了一聲，問張恆道：「張將軍，岑某記得平日裡經過這道隘口時，一直都有人把守，怎麼今天夜裡全沒了蹤影？」

張恆聽了，立刻反應過來，狐疑道：「是啊，這裡平時守著好幾百名士卒才對，怎麼一下子什麼人都沒有？」

他二人正驚疑之際，忽聽得嘡嘡嘡一陣鑼響，隘口處猝然炬火通明，照得四下裡亮如白晝。凝神看去，竟是數百名蜀兵「從天而降」，從隘口兩側的峭壁後面紛紛躍出，向著他們這裡一邊歡呼著，一邊招著手。

張恆見狀鬆了一口氣，兩腿猛地一夾馬腹，當先迎了上去，一邊嚷嚷道：「嘖！老子說他們躲到哪裡去了呢，原來是想跳出來嚇我們一下！老子這就上前教訓教訓他們，眞是群沒規矩的傢伙！」

他正自說著，陡然覺得自己胸口一痛，低頭一看，憑空飛來一枝利箭倏地射穿他胸前的護心銅鏡，深深插進他的心臟！

愕然中，張恆伸手掩住胸口中箭之，鮮血從他的指縫間汩汩流出，勉力抬頭往前一看，隘口處那群「蜀兵」站在炬火掩映之下，正彎弓搭箭瞄準自己這邊！

張恆頓時明白了過來，急忙扭頭向著後頭正欲跟上前來的岑逑用盡全力喊出最後一句話，「別跟來！他們是魏賊假扮的伏兵……」

大風從魏蜀交戰中心區上邽的麥原上掃過，吹得那一眼望不到邊的黃黃綠綠麥浪翻翻滾滾，在陽光下鮮亮得有些刺眼。此時，若有人登高俯瞰，必定能見到上邽周圍的山坡麥地裡，全是東一塊西一片的焦黑枯黃。不消說，自是鄧艾先前下令燒掉的熟麥灰燼。

迎著颯颯朔風，諸葛亮披著斗篷走出帥營，靜靜地在麥原上漫步散心，身後跟著腰佩長劍的姜維，如影隨形、寸步不離。

與二人隔原相望的便是上邽門戶小隴山，山上駐紮著五萬魏軍。

十日前，他毅然留下數萬大軍圍住祁山作餌，引誘對方出戰上鉤，同時日夜兼程，火速趕到上邽，意欲搶奪對方糧倉，好補給己方軍伍。不料，對方早將一切計謀看在眼裡，及時追至，並在上邽原有的留守將士配合策應下迅速進駐小隴山營寨，對蜀軍形成俯攻之勢，大大制約且壓縮蜀軍在上邽的作戰空間，令蜀軍陷於被徹底監控的窘況。

諸葛亮想到這裡，不禁深深一嘆。

對方已經和自己的軍隊對峙將近十天，只要蜀軍軍隊到上邽原割麥，居高臨下的敵軍便立刻傾巢出動，猛力攻擊，始終使自己的隊伍無法收割到足夠糧食。同時，對方又從不與己方主力部隊進行大規模正面交鋒，只像隻毒蛇般遊走侵擾不休。

這麼一折騰下來，縱使蜀軍兵馬遠勝魏軍且呈圍迫之勢，但由於魏軍據有地利，反而一直掌握主動權。

他遠遠望向見對方軍營上空高高飄揚繡著「司馬」兩個巨字的軍旗，不勝惆悵地搖頭，自言自語道：「想不到我諸葛亮統領精兵十餘萬，縱橫天下，卻拿司馬懿這個奸猾無比的老烏龜束手無策！」

姜維站在諸葛亮身後也暗暗咬牙，沉聲道：「這司馬老兒真是枉稱魏國大帥，卻是膽怯如鼠，只知躲在營寨裡不敢出來應戰。丞相，乾脆我們明天指揮大軍從小隴山腳下發動攻擊，看他到時還下不下山應戰！」

聞言，諸葛亮略略沉吟，輕輕一擺手，「匹夫之勇，何足為恃？小隴山地勢險要，居高攻下易，居下仰攻難，只怕他們還沒有正式下山，我們便已損失大半精銳，衝動實不可取！」

說到這裡，他的語氣頓了一下，又道：「你記住，司馬懿可不是簡單的對手。聽魏國內部的探子報告，司馬懿在偽魏朝中向來以剛明勇毅、殺伐決斷的行事風格聞名，手段從來也多是雷厲風行、鐵腕無情。可他一到關中與本相對峙後，卻是一味隱忍沉潛，多方示弱，行事瞻前顧後，一派小心翼翼的作風，幾乎與本相以前聽到的印象判若兩人，你可知這是爲何？」

姜維搖了搖頭，臉上表情一片茫然。

諸葛亮沉默片刻，悠悠說道：「這說明司馬懿正在韜光養晦。正所謂『鷹立似睡，虎行似病』，他一直試圖麻痺本相，一直伺機而動。待到時機成熟，他便會對本相猝然發起最後的致命一擊！而且，爲了這最後的致命一擊，他可以像韓信那樣俯身甘受胯下之辱，也可以像勾踐那樣咬緊牙關臥薪嚐膽！這一切的一切，豈是其他對手能做得到的？唉，想不到本相此番北伐，竟遇此勁敵，實乃大漢之不幸也！」

說著，抬起頭來望了望天際，卻見得浮雲當空、紅日隱隱，不禁悵然道：「僞魏境內前不久發生郭太后一黨與曹氏宗親兩股勢力猝然受挫事件，朝局動盪、人心不穩。我們本來是可以利用這些大作文章，但沒想到這麼大的兩個亂子，最後竟然被化解於無形，僞魏江山依然固若磐石，莫非眞的是魏賊氣數未盡？那麼，本相提兵北伐之舉當眞是過於操切了。」說罷，滿面愁雲，揮之不去。

突然，諸葛亮似乎想起什麼似的，轉頭問姜維道：「前幾日李嚴來信，說岑述和張恆已經出發，一路運送糧草過來，算起來這一兩天內應該到了，怎麼還沒消息呢？還有，我們現在軍中餘糧還可應付幾日？」

姜維臉色沉鬱，「我們軍中現有的餘糧還可應付七日，再加上從上邽原裡搶來的糧食，最多也只能撐到第九天。若是岑述他們押送的糧草這幾日再沒到話，我們就有大麻煩了。」

諸葛亮用手中羽扇拍了拍自己的腦袋，自言自語道：「這幾日只顧著和魏賊挑戰、搶麥，竟把這件大事疏忽了。傳本相命令，讓王平速帶一萬人馬急往漢中接應岑述他們的運糧隊伍，千萬不能發生任何意外。」

姜維應了一聲，便欲飛身離去。就在這時，忽聽得一陣急促的馬蹄聲響從二人身後傳來。諸葛亮回頭一望，見一名小校從大營那邊飛馬馳來。

小校奔到近前，滾鞍下馬，顫聲道：「丞相，大事不好了！岑述將軍他們從成都押送過來的糧食，在半途中被一支不知從哪裡冒出來的魏軍搶了！護糧將軍張恆臨陣戰死，運糧的八千人馬亦損傷殆盡，只剩下岑述將軍和幾百名蜀軍兄弟拼死力戰，才殺出重圍趕來向丞相報告。岑述將軍自知無顏來見丞相，現在正負荊自縛於大營內，聽候丞相發落。」

這番話猶如晴空一個驚雷，震得諸葛亮臉色大變，全身晃了幾晃，險些跌倒。

第 5 章

將計就計

諸葛亮沉吟片刻，伸手接過那封信札，慢慢拆開，認真仔細觀閱，看著看著，臉色陰晴不定，變得十分複雜，口中還喃喃自語起來……

姜維大驚失色，跨上一步，急忙伸手扶住搖搖欲倒的諸葛亮，帶著哭音喚道：「丞相！丞相！」

諸葛亮臉色蒼白如雪，勉力站定了身形，靜立片刻，仰天長長一嘆，緩緩說道：「本相現在才明白，原來司馬懿最後致命一擊便是到我們背後去劫北伐大軍的糧草，厲害厲害……唉，本相應該早就想到！這次運糧過來，本相只顧著去和魏賊搶佔上邽，竟忘了派人去接應岑述他們，實在不該這麼大意的！」一邊喃喃說著，一邊連連頓足。

姜維急道：「丞相勿憂！我們可速速派人回成都，讓李嚴再次調運糧草過來。」

諸葛亮神情黯然，輕輕搖頭道：「李嚴來信聲稱此番押送過來的糧草足夠我十萬餘大軍食用兩個月，幾乎已傾盡國中糧庫底子，他再也籌不到多餘糧食。唉！這次竟被魏軍悉數劫去，實在損失慘重。而且就算李嚴又能飛快運糧過來，司馬懿一樣還是會堅守不戰，拖到我們再次彈盡糧絕，不攻自退！」

姜維一聽不由怔住，囁嚅道：「既然如此，這……這該如何是好？」

諸葛亮不再多言，讓胸中激盪的心潮慢慢平復，舉步緩緩向大營走回，其實他心底還有些話沒對姜維細說。

前天，留守成都的丞相府主簿蔣琬來了一封密信，告訴他李嚴似乎得到宮裡的支持，竟然將國庫中用來戰時備急、換取糧食軍械的三十萬匹蜀錦，擅自拿去交易，從東吳換成許多珍珠美玉、玳瑁象牙等高價珍寶，獻進皇宮取悅皇上。

這讓諸葛亮心中甚是震怒。他沒想到李嚴爲謀私利而刻意逢迎君心到了如此忘國滅公、不念社稷之本的地步，也沒想到皇上爲了貪圖一己之享樂，竟不惜聽取奸臣諂媚之言而大興奢靡浮華之風。

北伐出師未久，國內竟生出這等上昏下佞、荒怠無道之事，怎不讓諸葛亮心底的後顧之憂愈思愈熾？

想當年東周列國爭霸時期，越王勾踐爲求復國滅吳而臥薪嚐膽，甘受百苦，皇上如今身負光復漢室、一統天下之大任，豈可不效法古人，勵精圖治以求奮發有爲？一念及此，諸葛亮恨不能立刻身生雙翼飛回成都對皇上耳提面命一番。

這時，忽又聽得一聲馬嘶，又是一名小校騎馬飛奔過來，手裡似乎還高高揚著一封信札。諸葛亮一見，不禁停下身形，心中閃過一絲疑惑。

只見那名小校奔到他面前，一躍下馬，雙手捧上那封信札，「稟丞相，這封信札是我們剛才在半路上截下一名魏軍信使，從他身上搜出的，奉請丞相過目。」

諸葛亮沉吟片刻，伸手接過那封信札，慢慢拆開，認眞仔細觀閱，看著看著，他的臉色陰晴不定，變得十分複雜，口中還喃喃自語起來，「這上頭說的是眞的？也罷，姑且信他這一回，反正本相撤軍時向來都會留後招，將計就計吧！」

同一時間，司馬懿和司馬師父子二人正站在小隴山頂的瞭望台上俯瞰著上邽那一片麥原和麥原後面屯紮的蜀軍大營。

司馬懿遠遠看見蜀軍大營那邊的麥原上幾個黑點似的人影正在慢慢移動，便微微笑著用手指著他們，對司馬師問道：「師兒，你猜那幾個人裡有沒有諸葛亮？」

司馬師含笑道：「當然會有諸葛亮那廝，他此刻想必已經得知孩兒與牛金將軍一齊劫走他們的糧草，恐怕正急得像熱鍋上的螞蟻團團亂轉。糧草被劫，蜀軍必然人心大亂，不敢戀戰，父親為何不趁此良機立刻發起反攻？我們之前忍辱負重地等了這麼久，不就是盼著這天快快到來嗎？」

司馬懿微笑一擺手，淡淡道：「不必急在一時，再等一等吧。師兒，你把諸葛亮想得太容易對付了。老實說，憑我大魏關中大軍目前的實力，要想一口就把他們全部吞下，幾乎不可能。饑餓中的猛虎才是最可怕的，我想他肯定巴不得和我們拼命大幹一場，之後再風風光光地退回漢中去！」

司馬師詫異地問道：「那父親大人的意思真是要讓諸葛亮無糧自退，我們也不去主動追擊他們？莫非父親當真怕了諸葛亮？這幾個月來，我們和諸葛亮一仗不打便放他回去，恐怕陳群、華歆那一幫老頭又要藉機發難，百般羞辱父親了。」

「我會怕諸葛亮？」

聽到司馬師這番話，司馬懿臉上慢慢現出深深笑意。世人根本不知道，我司馬懿早就在二十多年前就和諸葛亮交鋒過，不過，不是在充滿刀光劍影的戰場上，而是在運籌帷幄之中……

那時，赤壁大戰剛剛結束，諸葛亮的「隆中對」成功實施，後爲魏國謀士界矚目。而當時，司馬懿才剛進入曹操的智囊團，官居丞相府軍司馬，只負責掌管丞相曹操的軍旅後勤工作。

一向愛好謀劃大事的他，怎麼會放過仔細研究「隆中對」方略的機會？經過深思熟慮，他洞察到「東和孫權，北拒曹魏」是這一方略的核心內容，欲破「隆中對」，必先破壞吳蜀聯盟——諸葛亮抓住「和」字大作文章，曹也可以抓住一個「離」字狠下功夫！司馬懿想，亂世之中，人心易變，有利則合，有害則離，此乃人之常情。況且吳蜀聯盟中不利於團結的因素太多，如關羽對吳人的驕橫態度、吳將對蜀人的強烈不滿……等，只要抓住時機便可一舉破之。

機遇總是垂青於那些有準備的頭腦，這些策略，他雖思之爛熟，卻深藏不露，耐心地等待合適的機會將它們拋出來一鳴驚人！

時隔十年，到了建安二十四年十月，蜀將關羽率軍從荊州出發，北進中原，一路上連戰連勝，鋒芒直指許都。曹操支撐不住，便召集群臣商議準備遷都以避關羽銳氣。

見曾在曹操面前大言炎炎的同僚們在蜀軍強大攻勢的震懾下嚇得唯唯諾諾、一籌莫展，司馬懿知道自己脫穎而出的機會已經到來。他靜了靜心神，從亂成一團的百官群中挺身而出，向曹操進言道：「都城乃國之根本，絕不可妄遷。丞相鎮之以靜，自可安定人心，至於關羽來犯之事，臣另有一計可以退敵。」

華歆、賈詡等一干大臣乍見司馬懿越眾而出，已是十分驚訝，又聽他說自有妙計退敵，個個面面相覷，甚是不信。當然，對司馬懿這番超常之舉，心存譏笑者大有人在。

曹操冷冷說道：「講來聽聽。」

場中驀地靜下，司馬懿臉色平靜地侃侃談道：「劉備、孫權從外面看似乎連成一氣、無隙可乘，但其實他們內部並不團結。據臣所知，劉備強佔東吳的荊州，孫權對此耿耿於懷。這一次，關羽輕躁北進，耀武揚威，大出鋒頭，孫權豈會樂意？依我之見，不如立刻派出使者奔赴東吳，勸說孫權從關羽背後進行狙擊，我軍再從正面實施反擊。屆時關羽腹背受敵，必亡無疑，又怎能再危及許都？」

曹操大喜，依計而行。果然，不出兩個月工夫，吳將呂蒙白衣渡江，一舉奪回荊州，斬殺關羽父子，解去曹軍燃眉之急。司馬懿亦因此計成功施行，蒙獲曹操賞識，成為曹操身邊的重要謀士，進而青雲直上。

這便是司馬懿從戰略層面和諸葛亮的第一次交鋒，不僅完全瓦解諸葛亮的「隆中對」方略，而且還在吳蜀之間的聯盟關係打進一根不容忽視的暗釘，使他們自此種下心結，再無可能眞心誠意地合作，建立在利益之上的合作，自然不可能長久。

吳蜀不和，便是曹魏這邊強力發展的機會，對司馬懿來說有益無害。他甚至想過，只要有朝一日自己能掌握兵權，吳、蜀兩國的滅亡只是時間先後的順序而已。

司馬懿心底冷冷笑著，二十多年前諸葛亮在戰略上已敗一次，在二十多年後的現在，又被我劫走糧草，陷入進退失據的驚慌中，結果已毫無疑問，諸葛亮早非自己心腹之患，從此不足爲懼。以當前形勢來看，眞正能危及自己的，倒是站在自己身後曾經給予自己全力支持的魏室！

自己現在做好與魏室正面逐鹿爭鋒的準備了嗎？還沒有啊！我在關中大軍之內根基未穩，也還未曾開始著手肅清異己，樹立自己獨霸關中的絕對權威，這一切的一切，都需要時間。

司馬懿仰面朝天，在心底悠悠長嘆，事有輕重緩急，現在只能暫捨外寇，力平內患，待徹底剷除朝中牽制自己的一切阻力後，再來滅蜀吞吳，一展自己的雄圖偉略！

他慢慢轉過身來，靜靜地看著司馬師，突然問道：「哦，對了，為父昨天交給你的那封信函可是送出去了？」

司馬師見父親避開關中戰事不談，卻問起昨天他寫信給遠在長安的三叔司馬孚的那封信函，心頭頗感意外，便點頭答道：「父親問的可是寫給三叔的那封信？昨天下午師兒就派人送出去了。只是師兒有些不解，父親大人為何要特別交代送信的信使不走秘密偏僻的小徑，反走引人注意的官道？這很容易被蜀軍發現並逮住，到時消息外洩了可怎麼是好？」

司馬懿哈哈大笑道：「師兒，你以為這封信眞的是寫給你三叔的嗎？為父從一開始，就是要讓信使被蜀軍逮住的，說得更明白一些，為父這封信是寫給諸葛亮看的！」

司馬師一聽大為好奇，「寫給諸葛亮的？父親信中寫的是什麼內容？可否告知孩兒一二？」

「現在暫時還不能說，你自己認眞去猜一猜吧。」

司馬懿一邊高深莫測地說著，一邊慢步走下瞭望台，「依為父看來，五日之內，諸葛亮十萬餘大軍便會全線撤退，我們還是先做好如何正確應付的準備吧。」

第6章

借刀殺人

木門道一戰，消滅蜀軍一萬二千餘人，然而魏軍付出的代價也相當沉重：關中副帥、征西車騎將軍張郃在此次激戰中被蜀寇弩箭射中，壯烈殉國。

黃昏時分，向來是上邽原最爲喧鬧的時候。

駐紮在這裡的蜀軍這時通常都會得到長達半個時辰的自由活動時間，散步的散步，練操的練操，幹活的幹活，讀書的讀書，聊天的聊天，一派自得其樂的模樣。

然而，今天上邽原的黃昏卻異常沉寂，再仔細看，便會發現規模浩大的蜀軍隊伍正井然有序地朝上邽原南邊走。原來，他們早在四日前便開始準備撤退事宜，最終諸葛亮下令，今日全軍撤離上邽原。

上邽原，這一片富庶廣闊的露天糧倉，被落日鍍上一層燦燦的金光，沉默地屹然而立，目送著一隊隊蜀國將士的黯然離去。

諸葛亮坐在馬上，情不自禁地回頭張望身後的上邽原，目光中有些懊惱，又有些憂傷。他望見小隴山高高的魏軍瞭望台上人影綽綽，面貌雖看不分明，但他知道，司馬懿必定就在那群人當中，正注視著自己和蜀國大軍的離去。

這時司馬懿正站在瞭望台上俯視著龐大而漫長的蜀軍部隊一排排地從視野中遠去，一直不曾說話。

自從昨日探到蜀軍即將撤退的消息，司馬懿便派出鄧艾、魏平二人領著一支精兵守在上邽原出口要道附近，負責嚴密監視並回報蜀軍動向。如今證實諸葛亮及所領蜀軍終於離開，他卻絲毫沒有喜悅之情，臉上表情反倒變得越來越凝重。

魏軍諸將在一旁觀察著，也各想著各的心事。從今晚開始，他們必須面對這樣一個事實：魏國最難對付的勁敵終於退卻，他們卻即將進入關中大軍的「司馬懿時代」。

戰爭時期，一致對外的意識占了主流；戰爭結束後，先前那些被掩蓋被沉澱被忽略的東西將不可避免地浮出水面。他們中間，有的人將不得不對以前自己的某些言行付出應有的代價，自然有人也將爲自己以前的另外一些言行得到應有的回報。

在一片沉默中，司馬懿忽然開口說了一個字，「聽。」

諸將個個側耳傾聽。稍頃，司馬懿又問道：「你們聽到了嗎？」

費曜、牛金、郭淮等人茫然對視，不知該如何回答，他們已經努力傾聽，卻只聽到一片夜色將至的寧靜，並無特異聲響。在一片靜默惶惑中，只有張郃一個人道：「屬下聽見了。」

司馬懿聞言，扭頭看向張郃，目光中掠過一絲說不出的驚詫欣賞，「張將軍聽到了什麼？」

張郃正色回道：「屬下聽到一名將帥應該聽到的。」

司馬懿一聽，表情略微複雜地點頭，「張將軍深知我也。」隨後靜思片刻，又道：「大家看。」

於是乎，諸將再次紛紛注目遠視四方。

片刻後，司馬懿又問：「你們看到了嗎？」

衆人互相茫然對望，個個眼中依舊一片空白，明明他們已經努力觀察，卻只看到一片空曠的原野，並無任何特別的景象。

然而，張郃依舊再次接下話，「屬下看到了。」

司馬懿再一次深深地凝視著他，「張將軍看到了什麼？」

張郃再一次正色道：「屬下看到了一名將帥應該看到的。」

司馬懿緩緩點了頭，慢慢拍了兩下手掌，深深一笑，「說得好。」

二人前後的對話，讓諸將陷入漫天雲山霧海之中，全然不解一正一副兩位大帥究竟在打什麼啞謎，幸好他倆很快給出答案。

司馬懿向張郃點頭示意，張郃也不客氣地站到台前，指著遠去的蜀軍輕嘆道：「諸君請看，諸葛亮十萬雄師一夕撤回，勢如大山潛移般無聲；十里連營亦一夕拔之，勢如大河暗流無形。由此可見，其用兵之術分明已達至『靜如山而動如水』的境界，豈能不令我等望而生畏？」

此語一出，諸將這才醒悟，爲何司馬懿見蜀軍撤退之景卻不喜反憂，再仔細一想，心頭也開始憂慮起來。試想，諸葛亮的千軍萬馬僅僅花了兩個時辰便能全數撤離，自始至終不發出一丁點聲響，這說明了什麼？而且留下的數十里營址，更收拾得乾乾淨淨，不剩一些雜物，彷彿根本無人來過，這又說明了什麼？

司馬懿長嘆一聲，「我們當眞要向他們學習呀……」

然而，上邽原邊上的那十萬蜀軍卻聽不到司馬懿的這一聲由衷的感嘆。

太陽已經落山，蜀軍攜著功虧一簣的悲憤和深沉如海的寧靜，整整齊齊地往漢中方向行進。整支部隊在天際呈現一幅幅黑色的巨大剪影，遠遠一望，彷彿一群群無聲的雄獅般，令人壓抑畏懼。

司馬懿打沉默，像是問諸將，又像是問自己，「現在，我們該怎麼辦呢？」

先前連遭挫折的諸將一聽，立刻刷地將目光齊齊投向張郃。

張郃沉吟片刻，「依屬下之見，蜀軍此番的確無糧而退，必定不敢戀戰，但在撤退初期，我們不宜輕攖其鋒，待他們退得更遠一些，防心漸消、歸心漸起，加之又急欲補給糧草，在途中自亂陣腳，那時我們便可乘機施以狙擊。」

司馬懿靜靜聽著張郃的言論，用手輕輕撫著胸前長髯，微微含笑。

旁人一見，都以爲司馬大將軍此舉是在對張郃的話進行肯定與讚賞。

然而，司馬懿外表看似不露聲色，心頭卻是思潮翻滾。對於蜀軍目前形勢的分析，張郃說得沒錯，而且字字句句直指要害、如矢中的，但原本行事低調沉靜的他，今天爲何卻急不可耐地跳出來指點軍事、自炫己長？

難道說，他和陳群、華歆已經在私底下達成什麼協定，只要能在此番禦蜀之戰中立下戰功，陳群、華歆便會在朝內與其遙相呼應，擠掉自己？目前正是禦蜀之戰的收尾階段，對他而言乃機不可失，他自然再也按捺不住……

一念至此，司馬懿的唇邊不禁掠過了一絲隱隱的莫可名狀的微笑，抬眼看著張郃，慢慢一點頭，悠然道：「張將軍智謀過人，實令本帥佩服！唉，本帥老了，行動也不夠靈便，這一樁奇功便請張將軍去立吧。」

緊接著，他臉色一凜，吩咐道：「張將軍聽令，本帥撥給你八千快騎，前去追擊諸葛亮！同時本帥自領大軍殿後，待張將軍在前方拖住蜀軍，使其疲憊不堪時發起總攻，以猛虎下山之勢將蜀寇一舉屠滅。」

諸將個個聽得興高采烈、意興昂揚。只有司馬師站在角落裡，乍聽父親說出這般「英勇果斷」的話，全無先前的畏首畏尾、謹慎多慮，心頭不禁爲之一震，只是暗暗跺腳，心底感嘆自家父親行事當眞神鬼莫測。

另一邊，張郃早已應了一聲，領令而去。

望著張郃領令後匆匆走下瞭望台的背影，司馬懿不言不動，雙眸深處飛快閃過一道寒光，如刀鋒般亮利刺人。

「張將軍，前邊就是蜀寇退入漢中的最後一道關隘，木門道。」

前來報信的探子聲音有些急促緊張地說道：「如果我們再不發起攻擊，諸葛亮就會不損一兵一卒全師撤回成都，那時候我們動手可就晚了。」

張郃聽罷，勒住乘騎的戰馬，抬眼望見前方木門道兩邊的懸崖峭壁，看著崖上樹影幢幢一片蒼茫，有些猶豫起來，沉吟道：「你說得沒錯，可我們前來追襲的騎兵只有八千人，蜀寇留有兩萬多士兵斷後，本將豈敢孤注一擲？還是再等一等吧，司馬大將軍的後續軍隊很快就會趕到了。」說完，便揮手示意讓騎兵們暫時停下。

這時，他身邊一名偏將卻低聲嘀咕道：「張將軍一向勇猛過人，難道這段時間以來跟在畏蜀如虎的司馬大將軍身邊，竟也變得有些膽怯了嗎？」

張郃的耳力一向十分敏銳，對這名偏將的嘀嘀咕咕聽得清清楚楚。他倒不會爲自己被手下譏諷而嗔怒，只是有些捨不得眼睜睜看著數萬蜀寇就此退進木門道逃過一劫。如此一來，自己在今年禦蜀之戰中可就當眞無任何功績可言。

張郃腦中思緒翻湧，亂七八糟地交織在一起，靜了半晌後猛一咬牙，拔劍出鞘，振臂大呼道：「衝！衝上去滅了蜀寇！」

一聲令下，身邊的八千鐵騎立刻如旋風般疾衝而出，撲向正緩緩退進地形如峽谷口般狹窄險峻的木門道蜀軍。

就在這一瞬間，排在尾部的蜀軍突然齊齊回轉矛頭，列成一片方陣，挺身而出，同時只聽木門道進口兩側的懸崖峭壁頂上乍然鼓聲大作、旗幟飛揚，無數蜀兵躍身而起，殺聲震天地攻出。

剎那間，滾石如雨點，箭矢如飛蝗，火炮似天雷，鋪天蓋地向山腳下的張郃和他的八千騎兵壓下。

張郃大驚，還沒反應過來，手下的八千騎兵已死的死、傷的傷、逃的逃，頓時潰不成軍。正當他驚疑之際，卻聽前面又是一聲炮響，不禁驚慌地抬頭望去。

只見對方戰陣中馳出蜀將魏延，挺槍躍馬，直撲過來，口裡還哈哈大笑，「丞相果然神機妙算，料定你們魏賊必會尾襲，早已在此布下天羅地網。張郃，你今日是插翅難飛，在劫難逃！」

張郃急忙猛力揮手，大喝道：「諸將聽令，暫緩進攻，速速退守！」可惜，鏗鏘有力的聲音已被戰場上的人喊馬嘶刀槍交鳴淹沒，任憑他如何喝令，也全然控制不了這團亂戰局面。

就在這時，又是一片喊殺聲起，張郃卻不敢再回頭去看，仰天長嘆道：「想不到我張郃戎馬一生，南征北戰、縱橫中原，今日卻腹背受敵，被蜀寇陷害於木門道下。」

他身邊的那名偏將轉頭一看，卻不禁驚喜交加，「張將軍，司馬大將軍的大隊人馬趕到了！」

張郃一聽，心頭劇震，急忙回過頭去，見到一排「魏」字大旗高高飛揚，司馬懿、司馬師父子衝鋒在前，郭淮、魏平二將護在兩側，千軍萬馬奔騰衝殺而至，當眞是魏國援軍到了！

張郃頓時大喜過望，轉身勒馬向衆騎兵喝令道：「衆騎兒，殺上前去！打他們個落花流水！」喊完，又一馬當先地迎上魏延。

不料，猝然間嗖的一聲，一枝利箭不知從何處破空而至，正中張郃右膝。

張郃立覺這枝利箭入肉甚深，然而卻不似普通利箭那般令人劇痛，只是感到右腿一陣陣痲癢。他低頭一看，不由得大驚失色，自己的整條大腿瞬間已腫成小水桶般粗，這是枝淬上劇毒的利箭！

張郃毫不猶豫地將右手手中寶劍一揮，嚓的一聲，劈斷粗腫起來的大腿。然而一切都遲了，箭毒太過厲害，在他體內蔓延極快，早已侵入胸腹之間。他頓時覺得腦中一陣眩暈，噹的一聲，寶劍已再把持不住，脫手落地，同時整個人在馬背上晃了幾晃，頹然跌落。

跌落塵埃的那一剎那，他看到了司馬懿探到自己眼前的那張佈滿焦急之情的臉，還有他臉上那溝壑縱橫的一道深深皺紋。他努力掙扎著想對司馬懿說什麼，卻覺自己喉管似乎被人扼住，什麼話也沒能說出來，在一陣晃晃悠悠虛虛浮浮的感覺中，他眼前一黑，什麼也不知道了……

木門道一戰，消滅蜀軍一萬二千餘人，繳獲輜重無數，戰績自然是輝煌的，就連大司馬曹真在世時，滅敵最多的一次也不過才八千蜀軍。

然而，縱使這項戰績之輝煌前所未有，然而魏軍付出的代價也相當沉重：關中副帥、征西車騎將軍張郃在此次激戰中被蜀寇弩箭射中，壯烈殉國。

第7章

疑忌再起

華歆一聽心頭狂震，神情如遭雷擊，驀地一口瘀血噴出，手中紫竹杖脫手落地，發出啪的一聲清響，緊接著身體軟軟倒下。陳群撲了上來，伸手捧著華歆蒼白如紙的面龐，大失儀態地哭喊起來……

御書房內，曹叡兩眼緊盯著關中方面送回的戰報和司馬懿親筆書呈，對張郃犧牲一事的謝罪信，沉默不語。許久後，他才將兩封奏表放回案上，臉色木然地對侍立一旁的孫資、劉放問道：「木門道之役和張郃之死，以及我軍的最終勝利……兩位愛卿如何看待呢？」

孫資、劉放互視一眼，低聲道：「陛下，張郃已死，您也不必過於在意，還記得今年年初天降彗星的凶象嗎？術士們當時便說，此番天象象徵今年必有兵災，必喪大將……當初衆臣以爲三月份時曹大司馬的病死與天象有關，現在看來，預言是指張將軍殞身殉國，這是天意啊！」

曹叡一語不發，片刻後才緩聲道：「你們出去，朕要一個人好好想一想。」

孫資、劉放急忙應了一聲，小心翼翼、恭恭敬敬地退了出去。

二人出得御書房來，無聲地往前走了十幾步，忽而不約而同地停下了身，悵然若失地對視一眼，環顧四周並無他人，才各自吁出一口長氣。

劉放神情甚至有些呆滯，愣愣地抬頭望向遠方，語氣略微低迷，像是問自己，又像問著孫資，「孫兄，看剛才皇上那態度，我們是不是對司馬大將軍過於偏信了點？他……他眞的是我大魏的棟樑之臣嗎？」

孫資唔了一聲，並沒有立刻答話，雙眸微閉沉思，良久才睜開雙目，眼神明亮如劍，緩緩道：「現在談這些還有意義嗎？劉兄，你我在朝中向來力挺司馬大將軍，對其他文武大臣而言，我們早就是『司馬黨』的一員了。我們已經別無退路，只能和司馬大將軍一榮俱榮，一損俱損。」

「啊？」劉放聞言一愣，「可這……」

孫資侃侃而言，「其實，這也沒什麼，依小弟料想，司馬大將軍文能安邦、武能護國，行止間進退有據，絕不會成爲像王莽那樣的『奸雄』，也不會成爲董卓那樣的『梟雄』。嚴格說來，他是一位『儒雄』，是我們天下儒士中數百年難得一見的奇才！你我既俱是同爲儒士出身，助他成就大業有何不對？總比當年的張良、范增不得不屈身幫劉邦、項羽那般村夫莽漢好吧？」

「再者，從目前司馬大將軍的所有形跡上來看，他是無可爭辯的棟樑之臣，始終毫無瑕疵。說得再直接些，即使他深懷異志、居心叵測，但你我心中比其他人都清楚，如今能將我大魏凌駕於吳賊、蜀寇的強勢地位穩定保持下去的人，恐怕只剩這位司馬大將軍了。我們現在的鼎力支持，又何嘗不是一種爲國分憂、爲君解難的行爲？但求問心無愧便行。」

劉放輕輕一嘆，伸手用力彈了幾下衣袍，語氣裡帶著些許無奈和淡淡迷惘，「是啊，現在你我也只能這樣想了。」

孫資、劉放離去之後，曹叡便把自己獨自一人關在御書房裡，什麼人也不見，捧頭沉思一下午後，終於在黃昏時分起身打開房門，準備到御花園裡透透氣。

才剛開門，便見門外守著一名宦官，趨前躬身稟道：「陛下，司空陳群、太尉華歆兩位大人已在殿外求見多時，奴才怎麼勸也勸不走，請問陛下今日見還是不見？」

曹叡背負雙手，在御書房門前來回踱了幾步，忽然長長嘆了口氣，「傳他們來見朕吧。另外，不許任何人近前打擾。」說完腳步一轉，又回身進了御書房內。

陳群、華歆一進御書房，立刻雙雙在地長跪不起。

見狀，曹叡大吃一驚，急忙上前親自來扶，「兩位卿家這是為何？快快請起！你們於朕而言如師如父，萬不可行此大禮。」

卻見白髮蒼蒼的華歆一手扶杖，一手撐地，顫顫巍巍哆哆索索地抬起身來，正視曹叡說道：「大魏危矣，社稷危矣！老臣在此冒死懇請陛下乾綱獨斷、力挽狂瀾，儘快剷除我魏室巨奸！」說完，便低頭朝漢白玉鋪成的地板上連連叩去，一時間書房內砰砰聲直響，額角立馬鮮血直流。

聞言，曹叡不禁熱淚盈眶，俯身伸手扶住華歆，哽咽道：「華太尉，你何必如此？誰……誰又是魏室巨奸？」

陳群在一旁接過話來，靜靜說了一句，「陛下，這個人還需要我們點明了說嗎？陛下應該知道他是誰。」

曹叡一驚，顫聲說道：「司……司馬……你們該不會以爲他就是……」

陳群臉色肅然，冷靜道：「不錯，司馬懿心計深沉、借刀殺人，害死張郃將軍；司馬懿含沙射影、揑造謠言，箝制曹氏宗親；司馬懿建功立威、籠絡人心，竊取了軍政大權。這三條事實擺在眼前，若他並非我魏室鷹揚之臣，還會有誰是？」

曹叡深深看了陳群一眼，「你們說他是奸賊，他就是奸賊嗎？那如果他說你們才是奸賊，你們又有何話說？總得拿出證據才行。」

陳群面不改色，緩緩說道：「證據？拿一個多月前那個驚天謠言來說吧，我大魏舉國上下爲此不安惶亂，這謠言最後直指東阿王，將他打落谷底。雖然謠言從何而來目前還查不出，但因這個謠言獲利最大的是誰，我們卻一目瞭然！一旦東阿王被打擊得越悲慘，得意的就是司馬氏。」

曹叡臉皮一陣抽搐，隔了片刻才道：「繼續說下去。」

「還有方落幕的木門道之役，張郃將軍中箭而死一事……」

陳群蹙起眉頭，繼續分析，「據老臣得到的消息，張將軍只是右膝處中了一箭，並未射中其他要害，照理來說應無大礙，但張將軍卻因此喪命，可見中的鐵定是毒箭！問題是，當時蜀寇放那麼多箭射傷我大魏士卒，關中方面並不曾報告有人因中毒箭而死，那這戰場上唯一一枝毒箭究竟從何而來，當中難道沒有任何蹊蹺嗎？又爲何偏偏射中張將軍？眞相豈不是昭然若揭？」

之前，曹叡心裡便是這麼想的，現下聽見陳群一針見血的分析，原本平復的心又立刻突突猛跳，臉色大變。過了許久，他的表情才又恢復平靜，深深嘆道：「依卿之見，事已如此，朕當如何？」

陳群一咬牙，一時間也顧不得許多，便直截了當道：「對此鷹揚之臣，陛下只能是拔其羽翼，去其爪牙！因此老臣在此冒死上諫，懇請陛下即刻下詔，奪去司馬懿關中主帥一職，把他召回京城擔任虛職養老。」

曹叡聞言，淡淡笑了起來，「不錯，朕是可以馬上下旨召回司馬懿進京供職，但一旦撤掉司馬懿關中主帥一職，又有誰能代替司馬懿對付蜀寇？更不用說朕近日得到密報，據稱諸葛亮此番北伐受挫後，並未善罷干休，反而揚言明年又要大舉興兵進犯。」說到最後，語氣竟帶著一絲悲涼挫折。

「這……這……」陳群頓時語塞。

華歆急忙在旁插話進來說道：「那就請陛下奮獨斷之智、擴帝王之度，大膽起用東阿王曹植去代替司馬懿。」

曹叡聞言，臉色一暗，緩緩地搖了搖頭。

莫非皇帝還是在意先前的謠言風波？華歆急聲勸道：「陛下，此刻已是非常之時，您一定要有非常之識才行。」

曹叡抬頭望向高不可及的屋頂，黯然道：「晚了！東阿王自一個月前被貶斥後，便一直在床上臥病不起，朕派去為他診病的太醫回來稟報，說東阿王已病入膏肓，恐怕再撐不下去，最遲就是這個月底……」說著，他猛地恨恨一跺，高聲長嘆道：「是朕害了王叔！」

「什麼？」華歆一聽心頭狂震，神情如遭雷擊，驀地一口瘀血噴出，手中紫竹杖脫手落地，發出啪的一聲清響，緊接著身體軟軟倒下。

陳群撲了上來，伸手捧著華歆蒼白如紙的面龐，大失儀態地哭喊起來，「華太尉……華太尉！您若萬一不測，只剩我陳群孤零零一個人，如何撐持得了這朝中危局？華太尉，您千萬不能像曹大司馬那樣棄我而去！」

這時，曹叡也跪坐到兩人身邊，閉上雙眼，死一般沉默著，任腮邊兩行清淚無聲無息地緩緩流淌。

祁山腳下的平原上，秋風凜冽，草木枯萎。司馬懿披著一襲玄色披風，和他的長子司馬師神情悠閒地散著步，並且不時交換意見。

司馬師狡黠地向司馬懿眨眨眼，不無得意地笑道：「父親，孩兒猜到您寫給三叔的那封信函的內容了，看來，那諸葛亮正是及時繳獲這封信，才能『未卜先知』地在木門道設下埋伏，替我們除掉……」

「不要再談這個事了。」聞言，司馬懿眉頭微微一皺，「總之，一切都過去了，我們還是多想想要怎樣才能徹底整頓關中大軍，並且建好這一帶的軍屯吧。你三叔昨天才來信說過，他想把那條橫貫關陝、綿延千餘里的成國渠修牢，爲父覺得這建議很是正確。只要能修好這條大渠，便能引來渭河之水，那麼關中地域內的數十萬畝屯田也不用像往年那樣怕遇旱災了。」

司馬師聽了父親的話，不禁臉色端正，肅然道：「父親念念不忘富國強兵，令孩兒萬分敬服。父親胸懷天下，爲國爲民興利除害，實在是蒼生之福。」

司馬懿緩緩道：「你這番溢美之詞，爲父擔當不起，但你方才說的『心存富國強兵之念』一句，卻是你務必落實的原則。要知道，爾虞我詐、陰謀暗算不過是偶爾爲之的微末小技，談到肅清萬里、總齊八荒，最終靠的還是經天緯地的眞才實學。」

司馬師聽得臉上微紅，當下不再多言，靜靜跟在父親身後漫步前行。

來到平原邊一脈小河前，司馬懿驀然停下腳步，目光靜靜投在那河畔一棵棵柳樹上頭，良久無語。接下來，他一步一步走到那些似綠紗帳般青亮的蓬勃柳樹前，伸手輕輕撫摸那如絲般飄滑的枝條，眼底緩緩溢起瑩瑩淚光。

司馬師見狀，不禁疑惑地低聲喚道：「父親，您怎麼了？」

司馬懿目光微略渙散地定在遠方某處，用聽似平淡無奇的口吻道：「師兒，你可知道，這河邊的柳樹，是爲父二十年前隨太祖魏武帝西征漢中，路經這裡時親手栽下的。當時，這些柳樹的樹幹還不過像這枝條般細弱，現在卻已經長得如此粗壯蓬勃……時間當眞可以改變一切。」

說到這裡，他靜靜回頭，「當年，太祖武皇帝在這裡集結兵力擊敗妖賊張魯，面臨是否繼續向漢中腹地長驅直入的重大抉擇關頭，猶豫再三後仍無法下定論，索性召集麾下所有將領謀士到中軍帳內共商此事。」

「爲父那時年少氣盛，自負才識過人，便不顧自己身爲掾佐的低微身分越衆而出，大膽進言道：『劉備以陰謀詭計搞掉自己的同宗益州太守劉璋，本當坐鎭成都安撫人心，穩定大局，卻不識時務，跑到外邊和孫權爭奪荊州。兩虎相爭，可是我們難得的大好機會。爲今之計，我們不如乘著攻破張魯占取漢中的赫赫聲威閃電出擊，直接進軍蜀中，以雷霆萬鈞之勢，打他們一個措手不及。這麼一來，劉備、諸葛亮等人勢力必會土崩瓦解，巴蜀之地、天府之國也就自然輕輕鬆鬆落入我軍囊中。大好時機稍縱即逝，千萬不可放過。』……」

聽到這裡，司馬師不禁插話誇了一句，「父親所獻的這一計當眞是大氣魄、大手筆、大智慧！太祖魏武帝最後一定是採納了吧？」

司馬懿搖了搖頭，「若當眞採納就好了……爲父實在沒想到，魏武帝聽了此計後，不接受不打緊，居然還當著衆人面前諷笑爲父，『可惜老夫沒像傳說中的神仙一般長出兩條飛毛腿，好不容易才得到漢中之地，馬上又想著去搶佔巴蜀！』引得衆人哄堂大笑，此計最終不成……從那時起，爲父就發誓將來一定要當一個擁有足夠的力量來施行自己雄圖偉略的強者，絕不讓庸人蠢材或其他因素壓制自己的計劃！當時，若是太祖魏武帝最終採納爲父建議，如今我們也不用面對什麼僞漢蜀寇。」

聽著父親的話，司馬師頓時明白，難怪父親上次對鄧艾這位懷才不遇的異士青睞有加，原來是自己年輕時也曾有過「沉落下僚，爲上所輕」的類似經歷。難怪一直以來，父親總對那些璞玉型的人才看得極重極準，判斷更是從無錯誤，至於拔擢更不用說，向來不遺餘力地栽培著。

這時，司馬懿又伸手輕拍柳樹樹幹，慨然道：「爲父未曾想過，二十年後的今天，竟如當年魏武帝那般統領千軍萬馬重返此地，與當年因魏武帝拒我之諫而坐大的蜀寇一決雌雄，或許這就是天意吧？是上天註定要我司馬家族來肅清四海、一統亂局！」

司馬師急忙恭恭敬敬地垂手說道：「父親文韜武略天下無敵。肅清四海、一統天下的雄圖偉業，在您手中有何難哉？」

司馬懿聽了，並不答話，用手輕輕撫著那些柳樹，靜靜無語。

司馬師也在一旁肅然而立，耐心等待。

正在這時，一陣馬蹄聲響起，司馬懿留在大營裡的一名親兵騎馬飛奔而來，馳到近前，一躍下馬，「稟報司馬大將軍，聖旨已到，欽差大臣請您回去接旨。」

司馬懿頭也不回，自顧自地撫著柳樹，應了一句，「知道了。」隨後便不再出聲。

司馬師揮了揮手，示意送信的親兵先行上馬離去，見人走遠後，才走到父親身畔開口道：「父親，昨天昭弟來信，談到近來朝廷上下對木門道一役議論紛紛，其中不少大臣主張張郃之死與父親不無干係。據說陳司空、華太尉甚至密奏皇上，認為張郃之死是您處心積慮所為，目的是為了肅清異己，獨攬兵權，同時深深擔憂父親勢力將在關中逐漸坐大，稱霸一方，要求皇上將父親調離目前職位，還請父親不可不防。」

司馬懿慢慢轉身，冷冷笑道：「這些為父都知道了，為父還知道，在皇上狐疑時，是孫資的一番話才消緩他心頭猜忌。孫資對皇上說，『陛下年僅二十六歲，司馬大將軍今年都已經五十一歲，是衰朽之身，陛下富於春秋，又何懼他會坐大作亂？司馬大將軍終將死在陛下前面，又何必憑空猜忌這樣一位年邁老臣？』孫資這話雖然尖酸難聽，倒也不失為理智之語，才能淡化皇上心頭疑憚，保全為父。至於陳群、華歆那幫老朽，遇事只懂煽風點火，哪裡比得上孫資的靈動機變、左右逢源？師兒，你記得要向孫資等人多多學習才是，知道嗎？」

「父親指教的是，孩兒一定謹遵教導，不過，還請父親允許孩兒猜上一猜，皇上今日送來的旨意究竟為何。」

司馬師恭敬答話，見司馬懿點頭，便開始發表意見，「依孩兒看，皇上此番下旨，絕不會將父親調離關中，反而會在旨意中對您褒獎有加，至於所有警戒懷疑，都將轉為暗地進行。原因很簡單，從今年三月份父親出任關中主帥之職起，針對父親的爭議本就未曾停過，然而在此期間皇上一直都是全力支持您。再加上您在木門道殺敵萬餘，立下奇功，更證實皇上當初的用人方略無誤，所以皇上絕不會當著群臣的面打自己耳光，無緣無故便調您離開關中。但此番禦蜀之戰中終究還是折了張郃這員大將，因此皇上應會令欽差大臣暗中對您口頭訓示。不知父親以為孩兒所言當否？」

司馬懿一臉認真聽完他的話，表情略顯滿意，「師兒果真大有長進，思考也越來越周全，看來這幾個月來，你在為父身邊沒有白待。不過，你的分析只知其一，卻不知其二。其實，為父不會離開關中的最主要原因，並非皇上不想自落面子……」一邊說，一邊抬頭望向祁山另一頭的蜀國邊界，不疾不徐地解釋道：「只要諸葛亮這個魏國頭號大敵還在，為父在這關中前線的地位便穩如泰山，任誰也動搖不了，包括位處朝政頂端的皇上。」

司馬師一聽，不無擔憂地問道：「這麼說來，要是諸葛亮此番北伐受挫後，像吳國孫權那樣龜縮起來，從此不敢出頭挑戰了呢？關中若是回歸太平狀態，父親不就毫無用武之地了嗎？」

「這絕不可能。」司馬懿斬釘截鐵地說道：「你也許不瞭解諸葛亮，但為父瞭解他。他和為父都是同一類人，他絕不是那種甘心待在成都城中的朝廷裡低眉垂目、唯唯諾諾侍奉小皇帝的人。他的心思和為父一樣，只想經由對外征戰立功一途來鞏固自己在國內的大權。光從這一點來看，諸葛亮肯定會一再北伐，直至成功。」

「再說，為父不認為諸葛亮在木門道一役中算是失利。不錯，他損失了一萬多名兵士，但他可是獲得擊斃魏國大將張郃的成果！你想，當年漢主劉備都深為忌憚的張郃居然喪生在他手中，這對他在國內樹立自己權威一事將發揮何等重要的效用？這麼看來，他還應該感謝為父才是。」

「受到這一事件的鼓舞，諸葛亮還會養精蓄銳，捲土重來。既然狡兔未死，走狗又豈能烹？飛鳥未盡，弓箭豈能藏？因此為父可以斷定，皇上此番來旨只會褒獎籠絡，至於師兒剛剛說的示警，絕對不會出現，畢竟現在是皇上怕為父，不是為父怕皇上。」

最後，司馬懿不禁仰起臉來，望著天際那一縷悠悠浮雲，臉上現出深深悵然，「可是師兒，從今天開始，我們司馬家就眞的走上一條與曹魏決裂的不歸路了……照爲父想，原本不該如此的，魏武帝也好，魏文帝也罷，若是他們能像漢光武帝尊奉功臣般折節以禮，對爲父推心置腹，爲父又何必走上這條險路？難道古代傳說中伊尹輔商、姜尙佐周且善始善終的故事，就只能存於書簡，永遠無法在現實裡實現嗎？唉！爲父以前像你這般年輕時，也曾鄙視過太祖魏武帝挾漢而立的行爲，卻沒想到現在自己竟不知不覺走上和他相同的道路，眞是始料未及啊！」

驀地間，一聲蒼涼激越的清嘯破空而起，嚇了司馬氏父子一跳。兩人仰面朝天循聲看去，只見一隻雙翼高揚的山鷹從祁山另一邊沖天飛起，逆風高翔，在半空中不斷盤旋升騰，彷彿一道黑色閃電直直沒入已漸漸沉鬱的天際雲叢之中……

帝室沉浮

孫權等的就是張昭這番表態。
二十多年來，他從年近而立的青壯小夥子在江東一直打拼，
如今已是鬢角染霜的半百老者，
才終於據有江南四千里疆域，安安穩穩地當著土皇帝。
眼見曹丕廢漢稱帝、劉備自立正位，
心頭自然騷癢難撓，實在想過過被人三呼萬歲的「皇帝癮」！

第1章

周宣解夢

聞言，曹叡目光立似冰刀般冷冷剜在周宣臉上，牙齒咬得咯咯響，卻尚未失控。這些話若從別人口中說出，他早已毫不猶豫地令人拖出去斬了！

在三丈見方的煉丹室當中，一尊約莫近三人高的青銅丹爐巍然聳立，爐頂蓋上雕著一隻澄亮威武的金狻猊，齜牙咧嘴、活靈活現，看起來十分威猛。

金狻猊朝天昂首瞋目，口中冒出一縷淡青色的香煙，嫋嫋升上半空後並未散去，似細線般隨風遊移，顯得搖曳生姿，騰挪出千奇百怪的魚蛇蟲鳥形狀，令人訝嘆不已。

在丹爐一丈開外處，紫草蒲團上分別坐著兩位蒼髯長者，一位身著紅袍，一位身著白袍。卻見那紅袍長者靜靜仰望著那縷丹爐香煙，輕輕撫鬚而嘆：「周大夫這龍舌香聚而有形，歷久不散，實乃天下罕見的異香啊！」

那白袍長者似聽非聽，雙目微垂，眼縫間神光內蘊，不洩不蕩，恍若兩泓深潭難以見底。

「照蔣某看，論起周大夫您的焚香成形之技，幾乎可以與當年的敬侯荀彧荀令君之術媲美。」紅袍長者繼續稱讚，似乎對白袍長者的沉默毫無所感。

這時，原本一直沉默的白袍長者冷不防冒出一句話，「荀令君在世時，蔣大人您好像尚未出仕吧？是怎麼親眼目睹荀令君的香技的呢？本座倒是有些好奇。」

聞言，紅袍長者老臉不禁一紅，「這……這個嘛，蔣某曾聽司馬仲達繪形繪色地介紹過荀令君的焚香成形絕技，所以才想當然爾。」

白袍長者雙目一張，精芒直射，「呵呵，原來蔣大人只是『想當然』，那您這些讚語本座又如何受得起？再說，蔣大人今日屈尊移駕，恐怕不單單為了誇本座的焚香成形這雕蟲小技吧？」

那蔣姓長者聞言，臉上笑意微現，「周大夫當真慧眼無雙、洞察人心。蔣濟此番前來，確有幾事想請周大夫占卜。」

白袍長者是魏國太史令兼贊善宣化大夫周宣，星相易理占卜之術造詣在當今中原是首屈一指的絕頂高手，更受先帝曹丕恩寵，親掌皇室易象樞密，地位無人能取代。但因和皇家的親密關係使然，他極少在外拋頭露面，平日深居簡出，時時閉關修心習道，反倒是他的親傳弟子管輅，近年來聲名鵲起，朝野皆知，鋒頭幾乎快要壓過周宣。

身為諫議大夫的蔣濟，一向對星相易理之學頗感興趣，經司馬懿引薦，常來周宣府中討教，彼此各有啓發，漸漸變成無話不談的好友，平日交情不錯。

今天，周宣聽蔣濟有事要問，也不推拒，悠悠道：「蔣大人儘管坦誠相告，若本座能答覆，自然傾誠相告。」

聞言，蔣濟彷彿回想起什麼，臉上閃過一絲餘悸驚慌，長聲嘆道：「實不相瞞，蔣某近來惡夢連連，每日醒後，只覺心頭甚為不愉。日前蔣某做的夢更是驚異，夢見我蔣府後花園那片斑竹林白日猝然失火，火勢越燒越旺，彷彿直竄天邊，任家僕怎生撲打也始終不滅。蔣某醒來後，心神仍十分恍惚，頗覺不祥，才來特地請孔和（周宣字孔和）

為蔣某剖析，以辨吉凶。」

周宣聽了，右手在自己膝蓋上擱放著的那柄麈尾拂塵上面徐徐撫摸著，沉吟片刻，慢聲道：「竹林失火，燃升入天……唔，這確是一件可慮之事。蔣大夫，你近日可有胸悶肺痛的症狀？」

「有。」蔣濟一聽，點了點頭，「蔣某近來老覺得胸肺之間猶如壓著一塊千斤重石般，鎮日心悶不散，就別提多難受了。」

周宣略一頷首，又道：「那你也必然看過醫師了？如果本座所料不錯，大夫開的藥方應該是黃連、金菊等類主清熱化瘀的藥材吧？」

蔣濟頓時面露訝然之色：「周……周大夫，這……這樣的事您也斷得出來？」

周宣聞言淡淡一笑，拿起麈尾拂塵往自己身前輕輕一擺，「豈只如此，本座還能推算出，你今日光臨敝府前，必剛與他人發生過一場極為激烈的爭吵，還鬧得『上達天聽，轟動朝野』呢！」

「周大夫，你真是神人啊！」蔣濟一聽，登時嚇得連下巴都快掉下，「今日早朝，幽州刺史毌丘儉送來八百里加急快騎訊報，稱遼東公孫淵奪了他叔父公孫恭的牧守之位，以下廢上、自立繼爵，情屬謀逆，特請朝廷明裁。朝議之際，蔣某力主發兵討而平之，以塞亂源，陳矯令君卻一味主張議和，甚至還建請陛下默認公孫淵自立奪位之行，加封他爲『樂浪公』，以維繫彼此之間的和平假象。」

回想到此，他彷彿又氣憤起來，大聲嚷嚷道：「周大夫，您倒是評評理，陳矯這不是養虎爲患嗎？公孫淵狼子野心，今日敢明目張膽地奪下叔父之位，誰又能保證他明日不會心生狂念，奪我大魏中原神鼎乎？若眞依他言而行，只怕四方藩國都要嗤笑我大魏朝中無人，坐視逆賊行兇奪位！蔣某當下便在朝廷上和陳矯大聲爭執起來，當著陛下的面吵了一架，就連現在，蔣某都還是氣恨那陳矯的優柔壅閉呢！」

聽完這篇抱怨，周宣臉上笑容始終淡如秋水，以左手五指輕輕撫摸那柄麈尾拂塵，並不想再行多言。他身爲觀天占星的職臣，地位向來十分敏感，從不輕易妄議朝事。

蔣濟將胸中怒氣發洩完畢後，才意識自己大爲失態，急忙向周宣歉意一笑道：「唉！蔣某一想到公孫淵那破事就氣得忘了身爲何處，冒犯周大夫，還請見諒。倒是周大夫您身在煉丹室中，平日足不出戶，居然能這麼快就推斷出蔣某與陳矯的爭執，當眞令人佩服至極啊！」

周宣淡淡一笑，「說起來，蔣大夫之諫是不錯，但陳矯令君也有他的難處。如今於西有僞蜀虎視眈眈，東則是逆吳蠢蠢欲動，弄得我大魏兩面受敵、左右爲難，壓力不可謂不大。若是朝廷因一時義憤有了大動作，反激得北邊的公孫淵舉兵作亂，則我大魏三面受敵，處境更爲艱難。陛下和陳矯令君除了極力穩住公孫淵外，也實在沒有其他條路可走。」

蔣濟聽罷，沉吟了會，最後也只得無奈長嘆，雙目遙望西方道：「唉！其實蔣某也知陳矯這麼做的苦心及顧忌何在，但仍覺這方法終究還是太過優柔迂鈍。此行一施，哪怕朝廷日後是用『大司馬』之祿位籠絡他，也不會塡飽他的貪欲的。倘若是司馬大將軍在朝主政，斷不會任公孫淵公然脅迫朝廷，縱然最後仍得爲保實力而不得已壓兵不發，也必當軟硬兼施，銷其野心逆志！畢竟對公孫淵這種貪利忘義之徒，除了懾以巨威外，其他羈縻之法都難免留下後患哪！」

聞言，周宣不再多言，只笑著將手中拂塵向外輕輕一甩，「打住打住！蔣大人你是知道的，本座這煉丹室中從來不談軍國大計，這些話還是留到陛下面前去說吧。咱倆不如就各自收拾整理下服飾，反正待會兒也有要事會不期而見的。」

蔣濟一聽，忙不迭地將周宣衣袍一角拉住，「別忙別忙，周大人你別故弄玄虛了，還是先替蔣某解析這火燒府院之夢的來龍去脈吧。」

周宣點頭道：「好吧，本座便爲你解析一番。《莊子》曾言，『神遇爲夢，形接於事，故晝想夜夢，神形所接也。』《禮記》亦云，『夢者，緣也，精氣動也，魂魄離身，神來往也。陰陽感成，吉凶驗也。』在在示出一件事：夢之一因，乃身心失衡所致。另外，前朝的王充也曾說過，『夫夢者，象也。吉凶且至，神明示象，熊羆之占，自有所爲。』這樣一看，蔣大人你所做的夢，會嚴重影響日常行爲。『竹林』屬木，而人身之肝即爲木；『火』隱喻心火躁氣，因此你夢見的『竹林失火』一事，其意即主心氣太盛，肝火太旺。心氣盛、肝火旺，便會傷肺克脾，故而於身，你易有胸悶痰壅之疾；二則心神易怒，故而會與人有所爭執。至於『火燃入天』之景，則是喻『上達天聽』，所以本座才斷定你今日在朝會上必定當著陛下的面和他人大吵一架。你現在可明白了？」

聞言，蔣濟若有所思道：「原來周大夫的解夢之道便是這般『以象通意，以意喻物』地剖析啊！其實呢，蔣某昨夜又做了一個怪夢，不曉得周大人您又會如何解釋？」

周宣不疾不徐道：「什麼怪夢？你不妨先說來聽聽。」

蔣某疑惑道：「昨夜，蔣某夢見自家偏屋的屋頂有兩塊青瓦被大風吹落，可奇怪的是，青瓦在落地的那一瞬間，忽又化爲兩隻燕子振翅高飛。周大夫，您倒是講一講這夢是何寓意？」

周宣掐手暗暗沉思，忽地訝然看向他，「想不到蔣大夫您府中制度嚴明，竟也會發生這等奴婢通姦私逃之事？看來，您得先回府把管家召來好好訓誡一番才是了。」

蔣濟聞言，露出得意的微笑，「呵呵，周大夫，您這次析夢占斷之言大錯特錯了。實不相瞞，昨夜蔣某根本沒做什麼夢，剛才說什麼『偏屋落瓦，化燕而飛』，都是蔣某故意編造出來詐您的，蔣某這夢既是臆測，您又怎會占得準？」

周宣一聲長笑，卻在紫草蒲團上冉冉立起，雙手捧著那柄銀絲麈尾拂塵，淡淡道：「其實，一切的夢不過是你心底意念在你睡夢中的腦中印象而已。歸根究底，夢乃心念之動，所以蔣大人剛才編造的『偏屋落瓦，化燕而飛』之夢，實質上便是你心底意志的微妙流露和呈現，本座仍可依這個『夢境』深入解析並加以占斷，蔣大人還是拭目以待本座預言的靈驗之處吧。」

緊接著，他又朝室門口微微一呶嘴，「說起來，我倆也該到正廳前去接旨了。」話音猶未了，室門口外立刻傳來家僕的呼喊聲，「老爺，府外來了內廷欽差，要宣您前去接旨呢。」

聞訊，蔣濟目瞪口呆地看著周宣，隨他一同離開丹室，忽地瞥眼，卻見自己府中的管家蔣老五在廊下滿臉焦急地候著，急忙上前問道：「老五，你來這裡做什麼？」

蔣老五見蔣濟出來，立刻一個響頭磕下，囁嚅道：「老爺，夫人讓小人前來稟報，說她房中的丫鬟阿青和阿紅捲走一包珠寶首飾，一大早偷偷逃跑了！」

「天呀！我府裡當眞發生了這樣的事！」蔣濟失色驚呼，轉身望向長廊那邊漸漸遠去的周宣背影，喃喃道：「周大夫當眞是料事如神的高人！」

曹叡沒有同往常一樣在九龍殿召見周宣，而是讓傳詔謁者直接領他進後宮最爲隱密的禁室問話。

禁宮裡四角燭光幽幽，當中擺著一座巨物，上頭鋪著一層厚厚青氈，讓人瞧不分明裡邊究竟是何物品。

曹叡無精打采地倚在御座龍床之上，一直怔怔地看著那座用青氈掩蓋著的巨物，默默不語。直到將軍曹爽領著周宣在禁宮門外恭聲求見，連呼四、五次，他才忽地從深思中驚醒，輕嘆道：「讓他進來吧。」

曹爽恭恭敬敬地領著周宣進入紫苑禁室，低聲稟道：「陛下，周大人奉詔已到。」

曹叡眼皮沒抬，只微垂著頭吩咐道：「知道了。你帶著一批侍衛在外，將本禁室細細守住，若發現有任何靠近竊聽之人，格殺勿論。」

「是！」曹爽立時抱拳應了一聲，將臉朝向室內，緩緩倒退而出。

靜幽幽禁室中，此刻就只剩下曹叡和周宣二人。

「陛下。」周宣抬起頭來，小心翼翼地仰望著曹叡。

曹叡忽地舉目直視他，眼底滿是深深陰鬱，彷彿濃得化不開的烏雲一般，最後重重嘆了一口氣，「周愛卿，你去把那層青氈拉下來吧。」

「微臣遵命。」周宣在柏楊木地板上膝行上前，輕輕伸手扯住青氈往下一拉。

一座烏沉沉的巨石在他眼前赫然矗立，外形猶如一隻伸頸昂首的碩大靈龜，高約一丈二尺，寬達三丈八寸。在寬闊的龜背上，還有脈脈瑩白如玉的紋理，組成一堆玄妙莫測的古樸圖案，仔細一看，卻是四獸之圖：麒麟之紋在東，鳳凰之章在南，白虎之圖在西，犀牛之畫在北，在龜背中央，則是八匹身生雙翼的駿馬，正揚蹄飛奔！

最令人驚奇的是，八匹飛馬如圓環狀首尾相連，當中繞著一圈似是天然生成的文字，內容為「天命有革，大討曹焉；金馬出世，奮蹄凌雲；大吉開泰，典午則變」！

一見此石，周宣登時驚愣得張大嘴巴，呆了片刻後，又手忙腳亂地拿起青氈，馬上就想蓋回原位。

「不要遮掉，就讓它這麼擺著吧。」曹叡的聲音顯得嘶啞而乾澀，「周愛卿，這塊石頭是涼州刺史孟建、張掖太守徐邈今年正月初三在柳谷玄川河處發現的，當下連夜以一輛七、八匹駿馬並轡而拖的大車拉進宮裡……」講到這裡，他目光猝地一亮，「周愛卿向來上通天文、下曉地理，無物不識、無事不明，應該認得出這是什麼石頭吧？」

這時，周宣渾身上下似篩糠般在地上抖索長跪，結結巴巴地說道：「啓……啓奏陛下，此……此石來歷十……十分蹊蹺，老臣著實不……不敢妄言。」

曹叡顯然沒了之前朝會上那「溫良禮敬」的耐性，立刻蹙眉喊道：「但講無妨。」

怎料，周宣仍顫聲道：「這……這石頭只怕是有人刻意偽造出來的吧？當今太平盛世，豈會有此等異石降臨？這實在是……」

曹叡沉沉打斷，靜靜直盯那座巨石，「朕先前已召來不少能工巧匠驗看，他們都說，這巨石上的圖案似雕非雕、似刻非刻，說不清楚到底是天然生成還是人力所爲……然而可以肯定的是，這巨石上頭水蝕土銹黃灰相間，肯定是多年形成的東西，不會什麼朝夕之際的倉促之行。」說到此處，甚至有些難以自抑地苦笑著，「朕也希望這是人工僞造的東西，才特地召你進宮辨析，就請周愛卿你放膽直言吧。朕現在發話，今日你講什麼話，都將視爲無罪！」

周宣聽曹叡言行懇切，只好一斂容色，澀然道：「陛下既這般垂意老臣，老臣也只好據實直言。倘若老臣所知無誤，這應該是上古典籍所言的『靈龜玄石』，傳說中，玄石會身負『河洛圖書』之言，常於天命改易之際誕世……只怕對我大魏來說，此乃不祥之物啊！」

聞言，曹叡目光立似冰刀般冷冷剜在周宣臉上，牙齒咬得咯咯響，卻尚未失控。這些話若從別人口中說出，他早已毫不猶豫地令人拖出去斬了，偏偏這些話是從向來信寵的周宣口中講出的！

曹叡深知，周宣一向占卜如神、推算無誤，十五年前，他留下「五五縱橫，黑鼠遇虎；生而爲相，死而稱帝」的著名斷語，精準地預言出太祖武皇帝曹操歸天的時辰，即爲建安二十五年正月，那一年的天干地支便是「庚子」，而虎爲正月，即戊寅月。

八年前，他又推算出「日繼月來，年壽八十；騎馬乘馬，直攀青雲」的斷語，精準斷出高祖文皇帝曹丕的壽數與歸天時辰。「日繼月來，年壽八十」，乃指合晝夜之數而為八十，指曹丕僅能活到四十，曹丕果然在四十歲時暴病身亡；「騎馬乘馬，直攀青雲」，是指曹丕該當在馬年馬月去世，曹丕也的確是在丙午年甲午月溘然長逝。

就連曹叡自己，之前為是否能夠順利繼位為嗣一事憂心忡忡時，也是周宣當先以外臣身分贈送自己一柄紫金如意，暗示擁戴之誠。果不其然，最後關頭曹叡被先帝親詔立為太子，同時他也明白周宣贈送自己紫金如意的巧妙寓意：「紫金如意」，就是「子今如意」之義，暗示自己能心想事成，在歷盡劫波之後如願以償，繼位為嗣。

正是周宣這一系列占卜推演之能，讓曹叡不得不對其驚為天人，奉為神明。縱使他此刻再不安，也只能壓抑胸中驚懼，問周宣道：「周愛卿，此石將會帶來何等『不祥之兆』？你快細細向朕說明吧……」說到最後，音量竟是恍若未聞。

第2章

孫權稱帝

孫權用眼角餘光偷偷瞥了一下張昭，見身為百官師長的他仍一副無動於衷的漠然表情，眉頭不禁暗暗一蹙，莫非張子布要當阻遏自己稱帝改號的「荀彧」嗎？

周宣聲若細線，低低稟道：「古書曾云，『靈龜玄石橫空出世，必有翻天覆地之劇變。』所謂翻天覆地之劇變者，莫過於天命變易、改朝換代等事……老臣罪該萬死，只能言盡於此，不敢再行深語！」

聞言，曹叡雙頰立刻泛出大片潮紅，氣若懸絲般喊道：「誰？誰？究竟誰能讓我大魏朝改天換地？是僞蜀的諸葛亮嗎？是僞吳的孫權嗎？朕……朕要馬上調兵遣將，滅了他們！」

周宣伏身不起，以額觸地，久久不得言語。衆所皆知，蜀有崇山之險，吳有長江之阻，哪裡是一時間想滅就能滅的？

然而，曹叡愈想愈偏激，終竟勃然大怒道：「乾脆這樣吧，朕立刻找來幾個虎賁力士，將這妖石砸個粉碎，周卿以爲如何？」

周宣暗嘆一聲，鼓起勇氣勸諫道：「陛下，這等天生奇石，乃應運示警之物，天譴之鋒，誰敢輕攖？倘若以人力毀之，恐怕更有不測之災異而降啊！」

曹叡擰緊眉頭，重重地說道：「你倒是快說現在朕究竟該怎麼辦啊？難道就沒其他轉移化解之道？」

周宣沉吟許久後，開口奏道：「啓奏陛下，爲今之計，恐怕得由老臣親自護送這塊『靈龜玄石』重返涼州，尋找當地崑崙山北峰的『玄陰土』，將石上讖文『大討曹焉』

中的那個『討』字裡面那一點消去，把它修改成『大計曹焉』，或許尚可轉禍爲福，化凶爲吉。」

曹叡一聽，略喜道：「很好，這件事朕就特意委託你辦，辦好後朕自有重賞。」

「老臣謹遵聖諭，盡力而爲。」周宣恭聲回道。

一計方定，曹叡才終於慢慢鬆開緊繃的神經，在御座上靜坐片刻，接著又忽然想起什麼似地問著周宣，「對了，周愛卿，朕一直記得，陳群司空去年病逝之前，曾談起自己做的一個怪夢。他夢見一頭九尾靈狐踞樹而立，尾分九枝披垂於地，極似暮雲。後來還向朕解析這是暗示我大魏有『幹弱枝強，尾大不掉』的隱患。周愛卿，你深通釋夢之術，可知陳司空所言爲何？」

周宣深思片刻，娓娓道：「啓奏陛下，九尾靈狐現於夢境，實屬吉兆而非凶象。上古相書有云，『昔日西伯姬昌登岐山而獲九尾狐，則東夷歸周；武王姬發游孟津而取白魚，則諸侯來朝。』又曰，『九尾之狐者，隱喻後宮九妃各得其所，子孫繁息也。』因此，陳司空夢見九尾靈狐一事，乃我大魏基業繁榮隆盛之大吉兆，陛下應該高興才是。」

原本，曹叡膝下子女便極稀薄，聽周宣這麼一講，臉上不禁浮起幾分喜色，微微頷首，又慢聲問道：「周愛卿，近日司馬懿從雍州境內送上一件異物，是頭渾身毛色純白如雪的三角大鹿，這又是何徵兆呢？」

周宣一聽，立即喜形於色道：「白鹿之兆？陛下，這可是大吉大利的事啊！昔日周公旦輔弼成王、忠貫日月，後有岐山素雉之貢；如今司馬大將軍恭受陝西之任，勤於王事，亦有雍州白鹿之獻，正是古之吉兆遙應於今的祥瑞之事。陛下能得臣下如司馬大將軍之賢者，縱有蜀賊、吳虜來犯，皆不足憂矣！」

曹叡聽罷，沒有立刻表態，而是沉吟了好一會，才抬眼來深深盯著周宣，「這白鹿之兆，倘若眞如周卿所言，當眞乃我大魏之福。這樣吧，周愛卿，你便以朕的欽差大臣之身分前去雍、涼二州，表面上犒勞司馬愛卿和其手下的關中大軍，私底下便以消災覆異之法鎮住妖石。」

吳宮邊，浩浩蕩蕩的長江猶如巨龍騰躍不休，翻起層層波濤，浪沫漂上堤岸的成行柳樹，江風吹動低垂柳枝，遠遠望去，就似青煙正在天地合攏處暗暗浮動一般，美景令人不忍挪眼。

這時，吳王孫權半坐在一架四人共抬的烏漆鑲金坐輦上，雙手扶著兩邊的豹螭玉雕扶手，晃晃悠悠地行走在半濃半淡的柳蔭裡，神情怡然。

坐輦旁，白髮蒼蒼的輔吳將軍兼婁侯張昭正騎著馬徐徐並行。

在兩人身前，由五隊虎賁騎挺戈執矛，威風凜凜地走在前面開道，後頭則是六列宦官、侍女，或握著長柄羽扇，或捧著青銅唾壺，或拎著獸頭香爐，或抱著青氈長席，恭然隨行。在宦官、侍女的後面，還跟著一大群朱袍紫衫的東吳臣僚。

「大王，就是這裡。」

走在最前邊的青衣文吏停下馬匹，用手中馬鞭朝壩下波濤起伏的江面遙遙指去，「微臣就是在這裡看到兩條黃龍交纏糾結，破浪直升，飛到半空中後更是扭頭擺尾地大顯神威。當時啊，天上原本紅通通的太陽立刻暗了半邊，兩龍盤旋了足足有小半個時辰才沖天飛騰遠去。」

聽完話，孫權微微瞇雙眼，望向江面上洶湧澎湃的重重浪濤，悠悠吐出一口長氣，「好一派波瀾壯闊的氣象，神龍在此現身顯靈，亦是『恰逢吉地』。」接著一揚手，隨行的侍從立刻將坐輦抬到一片柳林濃蔭中放下。

再接著，孫權又對青衣文吏肅容道：「韋祥，你既然親眼目睹神龍顯靈呈祥，亦是有福之人，孤王便封你爲『逢龍侯』，享食邑八百戶。」

此令一宣，輦邊亦下馬而立的張昭不禁微微皺眉，正欲開口勸諫時，衣袍下襬被不知何時趨近的吳相顧雍悄悄拉著，便暗暗吞回話語。

那邊，青衣文吏韋祥一聽，立刻從馬背上滾下地來，滿臉堆歡，眉梢間喜色四溢，連連叩頭道：「微臣叩謝大王隆恩！恭祝大王洪福齊天、大吉開泰。」

瞧著韋祥欣喜若狂、小人得志的模樣，張昭在鼻孔裡低低哼了一聲，忖思這等揑造事實、謊報祥瑞的嗜利之輩，只憑一口花言巧語便能換得孫權的加官賜爵，實在有違朝綱、大損禮法。從今之後，大家便可亂報祥瑞以邀領賞，長此下去浮僞之風漸長，豈可輕忽不勸？

張昭正思慮時，又見一個青年侍衛長分開衆人上前，撲通一聲跪倒，向孫權奏道：「啓奏大王，微臣在此恭賀大王，《易經》有云，『飛龍在天，利見大人。』黃龍升天，白日呈祥，遠近矚目，靈異罕見，實乃大王您應天受命、開泰稱帝的吉兆啊！」

此言一出，圍在周邊的吳國臣僚頓時泛起一片議論。

輦上的孫權轉頭一看，見得那青年侍衛長正是征北將軍諸葛瑾的長子諸葛恪，目光從他臉上一掃而過，神色淡然，凜聲道：「愛卿越衆而出，便是爲了進獻媚言嗎？孤王若不是念在你父親諸葛謹征北有功的份上，肯定會讓虎賁力士將你拖下杖責四十！孤王何德何能堪當天命？又豈能如你所言，『開泰稱帝』？」

這時，張昭才瞧出孫權、韋祥、諸葛恪等三人根本是在演一齣連環戲，唇角不禁掠過一絲輕蔑的微笑，決心閉口不言。

發覺張昭目光凌厲地盯著自己，諸葛恪只覺臉龐似被烙鐵灼痛般，連忙不大自然地低頭避開。

然而，蛋一旦裂縫，便無再密合的可能，這時，侍立在孫權輦側的黃門侍郎孫峻，也探身上前奏道：「大王，微臣幼時在吳郡富春縣老家，便記得鄉里間曾流傳一首『黃金車，班蘭耳；闓昌門，出天子』的童謠，乃天之徵兆藉小兒之口洩漏，不可不慎。依微臣看來，此謠便該應在大王身上才是。」

隨輦臣僚中，立刻有其他人七嘴八舌地爭相說道：「對對對，這些吉兆都當應驗在大王您身上才是……」

孫權用眼角餘光偷偷瞥了一下張昭，見身爲百官師長的他仍一副無動於衷的漠然表情，眉頭不禁暗暗一蹙，莫非張子布（張昭字子布）要當阻遏自己稱帝改號的「荀彧」嗎？頓時心念一轉，便假意向孫峻等厲聲叱道：「汝等無知小兒，哪裡懂得什麼『天之徵兆宣於童謠』？休要在此瞎說！」接著袍袖一揮，讓眾臣退到一邊去。

靜默片刻，孫權又一揮手，示意身旁的侍女們捧出一方長長的錦匣來，直送到張昭面前，迎著張昭驚疑莫名的目光，緩聲道：「張師傅，這是漢相諸葛亮讓他的使臣鄧芝從成都帶過來的一件奇物，還請張師傅仔細看看。」

張昭不知孫權葫蘆裡賣的是什麼藥，只得低頭細觀。只見那錦盒盒蓋輕輕打開，裡面竟是一大卷絹帛拓圖，鋪展開來足有六尺來長、四尺多寬，快如半個坐輦般大。更令人訝然的是，上頭竟清清晰晰地顯現八匹駿馬凌空奔騰之象，當中一圈隸書大字，內容是「天命有革，大討曹焉；金馬出世，奮蹄凌雲；大吉開泰，典午則變」。

見狀，孫權在旁一邊解釋道：「諸葛亮前幾日才給孤王送來這幅絹帛拓圖，聲稱是他的暗探從僞魏涼州張掖郡的玄川河中溢水而出的一座『靈龜玄石』背上拓印下來的，認爲是天降凶兆於僞魏，並解析說，這『大討曹焉』四個字已明明白白顯出，曹氏已爲天所棄、民心背離，希望能和孤王結盟，東西並進，大舉興師討魏。」

靜靜聽著孫權的話，張昭雙手托著那幅絹帛拓圖，淚水泫然而落，兩肩更是抽動得厲害，久久無法自抑。二十多年來，他作爲僑居江東的漢室孤臣，胸中所懷的興復炎漢之志始終未懈，今日被這讖文拓圖一激，自然情不自禁！

隔了半晌，張昭才終於慢慢定下心神，抬眼正視孫權，緩緩道：「僞魏篡漢自立，人神共憤，爲天所棄已久矣。如今上天垂象以明，老臣實在喜不自勝，倘若老臣在有生之年能親眼目睹僞魏土崩瓦解，當眞死而無憾了！」

說完，他又是臉色一肅，鄭重地向孫權說道：「大王，《黃石公三略》有云，『夫能扶天下之危者，則據天下之安；能除天下之憂者，則享天下之樂；能救天下之禍者，則獲天下之福。』大王若能舉兵討滅魏賊，而爲四百年炎漢復仇於一夕之間，則屈時順天應人、開泰稱帝，雖漢高祖、光武帝重生而不敢復居其上矣！老臣衷心之深意，懇請大王體察之。」

孫權等的就是張昭這番表態。這二十多年來，他從年近而立的青壯小夥子在江東一直打拼，如今已是鬢角染霜的半百老者，才終於據有江南四千里疆域，安安穩穩地當著土皇帝，眼見曹丕廢漢稱帝、劉備自立正位，心頭自然騷癢難撓，實在想過過被人三呼萬歲的「皇帝癮」！

問題是，他知道自己若想由王晉帝，就非取得像張昭這樣的士族元老支持不可！所以，他才煞費苦心地利用漢魏間的矛盾牽住他們，順水推舟地與蜀漢結盟。

畢竟，一旦自己開泰稱帝，僞魏自詡中原正統，肯定會向自己發難，到時自己便只能借助蜀漢力量，來化解僞魏的重壓。

聽罷張昭之話，孫權臉上不禁露出深深的笑意，親切地說道：「張師傅之言，寄望於孤王者何其之高也，孤王心意已決，定與西蜀聯手結盟，共討僞魏，爲漢復仇！」

張昭鬚鬚俱張，欠身毅然而道。「大王若有此意，老臣願遣犬子張承爲討魏先鋒大將，誓滅曹賊！」

第3章

諸葛亮的打算

生性耿直的費詩顧不得許多，今天就陪著前來京郊行營彙報軍政庶務的蔣琬、楊儀、姜維等人，想在諸葛亮面前論個清楚明白。

成都東郊。

北伐軍營的練兵場上，到處人馬喧嘩，殺聲震天，一陣陣響遏行雲的吶喊聲此起彼落，口號震得柵門外擁擠觀望的蜀國士庶們爲之耳鼓發麻！

「誓滅魏賊，肅清中原，共匡漢室，功在不朽！」

「誓滅魏賊，肅清中原，共匡漢室，功在不朽！」

「誓滅魏賊，肅清中原，共匡漢室，功在不朽！」

各隊蜀軍戰士奉令列陣，層疊如山，齊齊持矛向前劈刺而出，動作整齊，如合萬衆而爲一人，氣勢直震雲霄。

站在高高指揮台上，蜀相諸葛亮頂著炎炎烈日，左手握著羽扇，右手搭著眼篷，正向場中靜靜觀察。手下的侍衛統領、越騎校尉劉諾在一旁看到諸葛亮鬢角微微見汗，不禁輕聲提醒道：「丞相，您在這裡已經觀訓大半個時辰，眼下日頭太毒，不如還是去後帳稍事休息吧。」

諸葛亮輕搖羽扇，回望劉諾一眼，悠悠道：「劉君，《黃石公三略》曾言，『夫將帥者，必與士卒同滋味而共安危，知乃可加。故兵有全勝，敵有全因。昔者良將之用兵，有饋簞醪者，使投諸河，與士卒同流而飲。夫一簞之醪，不能味一河之水，而三軍之士思爲致死者，以滋味之及己也。古人有言，軍井未達，將不言渴；軍幕未辦，將不言倦；

軍灶未炊，將不言饑；冬不服裘，夏不操扇，雨不張蓋，是謂將禮。與之安，與之危，故其眾可合而不可離，可用而不可疲；以其恩素蓄、謀素合也。故蓄恩不倦，以一取萬。』以這段箴言來看，我軍戰士頂著烈日當頭操練，本相卻是手操羽扇，早已是大違誨訓，又怎麼能擅自下去休息？」

劉諾喉頭一哽，堂堂八尺男兒險些當場掉淚，哽咽勸道：「丞相大人，您眞是太不愛惜自己的身體了，從昨夜起，你批文批至二更，今天卯時就起床來這觀訓……哪怕是鐵打的身板也熬不住啊！」

諸葛亮臉上掠過一縷淡淡的苦，遙遙望向熱火朝天的練兵場，沒有再出聲搭話，只是用眼角餘光瞧了下劉諾，心裡暗想，本相之所以這麼嘮嘮叨叨、引經據典，甚至不厭其煩地言傳身教，爲的還不就是希望你們這批屬將能加緊學習，快快成長，隨時隨地準備在北伐戰場上獨當一面、建功立業。光復中原、重振漢室的重任，終究還得靠你們奮力拓進！

諸葛亮猶在思考間，一名親兵侍衛蹬蹬蹬地快步衝上台，單膝跪地稟道：「啓稟丞相大人，尙書僕射蔣琬、度支尙書楊儀、前將軍姜維、諫議大夫費詩、太史令譙周前來求謁。」

諸葛亮聽了，徐徐搖著羽扇的右手不禁微微一僵，「哦？費大夫和譙大人也來了？

唉！好吧，請他們去到中軍主帳稍候，本相馬上就到。」接著招手喊過劉諾，吩咐道：「劉君，你傳下本相指令，讓魏延、王平、馬岱三位將軍再領著衆戰士練習兩遍『八卦陣』，之後就放大家休息片刻。」

諸葛亮慢慢踱步走回主帳，途中想起一件事，略略暗嘆，似乎明白這批文臣特地趕來求見的原因爲何。

幾日前，吳國特使趙咨曾至成都，向蜀漢朝廷呈上一封吳王孫權的親筆信，裡面主要內容聲明，東吳已經決定依據種種「天降祥瑞之兆」，順天應命開泰稱帝，並與僞魏的年號相對應，改年號爲「黃龍」，同時希望蜀漢能以「東西二帝並尊同敬」的態度相待，最好還能派出使臣前往吳境慶賀。

趙咨還表示，倘若蜀漢接受以上這些事實及要求，吳國便與蜀漢結爲兄弟之邦，以平分中原爲條件，結盟舉兵，共同討伐曹魏。

這封態度高傲的來函，在蜀漢朝廷上下掀起軒然大波。諫議大夫費詩、安漢將軍李邈、大司農孟光、少府卿陳祗等紛紛反對，理由更是堂皇：大漢正統名分至高無上，焉能與江東孫吳這樣乘時牟利的割據梟雄分享？再說，我大漢凌駕四海六合之上的可貴地方，便是這延續前朝的正統名分，如果把它拱手分送於人，豈不是「漢將不漢，國將不國」了？這怎麼行？

然而，事情並未就此結束，趙咨拋出孫權的這封信函之後，厚著臉皮住進成都使館，擺出一副「不得結果誓不還」的姿態，每天到蜀宮午門前去催問漢廷的答覆。

消息傳開，費詩、孟光、陳祇等人更爲義憤，孟光還直接跑到使館裡和趙咨大吵一場，喊著讓他「滾出成都」。趙咨卻仍含笑受之，彷佛毫不在意。

孟光氣得再次聯合費詩等人，向蜀帝劉禪提呈奏疏，請求下詔驅逐趙咨，沒想到呈上去之後卻是石沉大海，毫無回音。

他們忽然明白，劉禪早已決定模稜兩可處之，如此一來，只能請出託孤執政大臣、當朝丞相諸葛亮前來決斷此事。

生性耿直的費詩顧不得許多，今天就陪著前來京郊行營彙報軍政庶務的蔣琬、楊儀、姜維等人，想在諸葛亮面前論個清楚明白，同時探探身爲蜀漢執政大臣、權重朝野的諸葛亮，在這個「大是大非」的問題上會如何表態！

行營大帳中，一干行政要員剛落座沒多久，便聽帳門外士卒高呼：「丞相駕到。」

隨著這聲高呼，蔣琬、楊儀、姜維、譙周等人肅然直起，見一道英挺高揚的身影入帳，便畢恭畢敬地俯身揖禮。

在眾人一片行禮當中，費詩卻只是站起身來，向諸葛亮一拱手，「丞相大人，費某在此見過。」

「大家都快坐吧。」

諸葛亮揮手，接著笑容滿面地特地和費詩打招呼，語氣更是透出一種別樣親切，「公舉（費詩字公舉），眞想不到你今日竟然亦有雅興親臨本相這裡，本相當眞有失遠迎了。你今日來此，有何示教？本相洗耳恭聽。」

費詩也不客氣，坐回席上就侃侃然言道：「丞相大人可知東吳那趙咨小兒此番西來之意？」

諸葛亮淡然而笑，「原來公舉是爲他而來，本相雖未曾親見趙咨，他之來意倒也知曉一二。」

「丞相大人近日忙於軍務，或許對趙咨此行之意知而不盡。那東吳小兒孫權竟派趙咨前來遞函，聲稱意欲與我大漢『並稱東西二帝』，還癡心妄想我大漢派遣使臣前去慶賀，是可忍孰不可忍！」

費詩一談到此事，便雙眉倒豎、滿臉不平，語氣再度激動起來，「我大漢堂堂正統名分，足可光耀日月，豈能由江東鼠輩私竊偷占？因此，費某此行特來提醒丞相大人，千萬莫要受其蠱惑，讓退任何步伐。」

諸葛亮聽著費詩這一番慷慨陳詞，手中羽扇輕搖，臉色凝重，久久不語。

費詩地位非同常人，乃是蜀漢朝廷之中資望最深的益州本土派士林領袖，素以直言敢諫之行馳名。

想當年，劉備以漢中王的身分開泰稱帝時，包括諸葛亮在內的朝廷衆臣都紛紛聯名勸進，只有他上疏諫阻道：「殿下以曹操父子逼主篡位，故乃羈旅萬里，糾合士衆，將以討賊，今大敵未克而先行自立，恐人心疑惑也。昔高祖與楚約，先破秦者爲王，及下咸陽、獲子嬰，猶懷推讓；況今殿下未出門庭，便欲自立耶？愚臣誠不爲殿下取也！」結果被劉備加以嚴訓，並且貶官兩級。

沒想到，費詩卻仍固執己見而不認錯，最後連劉備都不得不稱讚他「天生硬骨，能立清議」，對其傲骨感嘆不已。

這樣的人，又焉是諸葛亮以口舌之辯能折服的？

諸葛亮沉吟半晌，最後還是暗一咬牙，直言道：「其實，本相對此番趙咨前來請求其國與我大漢『並尊稱帝』之事，亦早寫好奏摺，正準備呈給陛下決斷……公舉不妨先過目一閱。」

費詩微微一愣，「原來丞相已早有定見？」狐疑地伸手接過奏疏，只見上面工工整整地寫著一大篇話。

臣亮啟奏陛下：

近聞趙咨之事，老臣思之熟矣。依老臣之愚見，吳越孫權懷有僭逆之心已久而特未公然稱號耳！我大漢所以略其釁情而不顧者，求其犄角之援也。今若明加顯絕，彼仇我必深，難保其不會移兵西犯。

如此一來，我大漢不得不與之角力，須併其土而後再議中原。而彼賢才尚多，將相緝穆，又未可一朝定也。雙方頓兵相持，坐而待老，使北賊得計，絕非上策之選也！昔日孝文帝卑辭厚幣以事匈奴，先帝亦曾優先與吳為盟而抗曹氏於赤壁，皆繫應權通變、弘思遠益之智舉，而非匹夫匹婦之為忿妄動可比。

今議者咸以為若我大漢讓其名分以驕之，則孫權必妄自尊大；孫權妄自尊大，則志望已滿，利在鼎足，而難有上岸之情，未必與我大漢並力討魏，實不可信也。如此之議，老臣皆以為似是而非也！

何者？其智力不侔，故限江自保耳！孫權之不能越江，猶魏賊之不能渡漢，非力有餘而利不取也。若大軍致討，彼高則分裂其地以為後規，下當略民廣境、示武於內，非端坐者也。若就其不動而睦於我，我之北伐必無東顧之憂，還能使魏境河南之眾不得盡西，此之為利亦已深矣。

故而，孫權僭逆之罪，實未宜明也，須當包容之。老臣在此懇請陛下深長思之！

費詩的目光有些呆滯，在奏疏上停留許久，雙手激烈顫抖不已，幾乎抓不穩那卷竹簡，確定內容無誤後，便猛地抬頭狠狠瞪向諸葛亮，眸中一派哀傷悲慟，聲音顫顫巍巍，「老……老夫真不敢相信，這……這道奏疏居然會是丞相大人您……您寫的？疏中通篇利害算計，毫無一句禮法名理之語，何其悖也！若……若是換了別人，老夫早已痛罵出聲，視其爲國賊重重劾之！」

諸葛亮用手中羽扇微微掩住臉頰側了開去，彷彿不願與他直面相對。

費詩雙目圓瞪，眼角淚珠大顆大顆滾落，「丞相大人，請聽費某一言。玉可碎而不可改其白，竹可焚而不可毀其節，前者之白，後者之節，此乃二者之可貴處也。反觀我大漢亦同，吾皇之所以傲視魏賊、吳虜而雄立於世，正因我大漢有堂堂正正之正統名分，以及四百年的傳流淵源，您……您之前不也講過，『漢賊不兩立，王業不偏安』嗎？如今我大漢若棄正統名義，與吳虜並尊同號，豈非自損其白、自毀其節？又如命士人與豬狗同席一般，可謂之宜乎？」

這番義正詞嚴的話如釘錘般，重重打在諸葛亮胸上，痛得他臉上肌肉不停抽搐。

見狀，費詩更是加強火力勸道：「丞相大人，我益州上下百萬士民爲何對您之號令積極回應耶？只因您與當今陛下擁據四百年炎漢之大名大義矣！當年以奸詐無比之陰梟王莽尚且不能僭逆成功，而又何況今之曹叡小兒與孫權匹夫乎？您自己在建興二年裡不也曾對杜微先生聲稱，『曹丕篡弒自立爲帝，是猶土龍芻狗之有名也，必不能久矣！』您今天卻又爲何如此媚事江東孫氏，不惜食言而肥乎？」

「費大夫！您未免言之太甚了！」蔣琬在旁邊再也聽不下去了，憤然而道：「當年先帝爲報關侯之仇而致夷陵之敗，此爲殷鑑不遠，如今我大漢可有實力能與魏賊、吳虜兩面開戰乎？丞相此舉，乃是捨小義而取大敵，實爲顧全大局、忍辱負重……」

姜維也朗聲而道：「倘若此番北伐我軍揮戈而下長安，屆時孫權匹夫自會戒懼自省而歸其僭號，於我大漢又何損乎？」

諸葛亮將手中羽扇輕輕一抬，止住了他們的爭辯，緩緩閉上雙目，深深而言：「費大夫說得沒錯，本相此舉，的確有負朝廷名分，公舉盡可上表而重重劾之，以示我漢廷有直諫之言，本相亦甘受責罰，絕無二言……但是，公舉，爲了此番北伐的底定功成，爲了實現先帝和列位先烈諸君『肅清中原，重振漢室』的遺志，本相早已下定決心，願以任何代價奉獻，哪怕身名俱焚亦在所不惜！」

說到此處，他雙眸一睜，灼灼精芒暴射而出：「西佛有言，『吾不入地獄，誰入地獄？』此爲本相之心聲也！」

這話一出，帳中立刻靜了下來，安靜得連在場每個人的呼吸喘息之聲都可以聽得一清二楚楚。

過了許久，費詩才從座席上哆哆嗦嗦站起，臉上表情似悲似喜，複雜莫名，撲通一聲向諸葛亮磕跪，喃喃道：「費某此膝已久不為他人所屈矣！丞相大人為匡漢大業而甘願犧牲一切，費某衷心敬佩！雖與丞相政見不合，但費某仍不禁要恭祝丞相大人此番北伐能底定功成，重振漢室，還望丞相大人持以一心，善自珍重……」說到最後，聲音竟漸漸哽咽，最後伸手揩下大把眼淚，起身徐徐退出主帳。

諸葛亮定定看著費詩背影，直到對方已走離很遠，才輕咳一聲，以袍袖掩住口臉，俯首間任眼角淚珠落向衣襟。

第4章

大戰在即

諸葛亮一聽，神情先是微微一怔，少頃後不禁拍案怒斥道：「當今陛下春秋鼎盛，怎會有不測之事？」正想繼續罵時，心頭突然一抽，驀地閉口，彷彿隱隱明白什麼。

見主帳裡氣氛低迷，楊儀站起來說道：「丞相，費詩此人態度冥頑，別看他現在感動涕零，說不定回去後仍要上表參劾您，等下楊某便行文劾他個『大不敬』，免得損了您的威儀。」

諸葛亮聞言，慢慢抬起頭來盯向了他，「楊君，你這話說得不對！千金難求直諫言。費大夫的清風高節，正是我大漢朝廷衆士急需的可貴特質，只要是一心爲公的人，咱們便得存著三分敬重。亮今日既坐至高位，自然更應該當得起悠悠衆口，若只狷狹之性、偏躁之量，終究成不得大業。你要謹記啊！」

「這個……丞相訓示得是。」楊儀臉上一紅，急忙垂頭答道。

過了片刻，諸葛亮輕搖羽扇，側頭向蔣琬問道：「我大漢十三萬大軍此番北伐所需的三百六十萬石糧食都籌齊了嗎？」

蔣琬雙手一拱，「稟丞相，三百六十萬石糧食現均已籌齊，足夠我軍八月之用。」

諸葛亮臉色微微一暗，「八個月……眞是苦了蜀中父老，也多謝大家信任本相，再賜本相八個月時間底定乾坤，本相唯有鞠躬盡瘁以報之。」

蔣琬、姜維、楊儀、譙周等一聽，不禁齊齊變色，同聲道：「丞相何出此言？丞相您智通天下、謀勝古今，想來此番北伐定能馬到成功、一帆風順！」

諸葛亮臉上苦笑著不回話，又問楊儀道：「那四千輛木牛可是造好了？」

楊儀恭然回道：「皆已造好。」

「那三千輛流馬車呢？」諸葛亮又問道。

楊儀又答：「丞相勿憂，在這三年間，我軍已伐樹數萬株，皆按丞相您所授的設計圖樣，將三千輛流馬趕製成功。」

聞言，諸葛亮微微一點頭，目光又投向姜維，問道：「那五千架連環弩進度如何？」

姜維拱手答道：「屬下日夜督辦，業已全數造好。」

「嗯，你且拿出來試一試它的功效。」諸葛亮吩咐道。

當下姜維離席起身，非常麻利地從背後取出弓弩，握在手中，先在蔣琬、楊儀、譙周等面前展示弓弩本身構造。

坐在席尾的譙周定睛看去，只見姜維手裡所持弓弩形狀不同於尋常，顯得有些怪異。其握柄足有二尺餘長，中間的放箭匣高高凸起，兩邊弓翅伸展開的幅度足有三尺多寬，上頭繃緊的弓弦卻如小指般粗細。此外，弓弩本身以硬木所製，外面還鑲著一層銅皮，弓翅則以黑鐵打磨而成，似乎徹底改良過。

姜維從腰間箭袋拔出一把羽箭來，一枝枝塞進放箭匣中，接著便端起弓弩，瞄準帳門外練兵場上立著的一座箭靶，手指猛地扣發弩身枕木前端的機關，弓翅嗡嗡一陣劇顫，發箭後久久不止。

譙周只覺眼前一花，羽箭從弩腹中猛射而出，數道白光連成一束銀流，倏地深深釘入箭靶紅心之中。

蔣琬頭一次見到連環弩的威力，不禁目瞪口呆，半晌才回過神，「厲害厲害，眞是好厲害呀！丞相大人這連環弩一發，足可以一擋十，所向披靡。」

姜維又向衆人介紹道：「爲了克制魏賊的狼牙弩，丞相大人還發明百石弩，其箭粗若兒臂，發射出去直可穿牆洞壁，威力驚人。」

蔣琬等人聽得連連點頭，一齊向諸葛亮躬身，「丞相大人，您對軍械的改良之技可謂巧奪天工，僞魏縱有十萬鐵騎，亦必難以對陣得勝！」

諸葛亮手中羽扇輕輕晃動，徐聲道：「諸位過獎，這些軍械到底厲害不厲害，須得在臨陣對敵之際方才見得分曉，爾等之譽尙言之過早！這三年間，我大漢上下萬衆一心，枕戈待旦、夜謀日作，已爲此番北伐做好萬全準備，只等陛下一聲令下，便要直出漢中，與那司馬懿一決雌雄！」

蔣琬、楊儀、姜維、譙周等人揚聲道：「丞相放心，我等願爲北伐大業殫精竭慮，以死報之。」

諸葛亮聽了，顯得十分滿意，暗中瞧了站在末尾的譙周一眼，隨即向蔣琬、楊儀二人擺了擺袖，說道：「蔣君、楊君，你二人先出帳稍候片刻，本相還有一些要事得求教譙大夫。」

蔣琬、楊儀二人聞言，立即長揖而起，退出主帳。

諸葛亮這才輕輕放下羽扇，雙手按在書案兩邊，抬眼看向譙周。

譙周遲疑了下，瞥了一眼姜維，並未立刻發話。

諸葛亮會意，只淡淡一笑道：「伯約（姜維字伯約）乃本相親傳弟子，譙君當著他的面直言無妨。」

譙周點頭，一臉恭謹地稟告先前諸葛亮所託之事，「丞相大人，經我太史署多名星官術士數日來反覆深研，認爲僞魏得到的那塊靈龜玄石乃天生奇蹟，並非虛妄之人造僞的物品。」

諸葛亮兩眼一亮，追問道：「那玄石上那篇『大討曹焉』的讖文，究竟是何寓意？主吉主凶？」

譙周道：「所謂『大討曹焉』，其義自是不言而明，意指僞魏今年必遭刀兵，並從此墮入不祥厄運之中。」

諸葛亮聞此，甚至臉上出現淡淡喜色，「僞魏既入凶災，豈非是說我大漢將有大吉？莫非今年正是我大漢氣數重振之時？」

譙周聞言，立刻臉現遲疑，猶豫許久後才答道：「其實，這也正是譙某與太史署諸君疑惑之處……」

諸葛亮微一皺眉，拿起羽扇慢慢搖著，不慌不忙地說道：「有何疑惑，不妨道來。」

譙周垂首道：「丞相大人，請恕下官直言，我等近來夜觀天象，發覺天象甚是蹊蹺，偽魏星相固然漸趨微弱，可我大漢西蜀上空的星氣亦不算旺，也無轉亮之象。」

諸葛亮手中輕輕搖著的羽扇不禁一停，澀聲道：「嗯？怎會有這等怪事？」

譙周搖頭表示不知，同時進一步補充道：「最為詭異的是，在并州方向的夜空之上居然冒出三顆奇星，呈現三角相峙之狀，且光芒愈來愈亮，實在奇怪。」

「并州上空？」諸葛亮眉頭輕皺，顯然不大理解。

譙周接著說道：「并州之地，便是春秋戰國時期的晉國，正與偽魏星相本地的冀州緊密相鄰。」

諸葛亮本人亦精通天文占星之術，喃喃分析道：「嗯……竟是春秋時期晉國之地上空高星顯耀？可我大漢當今之氣數龍脈應在益州才是，怎麼不是益州上空出現亮星？」

譙周聽到他這般言語，只得保持沉默。

過了良久，諸葛亮斂去雜念，再問向譙周，「那麼依譙大夫之見，我大漢此番北伐之前景究竟如何？」

譙周見他問得犀利，立刻伏首叩地，「下官愚昧，不懂軍國大事，未敢妄論。」

諸葛亮正容道：「譙大夫之職，本在觀天辨時、占卜吉凶、爲朝廷釋疑解惑，有何不可陳稟之言？本相恕你陳述，任何意見都無罪。」

「丞相大人既然挑明要聽，譙周自然不好一味推拒，沉吟道：「據聞京郊居民來報，聲稱近日來龍泉驛的松、柏、桃、竹等木入夜後竟發出類似掩泣之聲，嚇得百姓寢臥不安。而六日前，朗朗白晝之下，竟有千百隻白鶴飛梟翔集於錦江上空，盤旋數匝後紛紛投江而死……據太史署反覆研究，認爲這些都是我大漢『國有大喪』的預兆，因此下官懇請丞相大人北伐一事上，暫時切勿輕舉妄動。」

「國有大喪？這簡直是一派胡言！」諸葛亮一聽，神情先是微微一怔，少頃後不禁拍案怒斥道：「當今陛下春秋鼎盛，怎會有不測之事？」正想繼續罵時，心頭突然一抽，驀地閉口，彷彿隱隱明白什麼。

譙周嚇得在地板上連連叩首，口中更是不住喊饒道：「啓稟丞相，天象如此示警，皆是衆目共睹之事實，下官也不敢揑造妄言哪！」

正當譙周想要再急聲辯解時，諸葛亮已慢慢緩和臉色，坐回榻席，揮手道：「罷了，譙大夫無須再言，本相並無責怪之意，但今日您與本相在此帳中的談話，務必牢記於心，切莫輕洩於外。」

「是，下官必定牢記在心。」譙周滿頭大汗地叩頭答道。

又過得片刻，諸葛亮若有所思道：「你們太史署執掌天象觀察、陰陽演算，一切日月星辰、風雲氣色、地震山洪的預測都熟爛於胸。此次大軍北伐，本相認爲，實在需要像譙大夫您這樣洞悉天文氣候觀測之士才行，您就留下來隨本相一道出征吧。」

第5章

軍市亂

曹丙聽白衫青年才一上來便劈頭給自己一陣教訓，臉上立時有些掛不住，但因梁機在旁看著，倒也不敢恣意發作，只得哼哼嘰嘰地不滿問道：「你……你又是誰？」

隨著朝陽似紅球般冉冉上升，長安城中的市坊也漸漸熱鬧。

長安位當要害，又曾爲兩漢京都，雖然自漢靈帝末年以來歷經多年烽火，但在鍾繇、曹洪、曹彰、曹眞及司馬懿等人悉心經營下，已經逐步恢復往日的繁華富庶。

此時正值初春，出入市坊的車馬行人猶如流水般源源不絕，喧鬧之聲響成一片。店家林立，攤位上的貨品琳瑯滿目，無論是朔方匈奴之地出產的牛羊皮貨，還是西域各國出產的稀有產物，中原之地出產的特色餚品，或是江南水鄉出產的綾羅綢緞、巴蜀益州出產的彩錦亮瓷，應有盡有。至於日常所需的銅壺、鐵犁，以及魚肉菜蔬、涼席草鞋等必備品，更是堆積如山。

然而仔細分析起來，長安城的市坊其實包括兩個部分，一是城南的「民坊」，另外一部份則是位於城北的「軍市」。前者是一直以來各地皆有的民間市集，至於「軍市」，則是當今征西大都督兼大將軍司馬懿的獨創發明，專門設來解決軍營士卒飲食生活所需。

軍市坊由軍市令監管，諸商販皆得經確認貨物品質合格後，方能申請到持符入內經營，並且向軍方繳納一定份額的租稅。司馬懿特地將交易市集分爲軍民二用，用意便在於使長安城中軍民交易各適其所，能一定程度避免暴卒欺民和刁民騙軍等事發生。

在軍市坊東角上，一株亭亭如蓋的大槐樹綠蔭下，是間木板搭建的簡易酒肆。在軍市裡開設酒肆，也是司馬懿的創舉，規定只有在疆場上立下功勳的人，才有資格手持刻有「嘉獎」二字的符牌飲酒享樂，以此達到激勵將士的效應。

此時，酒肆裡靠窗的某張桌几旁，坐著一位方面圓頷、鬍鬚蒼然、相貌堂堂、年過半百的青袍長者。他的身邊侍立著兩位氣宇精悍的高大青年，對面則是一位紅光滿面、精神矍鑠的白袍老者。

白袍老者慢慢呷飲著自己杯中之酒，向青袍長者微微笑道：「大將軍，您這『軍市』可真是予軍民兩便啊！」

青袍長者一臉平淡道：「蒙趙軍師謬讚，今日咱們到此，便是特地微服出訪，暗中審視『軍市』之制是否完善，能否推行各地……」正打算詳加細說時，忽地窗外不遠處傳來一陣震人耳鼓的吵鬧聲，登時臉色一滯，循聲望去。

只見那邊有一群關中士卒圍住了幾個商販，正你推我搡地爭吵，旁邊人群繞了一圈，卻不大敢上前。

青袍長者略一沉吟，便向身邊兩位青年遞了個眼色，讓他們去探探底。

人群中，一個滿嘴噴著酒氣的紅臉壯漢正一手提著小販衣領，另一手舉著缽般大的拳頭，作勢要向他臉上砸去，惡狠狠地說道：「你這奸商！竟然敢嫌大爺我給的銖錢少？是不想活了嗎？」

小販哭喪著臉道：「軍爺，您用八銖就要買下小的一袋麵，這……這怎麼行呢？」

「大爺我說行就行！」紅臉壯漢幾乎噴了小販一臉唾沫，「弟兄們，把他的這幾袋麵粉都給我搬走！」

「住手！」

隨著一聲勁叱，小販身邊忽地出現一名中年綢商，外表斯文，手中摺扇指向那紅臉壯漢，劈頭喝道：「你這蠻漢子，竟敢在光天化日之下強搶民貨，眼裡還有沒有王法？」

「王法？呵呵……在這軍市裡，大爺我就是王法！」壯漢一聽，立刻撇開小販，臉貼著臉朝那綢商俯近，「就你這一副瘦排骨，也敢來大爺面前逞英雄？也不打聽打聽本大爺在這軍市裡是什麼來頭，眞是欠揍！」

旁邊一個小卒厲聲喝道：「你曉不曉得，咱家大哥的來頭說出來嚇死你！咱們可是已故大司馬曹眞的弟弟安西將軍曹璠門下的部屬，別說你們這群小商販，就算是外頭那些長安府衙的差役瞧見咱們，也只有繞道走的份！」

那綢商冷笑一聲，摘下頭上幘巾就往地下扔，硬聲道：「哦？原來是曹璠將軍的部衆？那你們幾個就陪本官到長安府衙去走一遭吧！」

紅臉壯漢聽到「本官」二字，全身驀地一震，吼道：「到長安府衙？口氣還眞是不小，你究竟是何人？」

那綢商雙手一拱，凜聲道：「本官行不改姓、坐不改名，正是長安府署郡尉顏斐！近來得到不少民販舉報你們軍市時常發生搶人越貨的劣跡，特此前來調查。如今人贓俱獲，事實昭然，你等還不乖乖隨同本官回長安府受審？」

聞言，紅臉壯漢尖銳地笑了起來，「原來你這小子是來咱們軍市故意『挑剌』的啊？只可惜，在這軍市裡，咱們聽從的是軍法，不是你什麼長安府署的法……弟兄們，還不快把這不知天高地厚的傢伙給我狠狠教訓一頓！」

他話音一落，身旁那群兵卒齊齊一聲吼，就要打將上來，周圍那幾個長安府衙扮成的商販也一起擁上來牢牢護住顏斐。

顏斐卻是毫無懼意，仰天哈哈一笑，「好！你這廝竟敢妄言，說什麼『軍法大於王法』，眞是自尋死路，埋怨不得別人！」

正在千鈞一髮之際，斜刺裡一聲暴喝出現，「住手！」

雙方一怔，紛紛扭頭去看，只見一位青年將校橫眉立目，正在三丈外肅然注視兩人，旁邊還有一位白衫青年正色不語。

「梁……梁參軍？」

那紅臉壯漢一見到青年將校面貌，頓時全身一個激靈，體內所有的酒意竟都化作一片冷汗。他在曹瑺府中經常見到梁機，對他的「大將軍府署參軍」身分自然相當熟悉，大吃一驚之下，連口裡的話也開始有些不大利索，結結巴巴地問道：「您……您……您老人家怎麼突然來了？」

梁機皺眉冷斥道：「梁某再不來，難道眞要等你給咱們關中大軍闖下滔天大禍嗎？曹丙，你們還不快向顏郡尉賠禮道歉！」

聞言，紅臉壯漢又是脖子一硬，仰頭喊道：「他們這些地方衙役是故意混進咱們軍市裡來『挑剌』的卑鄙之徒，曹某絕不會服這個軟！」

這時，梁機身旁的白衫青年突然插話，「挑剌？曹丙，你剛才說『在軍市裡聽從的是軍法，不是長安府衙的王法』，這句根本錯得厲害！不管軍法、王法，都是大魏朝廷所頒，二者均爲一體，哪能分什麼大小高下？莫不成你家曹璠將軍便是這般教的？虧你還是名頗有資歷的老兵，怎會講出這般渾話？」

曹丙聽白衫青年才一上來便劈頭給自己一陣教訓，臉上立時有些掛不住，但因梁機在旁看著，倒也不敢恣意發作，只得哼哼嘰嘰地不滿問道：「你……你又是誰？」

梁機一臉肅容向曹丙介紹道：「這位公子乃大將軍府署記室司馬昭。曹丙，難道你現在連大將軍府署郎官的質詢也不放在眼裡了嗎？」

曹丙臉色仍有些不服，「你……你們是胳膊肘往外拐，跟著這幫地方衙役來亂挑剌！曹某就是不服！有膽量咱們到曹璠將軍面前去評評理！」

「挑刺?哼，照我說，這根『刺』他們挑得倒是極對!」

不知何時，剛才還在酒肆裡議事的青袍長者已走近，身後還跟著位白袍老者。青袍長者冷聲道:「曹丙，你這根刺倒眞是囂張得很哪，可依本將軍看來，這事無論到哪家老爺面前去評理，恐怕都是顏郡尉站得住腳。」

「司……司馬大將軍?趙……趙軍師?」

曹丙循聲看去，登時嚇得兩腿發軟，和身邊那群人立即丟下棍棒，紛紛癱跪在地。

顏斐聽得分明，下意識心旌飄搖地側頭審視。原來這位青袍長者竟是當朝大將軍兼征西大都督司馬懿，白袍老者則是他的軍師趙儼。

司馬懿右手一揚，冷冷吩咐道:「來人，把他們拖下去，每人重打七十軍棍，在軍市裡上枷示衆三日，日後敢有效尤者，一樣嚴懲不貸。」

「是!」一隊邏卒應聲過來，像拖死狗一般將曹丙等人拎走。

見狀，顏斐慌忙拜倒，口中恭敬道:「司馬大將軍，下官在此見禮。」

趙儼看了司馬懿臉上表情，心中一動，上前對顏斐道:「顏君，你今日之事的確有理，但本軍師不得不秉公論之。既然你明知軍市中有惡徒欺民搶貨之事，爲何不事先行文報予軍市署?就拿你今天來說吧，改服換裝暗中探查，總是不太妥當，萬一今日司馬大將軍未在此處，你又打算如何善後?莫非當眞想鼓動地方衙役與軍營士卒械鬥?」

見趙儼話說得極重，顏斐一聽立刻驚出一身冷汗，「啓稟大將軍、趙軍師，下官豈敢如此膽大妄爲？您二位有所不知，近十餘日來，下官已向軍府署連發三道急函，爲的就是請求軍市令協辦此事，卻未曾接獲回應，又見商販鎮日哭訴，其情可憫，才不得不出此下策。」

司馬懿聽到顏斐這麼解釋，臉色才漸漸緩和，側首向梁機、司馬昭吩咐道：「這軍市裡多次發生這等惡徒逞強、搶人掠貨之事，那些軍府署裡的人到底是幹什麼吃的？你倆給本帥傳令下去，將他們一律就地免職追責，再擇賢能以任之。」

二人一聽，立刻抱拳接令。

語畢，司馬懿又轉向趙儼笑笑道：「趙軍師，不想你我今日微服巡訪，竟有這段插曲，可見軍市雖屬善政，若無好官守之，終是無益。用人也好，行政也罷，都猶如車之雙輪般，絲毫不可偏廢啊！」

趙儼急忙拱手，「大將軍睿智明達，老夫佩服。」

司馬懿一笑，直直看向顏斐，卻一時間沒有說話。

顏斐被看得手足無措，「大……大將軍，下官失……失禮。」

司馬懿莞爾一笑，「你有什麼好失禮的？顏君，你能不懼豪強，爲民執法，本帥甚爲欣賞。這樣吧，本帥賞你們長安郡尉署一項特權，允許你們府衙官役可以據百姓舉報進入軍市捉拿各種不法之徒。」

顏斐聽了臉色頓變，猛地一頭磕下，感動得哽咽出聲道：「大……大將軍至公無私，毫不護短，令下官感佩至極。」

待顏斐一行人離去後，司馬懿才招手喚司馬昭，特地吩咐道：「昭兒，你給爲父好好擬寫一道密奏，爲父要舉薦顏斐出任平原郡太守之職。似他這般的耿直循吏，現在可是越來越少了。」

趙儼在一旁聽得眞切，不禁失笑道：「大將軍既有這等爲國舉賢的美意，爲何卻不當衆向他說明？」

司馬懿聽罷，卻向趙儼道：「趙軍師，爵賞乃朝廷公器也，本帥何敢自爲己功？爲國擇賢卻納謝私門，本帥不爲也。」

趙儼撫掌笑道：「世人皆言司馬大將軍極有當年荀令君的忠智風範，今日儼親眼所見，當眞不假。」

兩人正交談間，一名親兵打馬飛馳而至，大老遠地便揚聲高呼道：「司馬大將軍，朝廷聖旨已到，欽差大臣正在大將軍府中等候聽宣！」

第6章

紫龍玦再回

黃皓一邊連聲稱謝，一邊心底想著，還是陛下體恤咱們這些奴才，要是一下被逐出宮，還不是要活活餓死？在宮廷中待了這麼多年，誰都早沒什麼「耕織之長」，這個諸葛亮怎麼這麼心狠哪？

「昔周公旦輔弼成王而臻太平，忠貫日月，終有素雉之貢，今有司馬愛卿身受陝西之任，誠實勤敬，白鹿之獻，豈非忠誠協符、千載同契、以永厥休耶？而今吳賊僭號、蜀寇蠢動，朕深以爲憂，唯仗司馬愛卿分之。特賜先帝信物、鎮國重寶『紫龍玦』以示褒寵，欽此。」

周宣字正腔圓抑揚頓挫地念完詔書，待司馬懿叩首謝禮過後，才捲起詔書，上前一手扶起司馬懿，揚聲笑道：「輅兒，快將那錦匣呈給司馬大將軍過目。」

太史丞管輅應了一聲，捧著一只五彩錦匣上前，當著司馬懿的面輕輕打開。

只見一塊雪白脂潤的半月形玉玦在明黃緞墊上赫然呈現，玦身上那條浮凸玲瓏的龍形紫紋似是盤踞得愈發張揚生動，飛舞之際顯得威勢奪人，正是紫龍玦。

凝視眼前這塊紫玉，司馬懿眼眶裡頓時泛起晶亮淚珠，滴溜溜打著轉，腦海裡更倏然閃電般掠過一幕幕往昔回憶。

荀府育賢堂上，一代儒聖荀彧親手將這塊紫龍玦佩在司馬懿的腰帶間，眉間洋溢著親切而真摯的鼓勵欣悅。在先帝曹丕的東宮裡，他爲了討好曹丕，謙恭異常地將紫龍玦轉贈出去，曹丕當時興奮得差點從座席上跳了起來，連連叫好。在前太尉賈詡府邸中，自己爲了拉攏賈詡助曹丕繼位承嗣，又俯腰折節地暗下承諾，將此玦作爲信物送給賈詡。在皇宮內殿中，賈詡在已然登基稱帝的曹丕明言暗示下，只得強裝笑臉，乖乖地將紫龍玦交還曹丕……

到今日，曹叡又像其父曹丕籠絡賈詡般，向司馬懿拋出這塊紫龍玦，作爲施恩示寵的信物。短短二十年間，紫龍玦在各方人物手裡飄來遊去，命運輾轉曲折，何等耐人尋味。最終，這塊紫龍玦還是回到司馬懿手上，彷彿一切又回到原點。

司馬懿越想越是沉凝，耳畔彷彿再度響起荀彧那一貫從容平和、溫文親切的話：如今，爲師將此寶玦贈送於你，望你睹玦生志，砥礪不已，早日成就一代偉器，爲我大漢朝立下赫赫奇功！

一瞬間，司馬懿再也控制不住，眼中瑩瑩淚珠奪眶而出，滾落打濕胸前衣襟。

「大將軍……」周宣和管輅見了，都不禁大吃一驚。

在落淚的同時，司馬懿隨即反應過來，急忙舉袖擦拭眼角，哽咽道：「陛下竟將這等重寶獎賞於本帥，這一份恩寵可謂天高地厚，本帥感激涕零，在此立誓爲我大魏盡忠竭誠，死而後已，以回報陛下的殷殷優崇之禮！」

聞言，周宣攜著管輅連聲稱讚，「司馬大將軍對大魏的一片赤膽忠心，我等俱是欽敬不已！」

司馬懿強抑心情，慢慢收斂表情後將右手一擺，請周、管二人在側席落坐，笑笑道：「來人，上鮮牛奶酥！本帥要好好爲兩位欽差大臣接風洗塵！」

「鮮牛奶酥？」

周宣一聽，面有詫異，先轉頭來瞟了管輅一眼，「輅兒，你現在的卜算之術果然精進不少，前日夜裡你夢見火牛衝山，便斷言此行將能嚐到與牛相關的美食……喏，你的占語此刻已經靈驗了！」

「謝謝師傅誇獎。」管輅頷首淺笑，卻又向司馬懿躬身問道：「司馬大將軍，恕輅直言，敢問您中午準備以何等膳食款待我等呢？」

司馬懿撫鬚答道：「當然是我關中的名餚，紅辣烤牛肉。」

聽了此言，管輅這才回過身子向周宣長長一揖，「看起來，還是師傅您高明過人哪！弟子只能測算到將會嚐到與牛相關的佳餚，可師傅您卻馬上依夢境斷定，我等甫入關中便能吃到烤牛肉！可見弟子所測模糊不清，遠遠不及師傅您研判分明。」

聞言，司馬懿呵呵笑著搶過話頭，「你們師徒二人都是能夠探知過去、預測未來的奇人異士，就別在這裡大顯神通，反倒嚇到旁人。本帥日後仰仗二位的地方還多得是呢！對了，周大夫，本帥想向您詢問一下近來朝廷裡的幾件事，還望您能不吝賜教。」

周宣一聽，臉色立即一片肅然，右袖微震。

見此，管輅當即會意，端起裝著鮮牛奶酥的銅碗，咕嘟咕嘟一口喝光，接著以袖角隨意抹了抹嘴，直接起身向司馬懿深施一禮，轉身離帳。

同時，司馬懿也將眼色往左右一遞，參軍梁機馬上帶著所有侍衛齊齊退下，只留司馬昭一人在旁。

司馬懿面不動色，端著一碗鮮牛奶酥，慢慢放到唇邊抿了一口，才不鹹不淡地起了頭，問道：「周師兄，您這次奉詔親赴關中，應該就是爲了那『靈龜玄石』上面的讖文之事吧？」

周宣頷首道：「不錯，確實不出仲達所料。陛下派周某前來，爲的就是想方設法鎮住玄石上的煞氣。」

司馬懿放下漆碗，微微一笑，「現在才壓鎮這玄石上的讖文又有何用？它們的形文拓圖早就流傳四方，只怕陛下想堵也堵不住。」

周宣聽出司馬懿話裡深意，也跟著眨了眨眼，「這個嘛……周某身爲欽天占星之官，奉皇命前來，自然得將交辦的事辦好，至於效果如何，在下可不敢打什麼包票呢！」

司馬懿聽著，用手指了一指周宣，哈哈笑道：「周師兄啊！您呀……行！明天懿就派人護送您到崑崙山去採玄陰土來塡石鎮邪。」

周宣笑著點了點頭，「多謝仲達了！說起來，陛下也眞是『英明』，一下子便聽從周某所提的改『討』爲『計』的法門妙方。」

司馬懿沒有馬上回話，心中暗想，說什麼改「討」爲「計」，其實還不是掩耳盜鈴、自欺欺人之舉！這樣做只是越描越黑，也愈加顯得曹叡底氣不足，膽虛意怯！

但他臉上卻不露出異樣神情，腦海裡忽地想起另一事，正色問道：「周師兄，你既從洛陽京都而來，可知道朝廷對遼東公孫淵廢叔自立一事的處置方略爲何？」

周宣搖搖頭，一臉無奈，「還能怎樣處置？朝廷詔書都已經發出去了，承認公孫淵爲新任遼東太守，並加封他爲『樂浪公』，好以此繫穩北方勢力。」

司馬懿一聽，當場就氣得鬚眉皆張，「此事豈可如此處置？陳矯等人優柔萎靡，實在有損國威，只恐那公孫逆賊見了此詔，反會竊笑我大魏朝中無人！」

「那依仲達之見，此事該如何處置方才妥當？」周宣好奇地問道。

司馬懿振振有詞道：「依本帥之見，凡事皆有本末，而治事者重在執本御末。公孫氏自前朝建安初年以來，便已割據遼東，水則由海，陸則阻山，外連胡夷，絕遠難制，而世官相承、掌權日久，可謂我大魏『異己之患』。如今公孫淵反狀已顯，若不誅後必生變，朝廷受其蒙蔽而委順從之，待其坐大再興兵致討，只怕進退兩難。老夫認爲，最好是趁其乍起奪位後境內人心不一，黨仇恩怨並起之際，朝廷先一步雷霆出擊，開設賞募，發兵斬枝斷葉，便可不勞師而定！」

周宣聽了，不禁深深誇道：「仲達此策果眞是剖斷如流，高明至極！只可惜陳令君乃一介庸吏，豈有您這等大智慧、大手段？」

司馬懿沉沉嘆道：「罷了！縱使本帥之見再高明，他們也不會聽的，只是白白讓本帥聽了生氣！老實說，朝中像夏侯玄、鄧颺、何晏等所謂『後起之秀』，個個都是只知清談高臥、閱歷不足之輩，日後要怎麼撐起我大魏滅吳吞蜀的社稷大業？不禁今本帥甚憂。」

周宣將手中麈尾拂塵輕輕向外一擺，「仲達，你爲那些事兒憂得未免有些太遠，關鍵是，你眼下已有危機將至，這才是你目前該當深憂之事啊！」

司馬懿道：「周師兄指的可是吳蜀二寇聯手結盟準備來犯之事？」

周宣沉聲道：「不錯，周某在趕赴關中途中，便聽聞吳、蜀二寇已在武昌結盟，並稱『東西二帝』，約定一齊興兵來犯大魏，甚至連戰後的地盤劃分都已確定中分：以兗、冀、并、雍、涼等五州歸屬於蜀，以豫、青、徐、揚、幽等五州歸屬於吳，而於京畿司州之土則以函谷關爲界各取一半！說不定旬月間，我大魏東西兩翼又要烽火連天、亂象四起了。」

司馬懿一邊聽著周宣的話，一邊重重點頭，「諸葛亮這次與僞吳聯手結盟，實在出人意料。老夫也料想不到，他竟會願意讓出漢室正統名分，公開承認江東孫權與大漢並尊稱帝以求換取助力。可見其人忍辱負重、矢志進取之決心，委實小覷不得。蜀軍在這三年間厚積驟發，必定來勢洶洶，難以對敵，懿近來亦是憂不自勝。」

「仲達也怕了諸葛孔明？」周宣一愣，抬起雙目看了他一下。

司馬懿輕聲喟嘆道：「諸葛亮韜略極深，用兵如神，據說又發明了不少厲害武器，這讓本帥如何不懼？對方如此銳意極力北伐，若本帥稍有一絲閃失被他抓住，肯定是在劫難逃。」

周宣不想再讓司馬懿沿著這個話題愈憂愈深，便故意岔開話頭，「仲達，你可知道？孫權在武昌稱帝時，不僅與我大魏針鋒相對地起了個『黃龍』年號，還準備遷都到長江下游建業城呢！」

司馬懿眉頭乍擰，「建業城？」

周宣點頭，又補充道：「就是建業，他還讓手下術士到處宣揚建業城裡蘊有王者之貴氣龍脈，是他僞吳國運蒸蒸日上的福地。」

司馬懿背著雙手在廳堂上踱步，舉目遙望東南方向，慢慢說道：「對這建業城，本帥也有些瞭解，其依山傍水、龍盤虎踞之勢，以天文來論，的確堪稱帝王之宅。即使從地理之利而言，此城也可謂爲軍國樞要，不可不察。當今僞吳西半部靠近我大魏荊州，而荊州的王昶、州泰等皆爲良將，所以孫權留其僞嗣孫登與陸遜共掌武昌；中部則毗鄰我大魏揚州田豫、王觀等人，又留諸葛瑾、朱然於柴桑城抗之；東部依畔徐州，有我大魏伯寧（滿寵字伯寧）那個鎮東大都督坐鎮，威脅也最大，所以孫權才想遷都建業，親自生根，自率全琮、朱據等諸將從此處北上進犯大魏……不好！本帥得趕緊寫一封八百里加急快騎急函，提醒伯寧早做防備才是。」

周宣聽得讚不絕口，「仲達眞是明察善斷、算無遺策，周某佩服。」

忽然間，司馬懿抬頭深深凝視著他，「周師兄，懿有一事相求。您此番從崑崙山取玄陰土塡石鎭邪後，不妨就留在我關中大軍內，暫任隨軍祭酒一職，以您的陰陽推算、天文占斷之術在懿身邊參贊軍機，怎樣？」

周宣遲疑答道：「這個倒是可以，只是陛下那裡……」

司馬懿揮手道：「沒關係的，本帥今夜立刻向陛下呈進一道奏表，請求將您暫時留在關中以作奇用，陛下應該不會拒絕本帥這一小小請求的。」

蜀境。

目送著遮天蔽日的滾滾煙塵漸去漸遠，站在歡送台上的蜀帝劉禪仍是滿面恭敬地彎著腰，不敢稍有怠慢。

侍立在台側邊緣的黃門丞黃皓一溜碎步地趨近前來，勸道：「陛下，丞相已經走遠了，您還是回龍床上休息一下吧。」

劉禪依然半躬著身，以袍袖輕擦眼角，將晶瑩淚光抹去，喃喃道：「相父……相父眞是太辛苦了。黃皓，才幾個月沒見，朕又看到相父的鬢角花白不少，朕眞擔心相父的身體，他怎麼吃得消呢？」

黃皓聽了，只是低眉垂目俯著腰，並不多說什麼。

劉禪這才慢慢直起腰來，望著北方的天際，深深而道：「朕眞心希望相父這次能底定中原，肅清魏賊，在相父北伐期間，朕每日入夜都會在未央宮寢殿爲他焚香祈禱。」

黃皓聞言，隨口附和道：「丞相此番北伐集結我大漢十三萬精銳王師，還從南蠻那裡調徵一萬藤甲兵，也徵用各郡農夫多達二十餘萬人，可謂是『舉全蜀之力，以求畢其功於一役』之舉。費了這麼大的勁兒，丞相應該能剿滅魏賊。」

劉禪仍是憂心忡忡，「可是，朕聽聞魏在關中一帶布下二十萬人馬，相父此番親率十三萬王師前往，只怕是以寡擊衆。還有，司馬懿那老賊又是如此狡猾，實在不得不令朕擔心哪！」

看到劉禪臉色憂愁，黃皓再次開解道：「陛下，丞相如今發明了連環弩、百石弩、軒轅車、木牛、流馬等神妙器械，而魏賊器無所長，技無所精，定非我大漢之敵也。」

「但願這一切能夠如你所言吧！」劉禪雙眉稍展，忽又想起了什麼，遲疑著說道：「黃皓，你應該也聽到消息，太史署曾送呈奏摺，奏告近日益州境內多有不祥之象發生，像是成都郊外的龍泉驛，松、柏、桃、竹等樹一入夜晚居然便發出人的哭聲，還有光天化日下，錦江水面竟有千百白鶴翔集於空，盤旋數匝後紛紛投水而死……這些都讓朕心頭好生不安。」

黃皓故作憨態道：「陛下，您爲這樣一些稀奇古怪的現象擔心什麼？大千世界無奇不有，奴才小時候還曾見過長著三條腿的蛤蟆和只有一隻爪子的野雉呢！這些也算是怪物，可奴才從來沒見有什麼不吉之事發生啊？」

劉禪瞧了瞧他，先是抿嘴一笑，然後又板起臉來，「你這閹兒懂什麼？古語云，『物反常即爲妖。』凡有怪物異事，皆是上天示警於朕，和你這樣的奴才又有什麼相干？」

黃皓聽了，慌忙叩伏在地，連聲急道：「哎呀！奴才該掌嘴，奴才本來就是區區閹人，自是不懂天理大道，只懂得一個勁地逗陛下開心呢！」

劉禪有些不耐煩地擺了擺手，讓他平身，「起來吧！若不是瞧在你這份心意，朕早就讓人把你拖出去重責八十。」正欲邁步向台下走去，忽又轉頭對黃皓說了一句，「黃皓，你知道相父在此番北伐臨行之前曾經寫了一份密折上來嗎？」

「這個……奴才不曉得。」

其實，黃皓早在替劉禪傳送文書時便看到那份密匣。但那可是諸葛丞相寫的，就算他有十個腦袋也不敢亂動一下。

劉禪盯著黃皓，慢聲道：「相父在這份密折裡要求朕對內廷服侍的宦官、侍女予以大力削減，讓你們出宮返鄉爲農。」

聞言，黃皓立即腿膝一軟，又對著劉禪跪下，「奴……奴才不……不願出宮，奴才想一輩子侍奉陛下！」

「朕是沒有答應，但也不敢直接否定，畢竟這是相父提出的意見。」

劉禪瞥了他一眼，繼續說道：「朕和董允商量過，想出一個折衷方法：暫時不削減你們這些宦官、侍女，但你們必須要在後宮林苑裡像宮外的農夫農婦一樣耕織自足，證明是有生產力的人員……所以黃皓，你這下可有的忙了。」

「奴才叩謝陛下隆恩。」

黃皓一邊連聲稱謝，一邊心底想著，還是陛下體恤咱們這些奴才，要是一下被逐出宮，還不是要活活餓死？在宮廷中待了這麼多年，不論是誰，都早沒了什麼「耕織之長」，這個諸葛亮怎麼這麼心狠哪？

原來，諸葛亮爲人最是清濁分明，始終痛恨當年閹宦弄權毀去東漢，因此對黃皓等人亦視同豬犬，每每欲逐之而後快，若非劉禪拼命抵擋，蜀宮內的宦官侍女早就削減一空了。

黃皓見劉禪走至梯邊，急忙小跑步上前奏道：「啓稟陛下，此番訂立盟約後，東吳進貢三頭白象和六隻五彩孔雀前來，模樣煞是好看，不知陛下可否有意前去欣賞？」

劉禪一臉為難地答道：「這……可是相父已經給朕安排每日要抄寫一篇《孟子》及《韓非子》的功課，朕……朕還沒寫完呢，你沒看到董允在那邊等著嗎？朕……這時只怕沒空的。」

黃皓勸道：「陛下，您這可是去檢閱外邦方物，又不是擅自嬉戲遊樂，董侍中憑什麼約束您？奴才這便去傳旨起駕吧。」

劉禪猶豫了半晌，最終大袖一甩，「罷了，董愛卿這人的脾氣你又不是不知道，放眼滿朝上下，除了相父外，還有誰擰得過他？萬一他追上來諫阻，朕的臉豈不丟光了？看來，朕還是先回宮抄好相父佈置的功課後，再去『檢閱東吳物貢』吧。」

「奴才遵命。」

吳蜀聯盟

青龍二年仲春四月，諸葛亮奇襲斜谷道北關得手，十三萬蜀軍如決堤河水般一舉殺入關中的渭河流域，直逼長安城前的第一道關隘，郿縣。

與其遙相呼應的是，東吳孫權也同時提兵十八萬，分三路進攻魏國。

第 1 章

前線告急

司馬懿臉色一緊，帥府裡伏有諸葛亮的內奸？他先前也曾想過，斜谷道北關城堅牆厚，卻在這麼短的時間內情勢告急，若說沒有內奸洩漏城中軍情，肯定沒人相信。

司馬懿指著大將軍府署議事廳正壁上的關中軍事地形帛圖，開門見山地肅然道：「吳蜀聯盟已經結成，諸葛亮大軍已經抵達漢中郡，我關西邊境形勢岌岌可危，諸位將軍，你們以爲此番諸葛亮進兵北犯的途徑應在何處？」

涼州刺史孟建雙眉緊鎖，顯得甚是憂慮，「諸葛亮前幾次發兵進犯，都是從祁山方向來襲，莫非這一次仍是直攻祁山大營？」

他的擔憂其來有自，祁山位於他所轄的涼州境內，萬一諸葛亮當眞再次兵取祁山，他肩上承受的壓力可想而知。當年在青雲山莊求學時，他已知自己才識遠遠不及諸葛亮，如今卻偏偏得在關西與其正面對敵，如何能不愁雲慘霧？

破虜將軍鄧艾卻不以他的深憂多慮爲意，換了另外一個角度說道：「依鄧某之愚見，諸葛亮這次應該不會再重複前幾次進兵北犯的路線，因爲他知道咱們定會在涼州一帶設下層層防線，消耗蜀軍銳氣。既然祁山、街亭、陳倉，這三處任一地都能讓他啃個一年半載，說不定他會劍走偏鋒，自秦嶺往東，再由子午谷而北，闖過武功山，以最快的速度走最短的捷徑，只需十餘日便可打到長安城下。」

司馬懿認眞聽取二人意見後，又把目光轉向趙儼，問道：「趙軍師，您的意見呢？」

趙儼是當今魏國軍事經驗最豐富的宿臣，而且自諸葛亮首出祁山時，就一直在關中協助曹眞對付蜀軍，對蜀軍的戰術戰法瞭解程度遠超常人。

他聽得司馬懿點名而問，便在座席上將上身一挺，凝神斂氣，一邊撫著白髯，一邊緩緩道：「依本軍師看，諸葛亮一生行事最是嚴謹周密，絕不輕易弄險，況且蜀國家底並不厚，他絕捨不得大肆浪費。再加上我大魏在武功山、子午谷一帶的沿山棧道上已設下重重崗哨，但凡對方稍有異動，我軍便能立即察覺，若是蜀軍以奇兵偷襲長安，倒也『奇』不起來。咱們只需待在子午谷棧道出口附近，給對方來個兜底包抄就行！」

此話一出，帳中其他將領不由哈哈大笑起來。鄧艾則是騰地一下漲紅臉，想再度上前爭辯。

趙儼卻不理他，把目光倏地落在關中軍事地形帛圖某處位置標點上頭，「本軍師這幾日思久慮深，方得出一項愚見，或許，這斜谷道便可能是諸葛亮此次進兵北犯的一個重要途徑。」

「斜谷道？」雍州刺史郭淮大為吃驚，反駁道：「趙軍師，您有沒有搞錯？斜谷道是渭河平原通往漢中的出入口，也是咱們關中大軍平時最為著意的關隘，諸葛亮不會傻到在咱們眼皮底下運兵出襲吧？這不等於自己送上門受死嗎？」

「唔……本帥倒認為趙軍師所言甚是。」司馬懿這時總算開口，深深看了趙儼一眼，接著轉頭看向郭淮，「郭牧君，你有所不知，這世間有時看起來最危險的地方，恰巧正是最安全的地方呢！」

「趙軍師和大將軍，您二位是不是太過多慮？」郭淮微微搖了搖頭，直接提出自己的反對意見，有根有據地辯駁道：「首先，咱們在斜谷道北關放了八千精兵把守，諸葛亮意欲偷襲得手幾乎難登天。其次，就算諸葛亮運兵奇襲得了斜谷道北關，可那裡山道崎嶇、坡斜路窄，後方糧草供應又如何跟得上？只要咱們只要揮師斷糧，對方便再也站不住腳，還不得乖乖地沿著原路退將回去？」

帳中所有人聞言不禁深思，更有一部份人出聲附和。這種暢所欲言、無話不談的議事氛圍，是在司馬懿極力宣導之下才建立起來，如此才能統籌更多對陣方法。

司馬懿聽著只是沉吟不答，暗暗忖思，據他派去潛伏在蜀國內部的眼線來報，得知諸葛亮在此番北伐前，已經發明出一種合稱為「木牛流馬」的運輸器械，能輕巧便捷地迅速運送糧草，只怕諸葛亮這次進兵來犯，後方糧草供應肯定能順暢自如、毫無遲滯，令人無從下手截斷。

問題是，目前「木牛流馬」的樣圖，司馬懿還沒有看過，自然不好向帳下諸將說明相關資訊，只好隨口勸道：「郭牧君，身為將士，千萬不可存有『依險自恃』之念。斜谷道北關固然險要，亦非不可逾越之天塹。司馬昭，你替本帥擬寫一份手令給斜谷道北關守將何遲，提醒他千萬小心。另外，祁山大營那裡也是，請孟建刺史回去親自駐防。子午谷那邊，則由梁機親自巡查，命守將晝夜不息地加緊警戒……什麼聲音？」正說之間，突然聽見廳外傳來嘩啦啦一陣震耳欲聾的巨響，連自己的話都被掩蓋。

司馬懿靜默片刻，待巨響消失後，廳內重歸寂然，才將兩眼朝梁機一橫，示意他出去看看是何緣故。

不料，卻聽廳門外又是一陣長笑聲響起，太史令、贊善宣化大夫兼關中大軍軍祭酒周宣一邊施施然邁步而入，同時搖頭晃腦地說道：「哎呀！你們關西的朔風還真是大，連操練場上碗口粗的帥旗旗桿都能被吹斷！」

原來只是帥旗旗桿被大風吹斷，廳中諸將這才回過神，平蜀將軍胡遵不禁說道：「這鬼天氣，看來以後旗桿要換成像碗公那麼粗的才行！」

周宣旁若無人地抬步走至司馬懿案前，右手伸出，遞過去一張紙條，「大將軍，這是周某今日觀風望氣得出的占斷。」

聽到周宣的話，向來粗枝大葉的諸將忍不住掩口暗暗竊笑。周宣卻仍雙目直視司馬懿，一點也不以爲意。

「嗯……有勞周大夫了。」司馬懿伸手接過那張紙條，飛快掃了一眼，接著立刻收進袍袖，然後舉目環視諸將，強調道：「剛才本帥的吩咐，你們聽清楚了嗎？」

聞言，司馬昭、孟建、梁機三人異口同聲道：「末將聽清楚了。」

司馬懿低下頭沉思了片刻，還是感覺斜谷道那裡的情形不能掉以輕心，冷聲吩咐道：

「斜谷道乃我大魏進出漢中之地的咽喉，千萬不可怠忽。胡遵、牛金，你二人率三萬兵馬前去進駐斜谷道北關嚴加把守，同時伺機而動，必要時刻，就主動出擊，禦蜀寇於國門之外。」

「末將遵令。」胡遵、牛金二人出列，齊齊抱拳躬身而答。

司馬懿吩咐完軍機要務之後，便讓諸將退下遵命而行，以拳頭輕捶自己腰桿，坐回到床邊，正欲與周宣談話。

就在這時，廳門外突又進來一個親兵稟道：「稟大將軍，斜谷道北關守將何遲派了一名特使，乘著八百里加急快騎前來稟報緊急軍情。」

「斜谷道北關？」司馬懿心頭怦跳，「快快讓他進來！」

「啓稟大將軍，斜谷道北關告急！三日前蜀軍一批爲數不少於四千的敢死之士乘夜狙襲北關城池，敵軍是從懸崖峭壁上偷攀進來，何大人帶領衆兄弟拼死抵抗，也沒能將他們盡皆驅散。蜀寇援兵三日來源源不斷地增調，其中又以南蠻藤甲兵最爲厲害，力氣大、身手刁，兼之皮粗肉厚，咱們軍士十個合起來才打得贏一個……」

何遲派來的特使一進大廳便跪在地上急聲稟報，語調極快，似被火焰焚裂的竹筒般劈哩啪啦響；渾身衣衫血跡斑斑、殘破不堪，到處東披一塊、西吊一縷，一看便知是從槍林箭雨中奮命拼殺而出。

司馬懿雙眉暗皺，臉色卻平如秋水，沉聲問道：「你是何遲手下何人？目前何遲那裡的戰況究竟如何？還撐持得住嗎？」

「啓稟大將軍，下走乃是何大人帳下的親兵校尉劉聳，前天夜裡奉了何大人一道告急血書，拼命殺出重圍，特來向您緊急求援。」

該特使一邊朗聲說著，一邊從懷裡摸出一卷殷紅點點的帛書，雙手高托過頂。

司馬懿見狀，將眼色暗暗一使，侍立在旁的司馬昭立即會意，疾步上前接過劉聳呈上的告急血書。

司馬懿認得何遲筆跡，一眼辨出這份血書實爲何遲眞跡，看罷，登時有些驚訝地問道：「何遲在血書上談到，他還有緊要事宜委託你前來稟報，究竟是何等要緊事？你快速速道出。」

「這……」劉聳張口欲言，忽又想起了什麼，目光往議事廳內左右一掃。

司馬懿一見，舉手一揚，廳堂之上的侍衛、僕役們會意，紛紛退下。霎時間，廳堂只留周宣和司馬昭陪在司馬懿身邊。

看著周宣和司馬昭二人，劉聳臉上仍有遲疑。

司馬懿冷冷道：「周大夫和司馬郎官都是本座最爲信任的心腹，有任何事情當著他倆的面直言無妨。」

劉鞏應了一聲，伏地恭然道：「大將軍，下走此番前來告急之際，何大人貼耳告訴了下走一個絕密消息。何大人說，他察覺此次蜀寇來襲，可能是關中帥府藏有諸葛亮的內奸，才能裡應外合，否則北關城池的要害之處，應當不會如此輕易曝露在賊兵的炮石弩箭之下。」

司馬懿臉色一緊，「什麼？帥府裡伏有諸葛亮的內奸？何遲究竟察覺到什麼？誰是內奸？」其實，他先前也曾想過，斜谷道北關城堅牆厚，卻在這麼短的時間內情勢告急，若說沒有內奸洩漏城中軍情，肯定沒人相信。

劉鞏仍伏在柏楊木地板上，並不抬頭，只低聲道：「大將軍，倘若您想知道誰是眞正的內奸，恐怕還得恭請您移步了。」

「移步？」司馬昭臉色驟變，右手按緊腰間劍鞘，怒道：「你這話什麼意思？」

劉鞏仍舊埋頭伏地，語氣恭然道：「司馬郎官不必多心，下走是經過門外守卒搜身後進來的，身上並無一物。大將軍，請容下走稟報，下走領命臨行前，何大人爲防洩密，已將他察覺到的內奸姓名以刀刃刻在下走背部，連下走自己都瞧不見字跡內容，所以下走才斗膽請大將軍您移步近觀。」說完，便將自己背上衣裳拼命一撕。

只聽嗤的一響後，露出血汙遍佈的寬闊背脊，上頭傷痕深淺不一、長短各異，正橫七豎八地刻劃著，赫然便是一行怵目驚心的「血字」。

司馬懿一見，饒是個性深若淵潭，也不禁悚然變色，當即從胡床上一躍而起，直向他身畔趨奔前至，伸出雙臂扶他，「好好好，且讓本座細細辨認出這些內賊的姓名！劉君眞乃舉國無雙之義士，你是怎麼忍下這份剖肌裂膚之痛的？」

就在此時，原本一直弓身跪地的劉鞏猝然有了動作。這一動並非舉手投足的起伏之動，而是猶如臥虎驟躍、兀鷹展翅、靈豹捕食，來得迅捷如電、飄忽如風！

司馬懿只覺眼前一花，接著便聽得砰的一聲悶響，自己胸膛彷彿遭到千斤鐵錘重擊般，身軀像皮球被震飛，倒翻出去三丈開外，啪嗒一聲摔在地上，一時間怎麼樣都爬不起身。原來，這劉鞏負痛隱忍、苦心孤詣，便是爲了此刻向司馬懿發出這足有數百斤之力的驚雷一擊！

「父帥！」

司馬昭最先醒過神來，驀地一聲厲吼，拔劍在手已是飛身刺出，去勢如虹，嗖的一響，劍鋒竟已深深沒入劉鞏腰際。

劉鞏卻似石頭人一般一動不動地站在那裡，任由司馬昭的青鋒長劍橫插進他的腰際，彷彿感覺不到任何疼痛。他兩眼直盯著司馬懿那具直挺挺平躺在地的身軀，哈哈大笑道：「司馬懿！劉某終於不負丞相大人的使命，一舉了結你的性命！丞相大人北伐大敵已除，我大漢復興有望，哈哈哈哈！」

就在他揚聲大笑之際，守護在議事廳門外的侍衛武士們聽得裡邊的異響，紛紛衝進，將劉鞏團團圍起。

只有坐在偏席上的周宣，乍見司馬懿遭襲之際臉色一變，旋即恢復一臉淡笑，悠悠望著場中發展。

見狀，司馬昭丟下劍柄，幾乎連滾帶爬地朝司馬懿撲去，聲音裡明顯帶著哭腔，大喊道：「父……父帥……來人！還不快……快來搶救大……大將軍！」

「哭什麼哭？爲父的身子骨還沒那麼脆呢！哪裡會被人一拳打散？」

隨著冷峻熟悉的聲音響起，一直橫躺在地的司馬懿忽然以雙肘撐地，慢慢起身。

劉鞏一見，臉上笑容僵凝，呆呆瞪視司馬懿，如同大白天見鬼一般，雙眼睜得像銅鈴般大，「你……不！這……這怎麼可能？劉某這一拳，平日已足可打死一頭牛了！」

「父帥！」司馬昭已然滾到了司馬懿身旁，一邊手忙腳亂地扶著他，一邊淚流滿面地望著他。

司馬懿向司馬昭輕輕擺手，止住兒子哭泣，「沒關係的，你別亂了心神，爲父這不是好好的嗎？」同時俯首看了下自己胸前，只見外頭衣襟已被劉鞏一拳打碎，裡邊赫然露出一片綠瑩瑩的玉鱗軟甲。

就是這件貼身玉甲，替他擋住劉鞏那足以開碑裂石的重重一拳！

司馬懿仰天深深一嘆，「三年前，本帥初赴關中持節掌兵之際，蒙陛下恤念本帥安危，臨行前特意贈送本帥這套金絲軟玉甲……本帥今日逢凶化吉、毫髮無損，實在是萬幸，皆因托陛下鴻福啊！」

這時，周宣也徐然長身而起，含笑道：「《道德經》說，『聖人終日行，不離輜重。』司馬大將軍如此念念自防，始終處於不危之地，當真不必周某多言叨念。」

劉韾頓時有若被人重重擊下悶棒，臉色倏地一滯，彷彿就在這時，才察覺到自己腰間劍傷疼痛，額上冷汗直冒，暗暗罵道：「你……你這老賊好生狡猾！」

「你以為以苦肉計狙襲老夫當眞天衣無縫嗎？」司馬懿唇邊笑意微起，伸手一指周宣，「你絕對不會知道，本帥這裡有位神機妙算的高人，早已推算出你今日要來行刺本帥的事。打從一開始，老夫早已結網以待了。」

劉韾冷硬地說道：「不可能！我劉韾自八年多前在丞相大人還未初出祁山之際，便以隴西難民的身分潛伏在何遲身邊，一直沒有曝露，直到半個月前劉某接到丞相大人『裡應外合』的指令，才賺得了何遲的血書來見你。你怎麼可能察覺得到？他這個老頭又憑什麼推算得出來？肯定是在騙人！」說到最後，更是怒視周宣，臉色憤憤不平。

司馬懿冷笑不已，將袖中剛才周宣遞進的紙條取出，輕飄飄地扔在劉韾腳邊，「你不相信？這張紙條就是這位高人剛才寫的占斷，你自己瞧瞧吧。」

劉鞏目光往紙上瞟去，見上頭清清楚楚地寫著一行「風吹大旗而折桿，必有刺客行兇」的字，登時聲音顫抖起來，「這……這怎麼可能？」

周圍包圍著他的魏軍武士們也將那紙條看得分明，一個個又驚又服，紛紛將目光投向周宣，沒想到這看似毫不起眼的老頭眞是神哪！

司馬懿手撫鬚髯，慨然道：「劉君，你也是位大忠大義的國士，諸葛亮能攬到你這樣的人才，實在了得。只可惜，他不該讓你這樣忠義兩全的國士親蹈死地，爲了使北伐一舉功成，他也太急功近利了些！若換成本帥，日後必能保你才盡所用，前程遠大！劉君，倘若你能洗心革面，從此歸順我大魏，本帥定然既往不咎，還立刻奏請朝廷爲你拜將封爵，不吝重賞。」

劉鞏卻朗聲道：「司馬懿，即使你巧舌如簧，說得天花亂墜，劉某也絕不會背主求榮，劉某此來早懷必死之志，何勞你來誘降！」

司馬懿眉角掠過一絲痛惜，「本帥眞的十分愛惜你這忠義兼備的人才。」

見聞名天下的大將軍表情亦眞亦假，劉鞏心底也不禁微微一蕩，但一轉念便想起當年在益州時諸葛亮對自己的推衣解食、諄諄教誨等恩待之舉，心頭不免一硬，雜念盡消。

他凜然注視司馬懿，「司馬老賊，你想知道何遲臨死前託我向你口頭稟報什麼內容嗎？我告訴你，他的原話就是提醒你，此番我漢軍北伐，所攜的連環弩、軒轅車以及霹霹炮三者無堅不摧、攻無不克！你們魏賊這一次已是在劫難逃，我會在黃泉之下等著看你們如何下來。」

說罷，他狠狠地瞪了司馬懿一眼，彷彿要把面貌烙在眼底，然後伸出右掌將先前司馬昭插進自己腰際的劍柄拼命往裡一按。

嚓的一聲響起，劍身倏地沒入劉鞏腰身，直沒至柄。

在廳中所有人士複雜不一的目光中，劉鞏靜立良久，宛若一棵高大的白楊樹轟然倒地，以英挺的姿態永遠留在他們記憶當中。

最後，司馬懿微顫的聲音打破沉寂，「國士啊，一定要厚葬！」

第2章

龍虎爭鋒

諸葛亮氣定神閒地搖著羽扇，露出一抹深深笑意。自己這次以迅雷不及掩耳之勢奪下斜谷道北關，十三萬大漢王師挺進關中腹地，自己的宿敵司馬懿，這一次只怕也得手足無措地被逼現身吧？

曹魏青龍二年仲春四月，諸葛亮奇襲斜谷道北關得手，十三萬蜀軍如決堤河水般一舉殺入關中的渭河流域，直逼長安城前的第一道關隘，郿縣。

與其遙相呼應的是，東吳孫權也同時提兵十八萬，分三路進攻魏國：西路由陸遜、諸葛瑾共率四萬舟師自長沙襲擊江陵；東路則由張昭之子張承與宗室大將孫韶齊率四萬人馬從東關直撲巢湖津口；孫權自己則親率十萬大軍為中路主力，渡過長江從皖城往北攻向魏國的合肥新城。

一時間，魏國東西兩翼烽煙驟起，情勢萬分危急，明帝曹叡採用中書令孫資、中書監劉放的建議，馳詔鎮東大都督滿寵為東線三軍統帥，指揮鎮南將軍王昶、荊州牧州泰、徐州刺史田豫、合肥太守王觀等，從江陵、合肥、淮陰三個方向分頭抗擊。

面對西翼的蜀國攻勢，孫資、劉放安慰曹叡道：「關西雍、涼二州有司馬大將軍坐鎮，縱生天塌地陷之變，陛下亦可安枕無憂。」

司馬懿這邊，得悉斜谷道北關失陷後，也確如孫資、劉放所言，並未亂了陣腳，立刻發令，命胡遵、牛金為先鋒，率三萬鐵騎在前開路，自己則親率郭淮、鄧艾、魏平等十萬步騎押後，意欲在渭河之南展開第一場硬仗，最好能直接壓下蜀軍挺進關中的地盤擴張鋒頭。

渭河之南十里坡，煙塵騰空而起，彷似一大片布幕般，當中雜著呼呼啦啦的戰旗聲，嘀嘀達達的馬蹄聲，還有叮叮噹噹的兵器碰擊聲，徹底吵醒沉寂整整三年的關中，以及附近的丘陵河溪。

一輛四輪車在兩排蜀軍騎卒拱衛之下緩緩前行，坐在上面的諸葛亮氣定神閒地搖著羽扇，略顯瘦削的臉頰露出一抹深深笑意。自己這次以迅雷不及掩耳之勢奪下斜谷道北關，十三萬大漢王師挺進關中腹地，顯得八百里外的長安城不再那麼遙不可及，而自己的宿敵司馬懿，這一次只怕也得手足無措地被逼現身吧？只要他膽敢應戰，本相定叫他有來無回！

正沉思間，諸葛亮忽一抬頭，見東北角上一塊黑雲翻起，不禁暗暗點頭。同時，與他同駕並行的北伐行營軍祭酒譙周也覷得分明，正想轉身稟報時，卻被諸葛亮揚手止住。

諸葛亮直接吩咐劉諾道：「傳令下去，前方將有大隊魏兵來襲，命各部立刻做好迎戰準備。」

果不其然，才過三刻，遠遠出現一片狂風驟雨般密集的馬蹄聲，同時伴著塵土飛揚，大批魏軍鐵騎已如層層巨浪般滾湧而至。

姜維從前邊打馬回中軍稟報道：「丞相，魏賊當眞殺至。」

諸葛亮徐徐搖著羽扇，面不改色地緩緩道：「擺下八卦陣，給魏賊一個迎頭痛擊！」

與此同時，魏軍騎兵前鋒主將胡遵策馬急衝在前。他生得寬臉大眼、濃眉密鬚，一身煞氣四溢，將手中長槊舞得呼呼風響，口中大喊道：「衆兒郎，快隨我殺上陣前，把諸葛亮那廝打回斜谷道！」

前鋒軍個個士氣高昂，喊聲震天，恨不得身下坐騎跑得更快一些。

牛金則在中鋒督戰，緊緊跟隨在胡遵身後八丈處，沉穩地觀察戰情。遠遠瞧見蜀國步兵如兵牆般層層疊疊擠壓而至，毫無退避之色，牛金不禁心頭暗疑，莫非數萬蜀軍步兵想充當任大魏鐵騎踩踏的活靶？

還未及多想，他又猝然看見對方步兵停下腳步，然後擺出如孔雀開屏般的方陣，向左右兩邊緩緩鋪展開來，一輛輛如同小屋般的戰車疾駛出陣，形成一條長長防線，紮紮實實地護在那數萬步卒前頭。

蜀軍不僅車陣聲勢驚人，更有一隊隊步卒飛奔上前，紛紛掏出腰間皮囊，嘩嘩啦啦地向地面上拋撒某物，又迅速輕巧地退回陣中。

牛金在中鋒隊內清清楚楚瞧見，那些蜀兵步卒拋撒之處，都發出閃閃灼亮，彷彿遍地生出銀星一般，頓時心念電轉，勒停身下戰馬，並且高聲大喊道：「不好！胡將軍，前面有暗器！」

然而一切都晚了，衝在最前的那一隊騎兵早已撞上暗器陣，紛紛中招落馬，哀鳴著在地上翻滾，那些前仆後繼跟著衝殺的後方騎兵再也無法闖進距離蜀軍前方十五丈內。

這時，一陣暴響劃過長空，戰車頂篷忽地打開，密如驟雨的弩箭從車廂裡猛射而出，魏軍鐵騎又是一陣人仰馬翻，慘烈至極！

在這陣嗤啦巨響中，牛金親眼看到一桿粗若兒臂的弩箭筆直穿透自己身邊一名親兵所乘戰馬的脖子，接著又順勢洞穿那名士兵腹部，直接將人釘在地上，立斃陣中。這是多麼迅猛而犀利的弩箭！

更讓他駭然失色的是，這弩箭並非一波接一波地襲來，而是如激流一般綿綿不斷，毫無喘息空隙，讓人連躲避退讓的機會都沒有，只能束手無策地被射死。難道這弩箭能夠永無休止地連環發射？太不可思議了！

牛金心頭驀地提緊，拉著馬韁拚命向後退，「快撤退！不能再往前衝！快退！」

十里坡一役，短短一個時辰內，魏軍便傷亡騎兵四五千人，而蜀軍僅折損八百二十餘人。這明顯的差距，讓司馬懿的後續主力部隊趕到後，便當機立斷地在渭河南原紮營安寨，不再妄行出戰。

軍營裡，司馬懿手裡拿起士兵們從戰場上撿回的那些由蜀卒拋撒在地、扎傷己方馬腳的東西，在眼前翻來覆去地觀看著。

「蜀寇就是用這東西扎壞咱們戰馬的馬蹄的？」

那是一件生鐵鑄造的利器，狀若荊棘，中間一個鐵球，球身生出四支鋒利的尖刺，各有三、四寸長。往桌案上一擲，利器便以三尖撐地，另一尖豎立向上；再用手一推，鐵球朝上的尖刺翻倒，下尖再起，始終保持尖刺朝天的模樣，令觸者不能避其鋒，必被扎傷。

「原來咱們的戰馬是這樣被扎傷的。」司馬懿恍然大悟，點點頭後又問牛金道：「諸葛亮竟能發明出這等厲害的獨門武器來！牛金，你可知道它叫什麼名字嗎？」

牛金抱拳答道：「啓稟大將軍，據那些蜀兵俘虜們講，此物名叫『鐵蒺藜』，是用來專扎騎兵馬腳的。」

司馬懿的眉頭皺了一下，「有了這個東西，咱們的大魏鐵騎就怕是難有用武之地……聽說他們還發明了什麼『連環弩』與『百石弩』？快把那些東西拿來給本座瞧瞧！」

胡遵聽令，立即將粗如嬰兒手臂般的蜀軍弩箭遞上。

司馬懿將弩箭抓在手中揮了幾下，臉上流露出一絲駭異之色，「好粗的弩箭，這簡直是一桿長槍！若被此箭射中，怕是連一頭牛也會被洞穿吧？」

他正說之間，忽然瞥見那枝弩箭箭桿上頭刻有一行銘文：建興十一年四月，中作部左典業、劉純業，吏陳鋒督，工楊深造，重八斤八兩。

「建興」是蜀漢當今的年號；「左典」和「劉純」是蜀國兵器製造署「中作部」內主管弩箭加工的郎官；「陳鋒」就是這枝弩箭的現場督造官；而「楊深」就是這枝弩箭的製造工匠。

難怪這批弩箭品質極佳，原來諸葛亮在軍械冶製事務上的每一個環節都建立起一套嚴密細緻的管理系統。

司馬懿不禁暗暗嘆服：這一點，自己須得向諸葛亮好好學習啊！

他微一轉念，將那枝弩箭隨手遞給了司馬昭，「你把這枝弩箭拿下去稱一稱，看看它究竟有沒有八斤八兩重……」然後面現愁雲，轉過來向衆將深深嘆了一聲，「諸葛亮精於巧思、長於械器，能夠『物究其極，器盡其用』，本帥誠不能及也！諸君啊！在這三年之間，他竟研製出這等厲害的武器，如此一來，咱們縱有十萬鐵騎，也不能和對方硬碰硬。」

聽到一向傲視當世、睥睨自雄的司馬大將軍本人這麼說，帳下諸將都臉色黯然，垂頭不語。

周宣若有所思，進言道：「大將軍，若論工械製作之巧，我大魏也有一個奇才，此人或許能與諸葛亮一較長短。」

「誰？」司馬懿眸中一亮，急忙問道。

周宣款聲答道：「少府寺郎官馬鈞，大將軍也許有所不知，皇宮之中的那座百輪水車就是他製造出來的……」

司馬懿忙不迭打斷，問道：「那他如今人在何處？」

周宣道：「陛下正在讓他製造可以日行六百里的『八輪追風車』和華彩無雙的『青蓋沉香輦』。」

聞言，司馬懿不禁搖頭嘆氣道：「如此巧匠，豈能讓他閒置宮院之中，做些華而無用的東西？本帥稍後便要擬寫表章，請陛下將他派來關中大軍陣前效力。」

正在這時，司馬昭走了進來，將那枝蜀軍百石弩箭矢奉上，「啓稟大將軍，屬下親自稱過，這枝弩箭恰有八斤八兩之重，與所刻銘文中的重量一絲不差……」

司馬懿緩緩頷首言道：「從這枝弩箭，就可見出諸葛亮治軍行事多麼嚴謹以及一絲不苟，你們都要向他認眞學習。」

夜已經很深，幽幽燭光下，司馬懿與趙儼仍對面而坐，正嚴肅又緊張地磋商關西軍情。司馬昭則在側席以幕府記室的身分記錄著他倆的交談。

趙儼雙眉緊鎖，沉沉嘆道：「大將軍，這一次諸葛亮從斜谷道北關殺將而出，並在十里坡處以一役之威挫傷我關中大軍的銳氣，直驅渭河南岸，其勢洶洶，更挾著精械奇技之長，大有孤注一擲之意，而且所用皆乃同歸於盡的打法，實在不可深思預防！」

司馬懿微微低頭沉思片刻，將頭驀地一揚，「既是如此，依本帥之所見，唯有『以守爲本，伺機而攻』之策應之。」

趙儼仲掌撫了一撫自己的鬍鬚，意味複雜地瞧了他一眼，「以守爲本，伺機而攻？司馬大將軍，您這計看似平淡無奇，卻是目前爲適當的萬全之策。只不過，上次諸葛亮在太和五年時興兵來犯，您已經用過一次，當時戴陵、費曜等莽夫不明您的用心，一直攻擊您畏蜀如虎，那個內外交迫的局面您見識過……這一次您若是再用此策，只怕又會激得諸將反彈，群情鼎沸。屆時，您將如何彈壓得住？」

司馬懿的臉色驟然一凝，語氣也倏地變得又冷又硬：「只要本帥認準是正確可行之策，就必定會堅持到底，雖千夫所指、萬人唾罵，本帥也不會皺個眉頭。」

趙儼聽罷，現出一臉敬意，「司馬大將軍擇善固執、百折不撓之堅韌，令趙某敬服無比，但是，關中那些粗莽好戰之士卻未必能如趙某一般，體會大將軍您的深意。」

「父帥，依孩兒之見，您這一次其實不必硬扛。」這時，司馬昭卻在側案上擱下了筆，鼓起勇氣插話進來講道：「您不如馬上寫一封八百里加急快騎密函給中書省孫資、劉放兩位大人，讓他們勸說陛下發來一道聖旨，就稱：要求我等固守關中隘口，不給諸葛亮任何可乘之機，堅持『以靜制動，蓄勢而發』，如同上次一樣，再次拖得蜀寇無糧而退……」

趙儼深深讚著，不由得向司馬昭豎起大拇指，「二公子當眞聰明，這招『借力卸力』之策當眞巧妙！如此，大將軍您就可以用這道聖旨作爲自己在關中大軍面前的『擋箭牌』，把帳下諸將急於應戰而不得的怨氣消洩出去……高！二公子此一計實在是高！」

司馬懿帶著半嗔半喜之情斜了司馬昭一眼，撫鬚而言，「微末小計，何足稱道？趙軍師可別將他誇壞了。子上（司馬昭字子上），趙軍師乃我大魏軍中碩果僅存的宿臣元老，閱歷豐富、經驗充足，你日後還得向他老人家多多討教才是！你那點粗淺之見，只會貽笑大方。」

司馬昭聽到這裡，急忙起身低頭道：「父帥訓示得是，孩兒願拜趙軍師爲師，認眞研習治軍禦敵之道。」

趙儼慌得連連擺手，「趙某之才，豈堪爲子上之師？不敢當，不敢當的。」可話還沒講完，司馬昭已伏在地板上一連磕了九個響頭。

趙儼推辭不過，只得受了。

旋即，大家復又言歸正題。司馬懿斂容正色而道：「也罷，本帥就依子上所言，稍後就寫一封那樣的密函給孫大人和劉大人吧！現在，本帥也只能『以守爲本，以靜制動，蓄勢而發，伺機而動』，再來個『遵旨照辦』，相信那些好戰之將縱有滿腹怨氣，也不致壞本帥章法。」

趙儼緩緩點頭，沉吟道：「大將軍，既然您已經決定『以守爲本，以靜制動』，那麼我關中大軍究竟是屯守渭河北岸還是渭河南岸？依趙某看來，若是眞要守得穩當，咱們應當撤到渭河北岸隔水而守，應該會更安全一些。」

司馬懿捋著頷下烏亮的長鬚，深深而道：「撤到渭河北岸屯守，固然不失爲一條穩妥之策，但卻未免太過消極了些，就算要守，也有守的技巧。渭水南岸的東面一帶，正是我關中民屯之腹地，實乃一大無形糧倉，怎可輕易拱手讓給諸葛亮？一旦諸葛亮得到這一大片良田沃野，再繼續東進武功山的話，那還得了？咱們只有一條路走：扼守渭河南岸，方能阻斷諸葛亮的東進之路。」

趙儼眉目之間仍垂著一縷憂色，「可是，在渭河南岸背水築營而守，幾乎就是『半守半攻』之勢，到時候咱們大軍還是不得不與蜀軍正面交鋒？」

司馬懿雙目凜凜有神地看著趙儼，「本帥施行的就是『守中有攻，屈中有伸』的計策，而不是單純的退禦防守之方略。蜀軍的器械再精良、人馬再強悍，終有士氣懈怠之時，待那時，我關中大軍便可就近發起襲擊，免得貽誤戰機！」

趙儼認認眞眞地聽完之後，思忖許久，才頷首而道：「大將軍胸中所懷原來仍是『後發制人』之略，當眞不屈不撓、韌勁無窮！」

司馬懿臉上謙遜一句，又沉吟道：「咱們扼守渭河南岸後，諸葛亮進犯關西的來路便只剩下兩處：一是向西挺進，奪取涼州；二是向北渡河，搶佔郿縣。向西，他必須要經過陳倉；向北，則必須要佔據渭河北津口。這兩處要地，我大魏都得先派出智能雙全的大將前去駐守。」

趙儼聽到這裡，點頭道：「大將軍所言甚是。首先來談陳倉要塞吧，趙某以爲鄧艾將軍能謀善戰、沉勇有略，可以派他率領二萬人馬銜枚潛去陳倉，在那裡爲我關中大軍牢牢守好西邊大門。」

「可。」司馬懿頷首而答。

「至於渭河北津口……」趙儼立時有些遲疑，欲言又止道：「這守將人選還眞不好選呢！」

不料，司馬懿竟直接了當道：「郭淮牧君可以勝任。本帥可撥給他三萬人馬撤到渭河北津口處，阻斷蜀寇渡水北進之途。」

趙儼目光一閃，問道：「那大將軍您？」

「本帥將親率八萬大軍駐紮渭河南岸，隨時就近監控諸葛亮！」司馬懿乾脆俐落地答道。

這時，趙儼的表情顯得有些複雜，囁嚅道：「大將軍，請聽趙某一言聲，爲保護您的萬全之軀，您不如和郭牧君易地而守，坐鎮渭河北岸，郭牧君則扼守渭河南岸，如此豈不更佳？」

一旁的司馬昭也勸道：「父帥，趙師父所言甚是，您的安危關係著關中安危存亡，實在不必親臨險境！」

「多謝趙軍師關心。」司馬懿雙目炯亮如炬地看著趙儼和司馬昭，將手一擺道：「諸葛亮足智多謀、兵精械良，實乃我大魏第一勁敵，郭牧君固然智能兼備，卻絕非其敵手！本帥若是指派別人去對付他，始終有些放心不下……唉！似諸葛亮這等蓋世勁敵，還是讓本帥親自出征，在前線爲諸君拼死擋下吧。」

•更多精采內容在《司馬懿吃三國卷七》，請繼續閱讀

一代神人諸葛亮的
神奇智慧
智聖
諸葛亮
朱真 著
三國，中國歷史上最傳奇、最精采的時代；
諸葛亮，三國時期最神奇、最具智慧的蜀漢丞相，
號稱「兩漢以來無雙士，三代而後第一人」。
上
亂世計中計
下
三國局中局
諸葛亮才智過人，奇謀迭出，《三國演義》為他編造了不少
民間傳說則替他披上了一層層神秘面紗，
有人說他是智慧的化身，
有人說他「狀多智而近妖」，也有人說他是典型的權術家，
他為什麼會被神化呢？他到底有哪些過人的智慧，如何與三
又如何寫下算無遺策、用兵如神的傳奇？

群星會

177

司馬懿吃三國
卷六：爾虞我詐

作　　者　李浩白
社　　長　陳維都
美術總監　黃聖文
編輯總監　王　凌
出 版 者　普天出版家族有限公司
新北市汐止區康寧街 169 巷 25 號 6 樓
TEL / (02) 26921935 (代表號)
FAX / (02) 26959332
E-mail：popular.press@msa.hinet.net
http://www.popu.com.tw/
郵政劃撥 19091443 陳維都帳戶
總 經 銷　旭昇圖書有限公司
新北市中和區中山路二段 352 號 2F
TEL / (02) 22451480 (代表號)
FAX / (02) 22451479
E-mail：s1686688@ms31.hinet.net
法律顧問　西華律師事務所・黃憲男律師
電腦排版　巨新電腦排版有限公司
印製裝訂　久裕印刷事業有限公司
出 版 日　2019 (民 108) 年 4 月 第 1 版
ISBN◉978-986-389-594-7　條碼 9789863895947

國家圖書館出版品預行編目資料

司馬懿吃三國 卷六：爾虞我詐
李浩白著. 一第 1 版. 一：新北市, 普天出版
108.04 面； 公分. - (群星會；177)
ISBN◉978-986-389-594-7 (平裝)